你也有今天 下

My Boss

葉斐然 —— 著

目錄
CONTENTS

第四章　離婚的真相

成瑤回君恆的路上，才稍微覺得喘了口氣，然而她緊繃的精神狀態根本不敢鬆懈。

直到這時她才意識到錢恆說的那句話是什麼意思。

一開始成瑤以為錢恆是看不起自己，覺得自己連董山這麼簡單的案子都辦不好，現在才反應過來，他那句話，確實是出自真心的忠告。

案子有簡單和複雜之分，但並不是簡單的案子，就沒有陷阱，任何時候，對待案子都不能有輕視的想法。

律師和客戶，透過極短的時間，結成了委託代理模式的利益共同體，然而要在這麼短的時間裡讓客戶對律師掏心掏肺說出自己內心的想法，甚至有些是醜陋自私的想法，把真實的內心暴露給另一個人，實在並非一件容易的事。

尤其人都存在美化自己的傾向，即便董山內心知道自己做錯了什麼，但在表達時，所有的措辭和形容仍舊會不自覺地朝美化自己的方向而去，他會習慣性的為自己洗脫責任，好贏得別人的理解甚至安慰，久而久之，變相而扭曲地減輕自己內心的愧疚感，洗腦自己並沒有做錯，或者至少不是那麼大的錯。

更何況董山這樣的普通人，並不懂法律，他自以為稍微對事實進行模糊和粉飾，這些小細節並不會影響律師的工作。然而很多時候，一個案子能得到什麼樣的結果，能不能真的達成當事人的訴求，就取決於這些被他們認為不重要的細節。

因此當律師，必須要有打破砂鍋問到底的精神，客戶說的，要再三確認是否是實情，甚至要多方求證；客戶沒說的，更要深入挖掘，看看是否有遺漏的線索。

客戶不是專業的法律人，並不知道哪些細節重要哪些不重要，而掌握所有細節，分辨出至關重要的部分，正是他們聘請律師的目的，也是律師的職責和價值所在。

這是個簡單的案子，卻真實地讓成瑤上了一課。

此刻，在回事務所的路上，成瑤更是忍不住地拷問自己。

如果今天來和董山對接溝通的是錢恆，董山是不是一開始就會將自己真實的內心和情況全盤托出？

錢恆不近人情，也絲毫不願和客戶談及人情，然而他強大的專業能力和精英的氣勢，讓客戶不自主會對他產生信賴。

因此白星萌雖未和錢恆談及婚姻中的細節，但也明確告知了自己的訴求——給徐俊和解的希望，但堅決不和解，把戰線拖長，走訴訟程序，拖垮對方的上市。

而董山直接和自己接洽，卻沒第一時間把自己真實內心訴求告知成瑤。

要不是自己後來發現，萬一法官訴前調解，自己真的以為董山只要能認回兒子，和蔣文秀還是有感情的，因此按照不離婚的方向去撮合，豈不是完全和董山的意圖背道而馳？

光是這樣一個細節，就讓成瑤覺得自己與錢恆的距離，實在是很遠很遠。

雖然沒有錢恆那種讓客戶信賴的氣勢讓成瑤有些沮喪，但她很快又振作起來，哪個年輕律師不是從最簡單的案子開始辦起，一個個簡單的案子累積起經驗，才能在複雜的案子中抽絲剝繭，提煉出事實，成為一個圈內知名律師的？

她澈底放下自己之前的偏見。

大案也好，小案也罷，都是平等的。

對待再簡單再沒有挑戰的案子，自己也要用辦大案的態度去面對！

成瑤為自己打氣道，歷來武俠小說裡，最終逆襲成為主角的，不就是那些貌不引人掃茅廁的嗎？

既然進了五毒教，那自己怎麼也要努力，至少成為錢恆左右護法裡的其中之一吧！

成瑤和董山聊完時，一看時間，竟然已經六點了，她想了想，去所裡也沒什麼事，便下班回家了。

這幾天因為太忙，沒怎麼出門，怕威震天在屋裡悶壞了。成瑤看今天天氣不錯，便帶著狗子，久違地來了一次散步。

重見天日的威震天十分興奮，吐著舌頭到處跑，成瑤只能牽著繩子跟著。

成瑤自認為自己為遛狗準備得十分充分了。她牽著狗繩，還隨身帶著垃圾袋、衛生紙和小鏟子，狗可不懂不能隨地大小便，成瑤自認為自己是個有素養的公民，隨時準備幫威震天鏟屎呢。

然而她還是太天真了，她沒想到威震天根本不需要她鏟屎，因為牠自己就是屎的搬運工！

「不好意思，請問五棟在哪裡？」

成瑤幫快遞小哥指完路，才意外地發現剛才還興奮胡鬧的威震天竟然沒有作亂。成瑤此刻站在樹叢附近，狗狗也乖巧地把頭湊在樹叢裡舔著什麼。

秦沁這隻狗，說實話，成瑤是很頭痛的，哈士奇性格活潑，破壞力又驚人，平日裡出來遛，從沒乖巧站在一個地方的，今天竟然能這麼安安靜靜的，成瑤說不感動是假的。

狗果然是通人性的動物，自己這幾天跟案子這麼辛苦，連狗都懂事會體貼人了⋯⋯

這麼一想，成瑤整顆心都柔軟了起來，她忍不住彎下腰，想要輕撫一下威震天的狗頭。

然而對於自己難得的柔情，威震天並不感冒，牠只是專注而認真地繼續舔著地上的一坨什麼東西。

等等——

隨著自己俯身的角度和越發清晰的視角，成瑤心中有一種非常不妙的預感。

是什麼東西，能讓狗子舔得如此專注如此忘我？是什麼東西，能讓狗子忘記一切煩惱？是什麼東西，能讓狗子即便嚐過所有的山珍海味和進口狗飼料，都無法改變想吃欲望的？

答案只有一個——是屎啊！

威震天！在吃屎！

大概是自己的視線太過灼熱，威震天終於勉為其難地抬起了狗頭，在屎和成瑤之間天狗交戰了片刻，終於成瑤戰勝了屎，威震天選擇了成瑤。

可惜成瑤一點也高興不起來，因為威震天吐著剛吃過屎的舌頭，開心地朝成瑤跑去，眼見著就要舔成瑤……

成瑤只覺得眼前一黑，頭皮發麻，下意識往後退。

狗確實是通人性又聰明的動物，成瑤只是鬆懈了那麼一下，因為想要躲避而微微鬆開了手中的狗繩，威震天就如成功越獄的犯人一樣，趁著這當口，轉頭撒腿就跑了。

等成瑤意識到的時候，她手裡的狗繩早已不見蹤影。傍晚社區裡人流量高，等成瑤去追，威震天轉了幾個彎，混入人群裡，一下子就跑沒影了。

錢恆今晚和客戶有約，八點三刻才回到租屋處，然而這個時間了，家裡竟然沒有人，狗不在，成瑤也不在。

他想起剛進社區時在社區門口看到的安全警示。

近期在社區附近有不少女性受到鹹豬手騷擾，這個猥褻犯總是趁著夜色掩映作案，而隨著一次次得逞，膽子加大，昨天一位在社區裡夜跑的女性被他襲擊後，差點被拖進小樹叢裡強姦，物業和警方提醒社區裡的所有女性夜晚注意出行安全。

錢恆扯了扯領帶，社區門口那麼明顯的公告，看不見？天都黑了還不回家，成瑤瞎了嗎？

難道是想要逼自己出門找她？

錢恆想到這裡，冷哼了一聲，可能嗎？真是異想天開！一分鐘折合人民幣一六六點六六無窮的自己，親自下樓找人找狗？

想得美！

成瑤從傍晚一路找狗找到九點，結果連個威震天的狗影也沒見到。

倒是自己的老闆錢恆，從八點五十到九點，這短短十分鐘裡，竟然下樓扔了五次垃圾……

錢恆這種人，總覺得他上廁所，都要令人感嘆一聲，日理萬機的他竟然能親自上廁所。因此如今親自扔垃圾這件事，已經離奇到讓成瑤震驚了，而錢恆不知道今天是愛上了扔垃圾還是愛上了垃圾桶，竟然來來回回扔了足足五次，成瑤簡直不知道該說什麼好了。

第一次意外，第二次感慨，第三次愕然，第四次習慣，第五次就不得不讓成瑤懷疑今天的錢恆，是不是燒壞腦子了？

終於，在錢恆第六次下樓扔垃圾的時候，成瑤忍不住，朝著錢恆喊了聲：「老闆！」

只見錢恆正矜持地伸著兩根手指，小心翼翼地捏著垃圾袋，手指皮膚和垃圾袋之間還放了幾張衛生紙避免直接接觸，成瑤的聲音剛落，他就充滿嫌惡地把垃圾袋扔進了垃圾桶。

看樣子，顯然對扔垃圾和垃圾桶沒有什麼特殊的愛意，也不知道為什麼要強迫自己下樓扔了六次。

「垃圾交給我就行啦，不用你下來丟！」成瑤狗腿道：「您尊貴的手怎麼能用來丟垃圾呢！」

錢恆瞥了成瑤一眼，哼了一聲：「我的手當然不該用來丟垃圾，但妳人呢？一整晚都沒找到妳。」

「狗丟了！」成瑤提起威震天，十分沮喪，「我不敢和我朋友說我把她兒子搞丟了……」

「天晚了，先回去，明天白天印個尋狗啟事。」

成瑤挺堅持：「不行，我要繼續找，哈士奇跑了是回不來的，這狗笨。」她看了錢恆一眼，「老闆你先上樓吧，外面冷，我找到狗就上去。」

然而錢恆竟然沒有上樓，他站在夜風中，身姿挺拔，面容英俊，讓成瑤禁不住有些想入非非，難道他要陪我找狗？

「我上不上樓難道還要妳安排嗎？」

「……」

錢恆終於開了口，並成功讓成瑤知道不要隨便意淫老闆這個道理。

「我就不上樓。」錢恆言簡意賅地宣布了他的立場，「晚飯吃多了，我要散步消食。」

行吧，成瑤想，你是老闆，你說什麼都對，你就算現在說要裸奔，我都能幫你脫衣服以表支持。

成瑤絕了錢恆會幫忙的心，準備繼續一個人找狗，卻聽到錢恆又開口。

「如果妳求我的話，也不是不可以幫妳一起找狗。」夜風彷彿把他的嗓音也吹得有些不自然，他仰著脖子，看著不遠處的小樹叢，「畢竟妳一個人要是大半夜才把狗找回來，進屋的時候太吵了把我吵醒了怎麼辦？」

成瑤要什麼尊嚴，她立刻狗腿地從善如流：「老闆，我求你！」

成瑤的話音剛落，錢恆就邁步走了。

他抿了抿唇，回頭掃了成瑤一眼：「還愣著幹嘛？走啊，找狗。」

成瑤本來對老闆的加入也沒抱多少期待，只是沒想到，最後威震天竟然還是錢恆眼尖找著的。

狗被卡在社區花園景觀的一處柵欄裡，這柵欄附近被四季常青的灌木掩映，因此不仔細看，在夜色裡根本看不到這麼一片灌木裡卡著一個狗頭。

把狗拔出來這種事，自然不可能勞煩錢恆尊貴的手。

成瑤二話不說，衝上前就把威震天往外拉，可惜狗不配合，開始左右扭動，牠卡著的角度也很刁鑽，成瑤甚至想像不出這麼大一個狗頭是怎麼鑽進去的。成瑤手腳並用猶如拔蘿蔔一般拔了半天，也沒把狗拔出來。

「老闆……」

錢恆沒好氣道：「看我幹什麼？難道讓我拔狗嗎？」

唉，說的也是，成瑤想，她的老闆不僅矜貴，還怕狗！

這個時候，打電話給一一九，讓人家消防隊員來拔隻狗，實在不適合，成瑤想了想，突然靈機一動，她可以打電話給顧北青啊，他好像住的離這裡不遠，畢竟是學長，這個忙應該會幫！

而正當成瑤開始翻顧北青電話的時候，站在旁邊的錢恆發話了。

「妳要打電話給誰？」

「我學長！」

錢恆皺起了眉，語氣也上揚了：「顧北青？」

「是啊，他……」

結果成瑤的話還沒說完，就被錢恆的動作打斷了，他突然脫下那件昂貴的高級訂製外套，然後動作行雲流水般地把外套罩住威震天的狗頭，成瑤還沒來得及說什麼，錢恆就把狗頭拔了出來。

「行了，不用打了。」他冷冷地看了成瑤一眼，「大半夜的，找人家出來就為拔個狗頭這種事，太矯情了。何況只是工作關係，不要給人暗示和遐想的空間。」

成瑤一臉茫然：「我給人家什麼暗示和遐想的空間了？」

「人家會以為這是妳的示好，故意找藉口見他。」

老闆，你是不是想太多了？你們男人的內心戲這麼多？

然而對於錢恆的出手相助，成瑤還是十分感動的，尤其她沒有忽略一個細節，幾乎是剛拔出狗頭，錢恆就如燙手山芋一樣把威震天朝成瑤懷裡丟，他確實是怕狗的，最終還是幫了忙。

「老闆，你的衣服，我一定會幫你送乾洗的！」

成瑤一提起衣服，錢恆的臉上就露出不加掩飾的嫌棄：「別，給我扔了。」

「這衣服很貴啊！」

「狗碰過的東西，我不要。」錢恆一臉嫌棄，「把衣服提得離我遠點。」

成瑤看了錢恆一眼，小心翼翼地試探道：「是因為你怕狗，所有和狗沾上關係的東西都不要了嗎？」

就在成瑤以為錢恆不會回答的時候，錢恆卻抿了抿嘴唇，開了口。

「我不怕狗。」

什麼不怕狗，你看到威震天的眼神，已經說明了一切啊！

「我只是討厭狗。」錢恆冷哼一聲，「狗這種東西，太髒了。」

成瑤剛想解釋威震天每天都有洗澡很乾淨，卻聽錢恆繼續道——

「妳知道狗真的會吃屎嗎？」

成瑤：？

錢恆的表情簡直如回憶噩夢一般，他皺著好看的眉，一臉忍無可忍般的嫌惡表情：

「我小時候，被一條剛吃了屎的狗追了半條街。自此，在我心裡，狗，就等同於屎了，被狗污染的東西，不論多貴，也變成了屎。」

成瑤忍不住問道：「為、為什麼這麼鍥而不捨地追你啊？」

「我有什麼辦法。」錢恆嘆了口氣，冷淡中帶著些許無奈的苦惱，「可能人格魅力真的太大了，連狗也抵擋不了。」

「……」

「我真搞不清楚，這些狗為什麼要吃屎？」夜色下，成瑤尊貴的老闆用提出世紀課題般的語氣發問，然後，他看了此刻安靜下來的威震天一眼，「不過妳的狗，每天都有進口飼料伺候著，想來應該不會再吃屎了吧。」

「老闆，狗改不了吃屎，你別覺得威震天就例外。」成瑤的心中對威震天剛才吃屎的場景還心有餘悸，她一時忍不住吐槽，「你別看牠這樣，牠剛吃了一坨熱氣騰騰新鮮出爐的屎……」

成瑤最後那個「呢」字還沒說完，威震天就以迅雷不及眼耳之勢，竄到錢恆面前，然後飛快地伸出自己濕漉漉的舌頭，像是要感激錢恆幫牠拔出狗頭一般，討好地吧嗒吧嗒舔起他的右手……

這一瞬間，錢恆本來氣色很好的臉，一下子變得蒼白了，然後再從蒼白，變成了煤黑……

他震驚了，僵硬了，石化了……

成瑤的腦海裡回想著他剛說過的話——

「狗，就等同於屎了，被狗污染了的東西，就變成了屎。」

所以老闆，您這個被剛吃了屎的狗舔了，已經也等同於變成屎了的手，是要砍了還是砍了還是砍了啊？

成瑤覺得自己已經沒辦法再直視錢恆的手了！

那個晚上，成瑤膽戰心驚地帶著威震天回了家，而錢恆，則帶著一臉窒息的表情，踉踉蹌蹌衝到廁所。

然後，他在廁所一言不發地度過了將近半個晚上。那半個晚上，成瑤聽到洗手間的水龍頭沒關上過，那嘩啦啦的聲音，彷彿是錢恆心中流不完的眼淚……

他就這麼沖了一晚的手。

第二天成瑤特地早起，並且把自己的歐舒丹護手霜好心地進貢給錢恆，偷偷地放進他的文件袋裡。她總覺得，錢恆比自己更需要它……

不僅他那洗了大半夜的手需要呵護和滋潤，這支馬鞭草味的護手霜，希望能掃除錢恆對自己的手已經被屎間接污染過的陰影，讓他的手至少變成聞起來還不錯的屎……

因為威震天的所作所為，成瑤早上很識相地沒有讓牠出來在客廳玩。她為錢恆準備了一頓豐盛的早餐，希望錢恆能夠對昨晚的事既往不咎。

早餐顯然是對錢恆胃口的，他雖然繃著臉，但一口不剩地吃完了。

擦了擦嘴，他才終於瞥了成瑤一眼：「我昨晚那件西裝呢？」

「扔了扔了！」成瑤堆著笑，一張臉寫滿狗腿，「老闆說了讓我扔，我肯定扔，這種被那啥污染過的東西，怎麼能出現在老闆的面前污染你的視線？這絕對不行啊！」

「那妳撿回來吧。」

成瑤：？

錢恆優雅地擦了擦手：「我現在覺得，妳說的也有一定的道理。」

「啊？」

「現在經濟不景氣，物資也挺匱乏的，我作為站在金字塔頂端百分之五的高收入人群，應該以身作則，不要浪費。」

成瑤滿臉問號：「所以？」

「所以，妳把我的衣服乾洗一下，搶救一下，我覺得還可以用。畢竟碰到髒東西，不等於就變成了髒東西了。」錢恆咳了咳，狀若自然地接道：「就像有些性侵受害人，遭受侵害，但錯的不是她們，她們也不會因為被侵害就變得不乾淨，妳說對嗎？」

這都什麼跟什麼啊？不就是洗個衣服嗎，還能扯到性侵了？

「按照這個邏輯，我的手，雖然碰到了不該碰的東西，但並沒有髒，洗乾淨了就可以繼續用了。」

錢恆這番話與其說是說給成瑤聽的，不如說是說給自己聽的。

從他的神情和語氣裡，能一清二楚地感受到他內心的掙扎和痛苦，看來昨晚是真的認真思考了自己的手還能不能用這個議題，只是既然說服了自己……

成瑤忍不住揶揄：「那老闆，為什麼你剛才吃早飯，都用左手啊？我看你不是左撇子啊，用左手夾雞蛋的時候，我看你的手都在發抖，雞蛋都掉了幾次呢……」

錢恆冷冷地看成瑤一眼：「本來我還想不出今晚吃什麼，現在我想好了。」

「想吃什麼？」

「狗肉火鍋我覺得挺好的。」

「……」

成瑤想，行了行了，我閉嘴：「這件事確實我也有責任。」她眨了眨眼，誠懇道：「所以為了表達我的歉意，老闆，今晚我請你吃飯吧，正好發薪了！」

結果錢恆絲毫沒有體恤成瑤的一片心意，他打擊道：「妳的薪水真的夠我吃嗎？」

成瑤搓了搓手，期待地看著錢恆：「可能不太夠，我只是一個貧窮的律政新人……」

「那要不要我多發點獎金給妳？」

等的就是這句話了！成瑤拼命點頭。

她那句「好啊」還沒說出口，就遭到錢恆的毀滅性打擊。

他扯著嘴角笑了笑：「想的挺美。」

「……」

「多看看妳銀行戶頭餘額，就能清醒點了。」

不管錢恆對自己的薪水多麼鄙夷，成瑤還是抱著報恩的態度咬牙訂了一家高檔的米其林餐廳，預計花費確實能抵得上成瑤一個月基本薪資了，但因為白星萌案一事，她確實一直想找機會感謝錢恆。

錢恆雖然語氣裡對成瑤請客吃飯很看不上，但也默許了今晚的飯局。

因為起的早，成瑤今天還得到了蹭錢恆的賓利去君恆的殊榮，只不過錢恆在離君恆還有一段距離的時候，就靠邊停下了車。

「下去吧。」

「欸？還沒到啊……」

錢恆的語氣裡充滿理所當然：「難道還要我送妳到地下室？」

「難道老闆你要去別的地方嗎？不是直接去所裡？」

「我當然是去所裡，但妳坐我的車去，不太適合。」錢恆正色道：「萬一被所裡同事看到，妳從我的車上下來，傳出什麼桃色緋聞，會破壞我的名聲和品味。」

「……」

錢恆抬了抬下巴，指了指車門：「所以下去吧。自覺點。」

「……」

最終，成瑤只能下了車，看著錢恆的賓利屁股在自己眼前揚長而去，留下一串廢氣。

「成瑤！」

就在成瑤內心還在腹誹錢恆之際，她的身後傳來包銳的聲音。成瑤回頭，便看到包銳一瘸一拐身殘志堅地朝她走了過來。

成瑤心下一個激靈，千萬別讓包銳看到她搭錢恆車過來啊，萬一誤會了什麼，錢恆還不往死裡收拾自己？

結果好的不靈壞的靈，包銳拍了拍成瑤的肩：「我剛剛怎麼看到妳從錢 Par 的車上下來啊？」

成瑤立刻準備解釋澄清：「我和錢 Par 什麼都……」

「妳真慘啊！」結果成瑤的話剛出口，包銳就頗為同情地長嘆了一口氣，「錢 Par 是不是一大早就讓妳到他家去送材料了？」

「欸？」

「不然怎麼可能載妳一程啊？」

這下換成瑤虛心求教了：「那對提前把我放下車，你覺得怎麼解釋啊？」

包銳用一種「這還不好說」的表情看成瑤一眼，他的手朝著不遠處一家現烤麵包店：「還不是讓妳下車幫他買早餐？」

「……」

成瑤很想讓錢恆聽聽，看看他平日裡在同事們心中都是什麼形象？和他同乘一輛車，根本不會被誤會的好嗎！

因為搭車，今天的成瑤沒有遲到，她和包銳一路閒聊著進了君恆。

然而幾乎是剛坐下，就接到了內線電話，被錢恆叫進辦公室。

成瑤戰戰兢兢地走進辦公室，心裡直嘀咕，今天沒有遲到啊……

「成瑤，董山這個案子，不用跟進了。」

「為什麼？」

這實在太出乎成瑤的意料了，她咬了咬嘴唇，在心裡過了遍董山案的情況：「老闆，請問這個案子裡我是哪裡做的還不夠好嗎？」

就算被踢出案子，死也要死個明白，要是犯了錯，下次也能及時改正。

「不，這個案子妳做的很好。」錢恆喝了口咖啡，「不是妳的問題。」

「那為什麼這個案子不跟進了？難道董山撤訴了？他和蔣文秀和好了不離婚了？這應該不可能啊……」

「董山死了。」

成瑤一臉茫然地看著錢恆，這確定不是在開玩笑？又不是名偵探柯南，一集要死一個人，怎麼白星萌案死了對方當事人，董山案死了自己當事人……

難道董山雖然出軌劈腿，但是在午夜夢迴時想起糟糠之妻，心裡愧疚，在原配和小三間痛苦糾結，最後悔不當初所以選擇自殺？

「妳聯想的雞翅膀可以停一停了。」錢恆掃了成瑤一眼，丟了份文件給她，「董山的死完全是意外，出了車禍，大貨車超載，轉彎時側翻，壓到他的車，當場死亡。今早凌晨的事情，他本來趕著去機場出差，我剛接到他助理的電話，這裡是剛才傳真來的死亡證明。」

成瑤看著眼前的死亡證明，整個人很茫然。事情太突然了，昨天的董山還和她商談案件，期待著自己脫離婚姻後奔向愛情的未來，今天就……

或許有時候生活真的比任何編劇都更戲劇化，人類在天災人禍面前，真的太渺小了，意外和明天，你真的不知道哪一個先來。

「離婚訴訟期間，一方當事人死亡的，訴訟終結。」錢恆的表情仍然淡淡的，「所以這個案子我們不需要跟了。至於董山，他一直想達到的目標，也算達成了一半，他和蔣文秀的婚姻關係，確實終結了，只是以死亡的方式。」

雖然董山在婚姻上是過錯的一方，但一個大活人，就這麼死了，成瑤的心裡還是有些壓抑和鬱悶。

董山或許永遠也想不到，自己是用這種方式和蔣文秀結束婚姻的吧？很諷刺，然而冥冥之中又像是一種宿命的懲罰。

「董山的追悼會在一個小時後，董山助理通知我們時間地點。作為律師，也送他最後一程吧。」

成瑤有些訝異，今早凌晨出的車禍，怎麼今天上午就開追悼會了，按照習慣，通常會是在人去世後三天才會開追悼會的，董山的追悼會開的倒是有些趕了。

同樣令成瑤疑惑的是：「老闆，您上午這個時候約了一個潛在客戶商談委託代理事項的，這個客戶是遺產繼承糾紛，就是號稱標的有二十五億的那位……」

「幫我和客戶溝通，爭取改約，客戶不願意的話，只能道歉、取消這個預約。」錢恆的語氣很淡然，如果不是成瑤知道，要是旁人，光聽他的語氣，恐怕以為他只是在取消一個人均一百元餐廳的預約呢。

二十五億人民幣標的糾紛的客戶，不論到哪裡都是搶手貨。並且這些富有的客戶，往往不能接受別人的怠慢，已經約好的見面時間，律師臨時改約，即便情有可原，對方恐怕也心裡不悅。

錢恆雖然很優秀，但也不是沒有別的律師團隊能夠和他抗衡。成瑤很清楚，錢恆這樣的決定，極有可能是把這位二十五億標的的客戶推向別的律師。

在錢恆的心裡，董山的追悼會，比二十五億標的代表的律師費還要重要嗎？

就在成瑤思索之際，錢恆又看了她一眼：「妳和我一起去，把口紅抹了，太花枝招展了，不適合。」

「我沒塗口紅啊……」成瑤出了錢恆辦公室，還有些冤枉，「這是本來的唇色。我不過是塗了個沒有顏色的潤唇膏啊！」

直男這種生物，真的完全分辨不出女性到底有沒有化妝啊，難道花枝招展唇紅齒白就一定是化妝了嗎？

成瑤想，好氣啊！

好在平日裡都穿著黑色套裝上班，因此臨時被通知參加董山追悼會，錢恆和成瑤的裝束也是適合的。

兩人趕到舉行追悼會的殯儀館時，已經來了很多人了。

董山作為一個商界人士，生前交友圈廣，來參加追悼會的，除了親朋友好和真味餐飲的管理層員工外，還有他商場上的朋友。

歷來有俗話說人走茶涼，如今董山身死，這光怪陸離的人脈圈才初現端倪。真正紅了眼眶痛苦到幾近情緒崩潰的，除了董山年邁的老父親外，就是蔣文秀和董敏，而其餘來參加追悼會的所謂商界朋友，不過把這追悼會當成另一場結交人脈的社交而已。

大家禮貌而客氣地說一聲「節哀順變」或者「一路好走」，送兩個精緻的花圈挽聯，再出一份白事禮金，禮節性地安慰死者親屬兩句，也就盡到了一個「朋友」的責任。

一個人的死，最大的傷痛，永遠是留給最親近也最愛他的人的。

之前因為董山的離婚起訴而一病不起躺在醫院的蔣文秀，此刻再遭受董山意外死亡的打擊，整個人可以說形銷骨立，如紙片一般。

成瑤之前在網路上媒體採訪的影片裡看到她，記得是個氣色好保養佳的女人，雖然算不上漂亮，但五官端正，穿著得體，眉眼裡也能依稀窺測到幾分年輕時的靈動。

然而如今的蔣文秀，一雙眼睛暗淡無光，整個人都是灰敗的。因為哭泣，她的妝已經花了，露出慘澹的臉色，一雙眼睛紅腫著，她明明還活著，但給人的感覺卻如同一具行屍走肉，失去了靈魂失去了目標。

一貫霸道嬌慣的董敏也哭得泣不成聲。這對母女，就這麼互相攙扶著，堅持感謝著每一個能到追悼會上送董山一程的人。

自到達追悼會現場，錢恆很沉默，他的臉上並沒有特殊的表情，顯得肅穆而安靜。只是在董山的遺體告別時，他終於輕輕地嘆了口氣：「他是我第一個客戶。」

成瑤愣了愣。

錢恆的唇線緊緊地抿著：「那時候我只是個初出茅廬的年輕律師，沒有經驗也沒有現在的名氣，但是董山選擇相信我。我以為我可以幫他處理一輩子家事法律問題的。」

如錢恆這樣感情內斂的人，很多話都是點到為止，他只說了這幾句，就再也沒有表態了，只是跟著人群，一起為董山送上一支白色的菊花。

然而成瑤並不傻，寥寥幾句，足夠她意識到，這就是錢恆寧可取消二十五億標的客戶預約，也要來赴這場追悼會的原因。

董山是他第一個客戶，即便嘴上曾經說著不在意，然而內心裡，錢恆永遠是感激的，他一直銘記著最初董山給予自己的那份信任。

世人皆說錢恆冷心冷肺，然而成瑤卻覺得，錢恆的心，剝開了那層冰冷的外殼，裡面是暖的。

成瑤所站的位置，能看清蔣文秀的側臉，她的臉上，是悲痛欲絕卻強忍著情緒的堅強，是悲慟到無以復加的絕望。

或者真是應了那句話，人只有死了，才能知道誰才是真正愛自己的人。成瑤想，如果董山能來看看這場景多好，他就知道，雖然他可以為了所謂的愛情犧牲和摒棄蔣文秀，但他之於蔣文秀，卻是整個世界。

遺體告別儀式後，本應由蔣文秀作為配偶進行簡單致辭，然而蔣文秀的精神已經完全支撐不了她做這些，董敏哭著懷念父親董山。此後，董山的遺體，便由他的近親屬陪同著，由殯儀館的工作人員進行火化。

在將遺體送至火化間之前，蔣文秀特地由董敏攙扶走到錢恆的面前：「錢律師，請您能不能等等我，我送完我們老董最後一程，有些話想和您說。」

這請求雖然有些意外，但錢恆還是點了點頭。

錢恆和成瑤等在會客間，他們並沒有等多久，過一陣子，蔣文秀就由董敏扶著走了進來。

她的模樣像是剛死過一場，明顯看出身體和精神透支，然後站定後，她揮了揮手，讓董敏在外面等。

「錢律師，我知道老董委託你起訴離婚，我也曾對你很怨恨，尤其敏敏，還做了很多過激的事情給你造成了困擾，我想當面和你道個歉。」

即便是這種情況下，蔣文秀說話仍舊不卑不亢，語氣溫和，極有親和力，成瑤忍不住對她在同情之餘大生好感。

提及離婚二字，蔣文秀的眼神忍不住暗淡了點，她壓抑而痛苦地輕吁了口氣：「可能是老董到了更年期，公司的壓力又很大，多多少少讓他心情不好，這幾年，因為高血壓的原因，脾氣很容易暴躁，我這個人卻只顧著孩子，沒想到老伴，一直以來忽略他的感受，沒能好好體諒他照顧好他，也吵了幾次架，結果兩個人都五十多歲了，這麼一把年紀還鬧脾氣吵離婚……」

人死以後，不論生前做過多壞的事，即便是萍水相逢，追悼會上，大家都能回憶起他的好來，更別說相濡以沫幾十年的夫妻了，恐怕此刻在蔣文秀心中，滿是懊喪和悔恨，都是對董山的回憶和想念。

「我和老董，從在一起到結婚，到生下敏敏，都是坎坷重重，我家條件好，他卻一窮二白的，雙方家人都反對在一起，我們頂著壓力結婚，沒有任何長輩的祝福，我從家裡逃出來，也沒有任何錢，我們就一路白手起家到了現在。結果好不容易安定下來，想要孩子了，一連流產了四次，一查才發現是因為我們兩個人白細胞抗原太相似，導致封閉抗體低下，很容易流產，敏敏是我們千辛萬苦保胎才留下的孩子。」

蔣文秀說到這裡，又抹了抹眼淚：「老董喜歡孩子，之後我們也試過再要，可是我已經習慣性流產了，再也懷不了了，所以對敏敏我很溺愛，也導致這孩子不懂事，太驕縱。」

成瑤心下有些驚訝，她聽董山提過董敏是很艱難才懷上的孩子，也提過蔣文秀身體原因沒法懷孕，但當初董山的措辭，無論如何都讓人覺得是蔣文秀自身的原因，而與他無關，然而實情原來是如此……

陰差陽錯，上天彷彿和他們開了玩笑，衝破了各種世俗障礙在一起，竟然抗原相似到難以保住胎兒，然而，即便是這樣，這兩個人都堅持了下來，如果沒有董山的背叛，這該是一段被傳為佳話的愛情。

可惜生活總是有那麼多但是……

「我知道老董鬧離婚，很受打擊的，但我心裡清楚，我和他這麼多年的感情，這麼多年風風雨雨，也不是原則性問題，什麼矛盾，最後都能解決。這婚，最終也不會離，只是沒想到，他卻先走了一步。」

此前董山告知自己婚外情情況時，成瑤內心是十分鄙夷的，男人偷偷背著老婆養情婦，無論如何都十分低級，然而這一刻，成瑤反而忍不住感謝起董山的欺騙，他始終沒有讓蔣文秀知曉小美的存在，因此此刻隨著他生命的戛然而止，反而在蔣文秀心中為他們這段感情這段婚姻畫上了完整的句號。

這對蔣文秀來說，或許也是一種仁慈。

她恐怕無論如何都不能接受曾風雨同舟全身心倚靠的男人，竟然有了情人，更過分的是，這不僅是身體的出軌，更是精神的背叛，而這種背叛，董山稱它為愛情。

「起訴離婚這件事，目前除了我和敏敏還有公司幾個親近的人，其餘人都不知道，既然老董現在出了這樣的事，錢律師，我希望你能幫我們保密，就算留給我們家人最後的尊重吧。」蔣文秀低著頭，「反正無論如何，老董如果活著，我知道最後我們都是會和好在一起白頭偕老的，我現在不希望老董去了以後，還有什麼風言風語，我已經承受不住別人的眼光了。」

「另外，你也為起訴花費了很多精力，律師費我會替老董付的。我們家老董給你添麻煩了。」

「不用。案子還沒有開庭，我沒有付出多少精力。」錢恆抿了抿嘴唇，「至於保密，身家事類案件，我和我每一位當事人都有保密條款約束，即便委託代理不再有效，保密條款是永久有效的，妳可以放心。」

蔣文秀的臉色還是慘澹，然而也強撐著和錢恆道了謝。

與蔣文秀董敏告辭離開後，成瑤坐在錢恆的賓利上，還是忍不住有些唏噓和感慨。

「真的不知道蔣文秀這麼好的人，為什麼董山還要出軌，你看他們一路在一起到結婚創業生孩子，都不順遂，那麼多苦和難都忍過來了，現在什麼都有了，卻要這樣？當初能一起面對這麼多阻礙，董山對蔣文秀應該是很愛的啊……」

「只恨人心不似水，等閒平地起波瀾。」錢恆的聲音仍舊淡淡的，「成瑤，愛是會變的。作為一個家事律師，妳很快就會習慣的，沒有什麼感情是永恆的。」

「只能說，或許這樣的結局，對蔣文秀來說，也不算太壞吧，雖然董山提起離婚，讓她和董山的感情和婚姻裡有了這麼一點細小的瑕疵和裂縫，但好在她什麼都不知道。」

成瑤嘆了口氣，說到這裡，又有點糾結，「但是因為她不知道董山出軌的事，心裡對董山還有很深的感情，看追悼會上的樣子，那難以忘懷的模樣，恐怕餘生裡一輩子都會記著董山，也不可能開始什麼新的感情了……」

「她知道。」

「欸？」

錢恆目不斜視，語氣卻是篤定的：「蔣文秀什麼都知道了。」

成瑤第一個反應就是不信：「怎麼可能？假設她知道了，能不對董山恨得咬牙切齒？在追悼會上的樣子，根本是裝不出來的。」

「成瑤，人心是很複雜的。」錢恆淡淡瞥了成瑤一眼，「蔣文秀和董山可是一起白手起家的，甚至外界不知道的是，真味餐飲能做大做強到今天這一步，核心人物並不是董山，而是蔣文秀，她是個很有商業手腕也很有氣魄的女人。她曾是董山唯一的軟肋，但是現在董山不在了，她的理智和聰敏都能毫無顧忌地發揮出來了。她的難過是真的，畢竟這麼多年的感情和扶持，但該為自己做的打算，她一點也沒落下。她是個優秀的也值得敬佩的女人。」

成瑤內心的天秤顯然天然地偏向著作為原配的蔣文秀：「她為自己打算也沒什麼，何況你說她已經知道董山出軌的事，也不過是你的猜測吧。」

「在董山起訴離婚之前，她確實什麼也不知道，所以一時之間難以接受，直接氣暈住院，但她也不傻，董山突然這樣提離婚必然有妖，這些天來想必她已經什麼都知道了。」

「而且她不僅知道董山出軌，也知道董山的情人已經懷孕即將生產了。」錢恆側著頭看了成瑤一眼，輕哂道：「所以她連遺體停放至少三天再火化的習俗都沒有遵守，凌晨死亡，今天上午就飛速辦好了追悼會，直接火化了。」

關於這一點，成瑤其實也覺得十分奇怪，追悼會辦得確實太趕了，要不是警方介入調查確證是意外車禍，甚至要讓人懷疑蔣文秀動了什麼手腳。

是為了什麼，讓蔣文秀如此急切地要火化董山？

錢恆的聲音一如既往的冷靜，他毫無波瀾地敘述著答案：「是為了遺產。」

成瑤愣了愣，終於反應過來：「董山那個情人小美等於有了董山的遺腹子，雖然是非婚生子，但是作為董山的子女，這個孩子一旦出生，也是第一順位繼承人！如果董山沒有遺囑，那麼這個私生子就和董敏一樣，有完全相同份額的財產繼承權！」

錢恆終於鬆了口氣一般：「我還以為妳要等我一個字一個字解釋清楚才能反應過來。總算，妳比無可救藥還好一點。」說道此處，錢恆伸出兩根手指比了比，「就好這麼一點。」

他的兩根手指間，間距幾乎等同於零……

然而成瑤這時候根本顧不上反駁錢恆的打擊了，她只覺得自己像是終於找到線索的警探：「因為是非婚生子，想要證明這個孩子有繼承權，就必須證明他和董山的親子關係，必須進行DNA鑑定，但是這時候董山的遺體已經被火化了，他的身體組織和DNA等於全部滅失了！小美沒有辦法主張親子鑑定了！」

直到此時，成瑤才意識到，蔣文秀為什麼最後特地約見了錢恆和自己，並且關照要求將起訴離婚一事保密。

因為她要從源頭上澈底地否認小美的存在，即便小美最終帶著孩子找上門，她也要將這個遺腹子的存在蓋棺定論成無稽之談或者是蓄意的詐詐，畢竟在不知情的外人眼裡，包括他們的女兒董敏，在爆發離婚訴訟之前，都以為他們是恩愛非凡的一段佳話。

成瑤突然覺得，婚姻有如戰場。

婚姻是最穩定最親密的結盟關係，有甜蜜、相愛、溫情，但同時，也充滿了爭吵、衝突、背叛、欲望、私心和猜忌。

或者一段婚姻的開始，始於愛情，然而最終，卻進入一場不流血的兩性戰爭。

一時間，成瑤突然對愛情、對婚姻、對男人，都有些失望了，她盯著車窗外不斷後退的風景，看向錢恆的側臉。

不論哪個角度，錢恆似乎都找不出任何死角，長相確實出色，成瑤的目光描摹著他的臉部線條，從挺翹的鼻梁到俐落乾脆的下頜線。錢恆很英俊，但那過分的英俊裡，總覺得帶了點涼薄和無法駕馭。

鬼使神差的，成瑤抬頭問了錢恆一個問題。

「是不是所有的男人，潛意識裡，都想出軌？就像是一種動物性的本能？」

董山和蔣文秀這樣的感情，也在小美面前把持不住。

「不是。」錢恆的回答果斷而簡潔，「我永遠不會。」

雖說這種話，不一定能當真，但成瑤還是有些感動，至少錢恆有這份心：「老闆，你未來的伴侶一定很……」

「幸福」兩個字還沒說完，成瑤就聽錢恆繼續道——

「畢竟這個世界上沒有比我自己更完美的人了。」

「欸？」

錢恆連目光也懶得分給成瑤，微微抬了抬眼皮：「愛自己是一段終身浪漫的開啟。」

「只愛自己，就永遠不會出軌。」錢恆說到這裡，忍不住又看了成瑤一眼，他微微一笑道：「當然，這也要自己足夠優秀，像我這樣的，肯定是不會出軌了，但像妳這樣的，不好說。」

「……」

什麼愛自己是終身浪漫的開啟？說這麼好聽？

這他媽的不就是自戀嗎？

董山的案子就這麼無疾而終，成瑤雖然內心起伏，但逝者已去，一切也都塵埃落定。

晚上的時候，按照約定，成瑤帶著錢恆到了之前約好的米其林餐廳。

成瑤自己從沒吃過這麼奢侈的東西，因此十分新奇，只是她沒想到，米其林講究的是意境和細細品味，因此上菜並不快，每道菜之間隔著很久的時間，而這段時間裡，她不得不和錢恆在包廂裡，四目相對……

「既然有時間，那我們來背法……」

「老闆！我們來聊聊人生吧！」

成瑤急中生智，在錢恆要求進行背法條這種死亡互動之前制止了他。

錢恆愣了愣，然後抬頭問道：「聊什麼？」

「你、你為什麼大學會選法律系？」成瑤絞盡腦汁道：「是因為對法律有信仰嗎？」

「哦，不是啊，我看錯科系了。」

成瑤：？

錢恆雲淡風輕道：「填志願那天我通宵打遊戲，早上起來眼睛有點花，我以為自己填的是法語，後來報到才發現原來是法律。」

「……」

錢恆抿了口日式煎茶：「當年喜歡法國文藝電影，所以想學法語，現在想想跟本沒必要讀法語系。」

「因為小語種就業比較狹窄？」

「不，我發現原來法語這麼簡單，我隨便學了一年半，就通過了C2，和法國人交流沒障礙了，學四年，單純浪費時間。」錢恆笑笑，臉上充滿了理所當然，「妳看，人年輕的時候，確實也有時候看不清自己，選科系那時候，我怎麼知道自己原來這麼聰明呢？」

「……」

成瑤想，這個人生，我快聊不下去了……

不過讓成瑤在意的是，錢恆竟然會通宵打遊戲，從他現在冷冰冰的模樣來推測，成瑤真想不到他年輕時還能對遊戲這麼熱情，作為一個重度遊戲中毒者，成瑤有些按捺不住內心的好奇心了：「你以前很喜歡打遊戲嗎？是什麼遊戲呀？」

「那時候在打《暗黑破壞神》。」

成瑤有些驚喜：「我也超喜歡那個的！你用什麼職業？」

「法師。」

「法師啊，法師前期絕對是單打獨鬥，不管裝備多好，都有可能被秒欸！」講起這個懷舊的遊戲，成瑤的眼睛也亮了起來，「我喜歡用德魯伊，德魯伊算是全能職業，駕馭元素沒問題，也可以召喚野獸，本身還能化身成熊或者狼。」

錢恆撇了撇嘴，一臉不屑：「什麼全能職業，就是個『雜交』的雞肋，什麼都會一點，什麼都不專精，元素不如女巫，召喚不如死靈法師，變成野獸近戰不如野蠻人。德魯伊這種角色，一開始新手玩玩比較好，真正通關玩法師才有意思。」

「除了暗黑破壞神，CS我也玩！」

「CS啊……」

成瑤沒想到，自己有朝一日和老闆竟然能聊天聊到忘乎所以，明明米其林美食當前，她和錢恆竟然聊的熱火朝天到顧不上吃了。

兩個人從古早經典遊戲聊到現今的遊戲和電競，又聊到法國文藝電影、樂隊、音樂。雖然不願意承認，但成瑤也發現，自己和這位劇毒的老闆，竟然有很多相同的愛好。兩個人喜歡同樣的遊戲，喜歡同樣的文藝電影，喜歡同樣的樂隊和歌手。

雖然從時間上來說，成瑤和錢恆的接觸的機會是很多的，然而在此之前，錢恆對她而言，不論互動多少，仍舊是充滿距離感的老闆。

專業、精英、毒舌、自我感覺良好，成瑤不自覺把他貼上了很多標籤，然而除此以外，成瑤也說不上多瞭解錢恆。

只是這一刻，成瑤突然覺得，錢恆在她的世界裡一下子變得鮮活了起來。

眼前的錢恆正在討論著重金屬音樂。

「我比較喜歡北歐的死亡金屬風格，北美的死亡金屬流派音樂太血腥了，北歐的相對來說更注重旋律，風格淒美，但不至於血腥。」錢恆不知道想到什麼，說到這裡，突然笑了一下，「想想我以前喜歡的東西也真是很非主流。」

不知道為什麼，這個笑，像是化作了實體，輕輕的又重重的撞擊了成瑤心裡的鐘。

錢恆確實有副絕色好皮囊，平日裡他很少笑，然而一笑起來，成瑤才知道，原來真的有人是一笑百媚生的。

錢恆笑起來的時候，成瑤才發現，他有一顆虎牙，這讓他整個人看起來活潑、青蔥，配上他毫無陰霾的眼睛，只覺得這個男人陽光、燦爛。這一刻，錢恆不再是君恆那個高冷的合夥人，反而像一個普通的陽光大男孩，有自己的愛好，有充滿遊戲和熱血的青春，有過青澀，有過中二，說不定甚至有過洗剪吹的非主流時期……

當然，眼前這位和萬千普通大男孩唯一不同的是，他的臉不太普通。

他像是上好包裝的巧克力甜點，還撒著金箔，讓女生完全無法抵抗，即便擺放在櫥窗裡，即便和成瑤還有距離，錢恆笑裡帶起來的甜美氣息，卻是忍不住溢了出來。

以前錢恆成天繃著個臉的時候，成瑤一直希望他能多笑笑，但這一刻，成瑤衷心地希望，自己這位老闆，確實還是少笑笑為妙。

有些人笑起來，真的太要命了。

一頓米其林，吃到最後，成瑤竟是心不在焉，直到付錢的時候，帳單的數字才讓她重新清醒起來。

「刷卡吧。」

然而就在成瑤內心掙扎著準備掏錢包的時候，錢恆伸出手，向收銀檯的服務生遞出自己的卡。

「欸？」成瑤有些疑惑，「不是說好了我請嗎？」

「我是很有原則的，不太習慣讓女性請我吃飯。」錢恆高貴冷豔地笑笑，「免得欠下人情，讓別人以此為理由和藉口，頻繁地接近我，又或者覺得我接受她請客吃飯，是對她有什麼意思。」

成瑤忍不住內心的疑惑：「那你之前吃麵還有喝酒，不都是我買單的嗎？為什麼那時候你沒堅守自己的原則啊？」

錢恆瞪了成瑤一眼，聲音帶了些咬牙切齒：「妳是不是想自己付錢？」

成瑤連連擺手：「不想不想，老闆，您請、您請！」

只是不知道是不是巧合，錢恆剛刷了卡在簽字的當口，成瑤隨意一個回頭，竟然看到熟悉的身影。

穿著白色低胸長裙的白星萌，正挽著一個男人的手，娜娜婷婷地朝著門口走來。

白星萌的氣色很好，仍舊美豔無雙，臉上笑容燦若桃李，絲毫未見情緒被徐俊自殺事件影響的端倪。

即便因為君恆官方帳號已經發表起訴白星萌的聲明，導致當初輿論上對她也頗有些懷疑，一批明事理的網友開始深思這件事的真相，但深諳輿論和媒體操縱的白星萌，硬生生拼命砸錢雇傭了一批水軍，為自己洗白。

而也不知道是不是她天生運氣好，就在那個當口，娛樂圈裡接二連三地爆出了幾個驚天大料。當紅已婚影帝竟然被發現是個騙婚的同性戀、主打純天然美少女的知名小花原來曾經整過容、全民選秀節目被曝結果早已內定……

這一波接著一波的八卦，讓群眾目不暇給，很快就把白星萌這件事忘了，白星萌又低調安靜地沉寂下來，徐俊這件事，竟然就讓她這樣輕易翻篇了。

如今在這間高檔米其林餐廳裡，她正親密地拍了拍那位男伴的胸口，然後親暱地踮起腳，湊在對方耳邊說話，那輕聲細語耳鬢廝磨的模樣，彷彿根本不在意旁人知道兩人的關係似的，講完了話，她還撒嬌地向對方索了個吻。

成瑤可以當場斷定，白星萌真的很愛這個男人。

一個演員，就算演技再動人，但她的眼睛是騙不了人的，白星萌的眼裡，滿滿是對這個男人的仰慕和愛意。因而她甚至絲毫不介意公開對方的身分，旁若無人地依偎著對方，也不在意是否有狗仔偷拍。

那男人也對白星萌一臉寵溺，一邊走，一邊還不忘扶著她，白星萌沒注意臺階一個趔趄，他更是下意識立刻護住了對方的小腹。

成瑤這才注意到，白星萌原本玲瓏線條的身段，如今看來，小腹那裡的線條幾乎快消失了，雖然穿著長裙，但裙子的腰線並不明顯。

成瑤偷偷拽了拽錢恆的衣袖。

「怎麼？」

成瑤朝白星萌的方向努了努嘴。

錢恆愣了愣，循著成瑤比劃的方向看了一眼，意外之後，便露出些了然的神色。

白星萌和那男人卻沒在意周遭，他們走近一個服務生，交談了什麼，才跟著服務生轉身消失在包廂間的走廊裡。

「妳現在可以知道白星萌當初為什麼要把徐俊趕盡殺絕了。」

「為什麼？」

錢恆笑笑：「剛才她挽著的男人，是看訊ＴＶ的實際控制人。」

看訊ＴＶ？成瑤只覺得這名字很熟悉，她想了片刻，終於反應過來：「是那個當時幾乎和徐俊的『團團線上』一起申請上市，並且企業類型相同的競爭對手？」

「嗯。」錢恆看了看手錶，「妳花了四十八秒才想起來，我建議妳以後老了多背背字典，保持大腦活躍，以免老年痴呆和記憶力減退。」

「……」

先不說老年痴呆，成瑤完全被眼下的認知震驚了，她直到這時才意識到，當初為什麼明明是夫妻一場，彼此並沒有不共戴天的血海深仇，白星萌明知徐俊憂鬱症的情況下，不接受任何金額的賠償，都要對他趕盡殺絕，攪黃他的上市。

她並非感情用事，錢恆說的一點也沒錯，她是為了自己的利益。

她和看訊ＴＶ的老闆好上了，看這個架勢，明眼人都知道白星萌應該已經懷孕了，她對「團團線上」的圍剿，恐怕也是出自這位新晉孩子爸爸的指示，因此才選擇了「團團線上」上市這麼關鍵的時刻，用這麼老辣的手法。這根本是披著婚姻糾紛的商業廝殺。

她會不會，其實很早就知道，徐俊離婚時少分財產給她了，但直到「團團線上」上市的關鍵時候，才提出起訴？就為了殺徐俊一個措手不及？然後拖延甚至攪黃徐俊的上市，好為同類型的看訊ＴＶ爭取先行上市拔得頭籌？

一段婚姻裡的真相，真的太複雜了，這些恐怕永遠無從得知了。

「結婚就像是一種結盟，男人女人組成利益共同體，當這個共同體裡有愛，能一致對外的時候，是堅不可摧的，兩個人會是彼此最好的合作夥伴；但當愛消耗殆盡，兩個人之間，或許比陌生人還要冷酷，知悉彼此的弱點，將會變成彼此最強勁的敵人和人生噩夢。」

錢恆的語氣淡然，話猶如做總結陳詞般冷靜，成瑤卻聽得內心複雜。

「沒有愛的婚姻，就一定要這樣，沒辦法再維持和挽救嗎？」

「當然可以維持，當兩個人有了孩子這個血脈的紐帶，就算沒有愛，為了孩子也能過下去，或者至少不會互相廝殺的那麼難看。」錢恆笑笑，「所以白星萌這麼迫不及待懷孕。看訊TV這位可不像徐俊，人家是個富幾代，看訊TV也只是他家族產業布局中的一個而已，白星萌這次是百分百確定對方真的有錢了。也算是終於得償所願。」

「只是這種不純粹的婚姻，真的有意思嗎？這種充滿了互相利用和制衡的婚姻，真的有愛嗎？」

「愛太抽象了，也太難得到了。」錢恆抿了抿嘴唇，「沒有很多很多愛，有很多很多錢，總比那些貧賤夫妻既沒有多少愛又沒有多少錢強吧。何況本來很多事情，有了錢，自然也會滋生出愛來。」他看了成瑤一眼，「如果妳想結婚，還是少想點吧。」

成瑤眨了眨眼，若有所思地點了點頭：「我覺得，做家事律師久了，可能對婚姻和感情看得太透徹，這樣有好也有不好，好的是能足夠警醒保護自己的權益，壞的就是太冷靜太明白，不容易幸福。所以我覺得偶爾人生在世，也要學會裝傻。」

「妳不用裝。」

成瑤：？

錢恆沒再開口，他只用一種含蓄的目光看向成瑤，然而就差在臉上掛上「因為妳是真傻」這幾個字了。

這晚，吃完米其林，錢恆一如既往去處理郵件了，而不再需要為案子加班的成瑤，便帶著威震天出去散步，只是沒想到，這狗不是個省心狗，一散步還散出了問題。

成瑤租住的這社區對寵物很友好，因此不少住戶都有養狗，傍晚時分便有不少居民遛狗。

威震平日走在路上，沿路見到別的狗，便要上演一齣「兩狗相遇勇者勝」的戲碼，幾個狗狗之間總要互相叫喚一番以示領地感，對此，狗主人之間相視笑笑，也都理解。

只是成瑤沒想到，威震天今天不僅沒叫，牠在看到一隻壯碩的阿拉斯加的時候，竟然直接大力拖拽著成瑤朝阿拉斯加衝了上去。

就在成瑤以為威震天要去毆打阿拉斯加的時候，意想不到的一幕發生了——

威震天甩著大舌頭，滴著口水，然後猛地抬起前肢，趴到阿拉斯加的身上，就這麼在大庭廣眾之下，按著阿拉斯加，開始前後聳動起來……

成瑤眼前一黑，簡直差點暈厥。

這狗可真是長了出息了，之前只是吃個屎而已，現在都學會強姦了！

阿拉斯加的狗主人是個長著一對吊梢眼的中年女子，一看就不好惹。她本在不遠處聊天，阿拉斯加就繫在樹上，此時一看自己的狗被威震天壓在下面，頓時怒了，衝過來試圖驅趕威震天，可惜威震天這個激情犯罪分子，似乎信奉「牡丹花下死，做鬼也風流」，竟然不論那女人怎麼威嚇，一心一意專心強奸……

最後，靠著成瑤和對方兩人合力，才終於制服了新晉強姦犯威震天。

成瑤十分尷尬：「對不起啊對不起。我願意賠償……」

「別和我說什麼對不起，也別提什麼賠償，我不缺錢，我的乖乖被妳的狗嚇死了，而且妳的狗怎麼隨便就這樣？」那女子翻了個白眼，直接打了電話，「喂？老公，你快過來，我們乖乖在路上被個野狗給那個了！還哪個？就是那個啊！那個那個！你快來收拾那死狗！帶上我家那根高爾夫球杆，給我往死裡打這野狗！」

結果就這麼拉拉扯扯間，一個戴著金鏈子的光頭大哥提著根高爾夫球棍朝成瑤這方向來了。

雖然威震天行為不端是有錯，但罪不至死啊，成瑤看對方這架勢，大有把威震天當場打死的氣勢，甚至別說狗，就是自己可能今天都要交代在這裡了。

她下意識就掏出手機，趕緊傳訊息給錢恆。

『社區噴泉前，救命！速來！』

訊息剛傳完，那光頭壯漢二話不說，掄起球棍，就朝著威震天打來，成瑤左右阻攔，堪堪避免了血案發生。

可惜那光頭脾氣火爆，成瑤這麼躲躲藏藏間，對方也惱了，直接不管三七二十一，也不打狗了，對著成瑤就掄下了球棍。

她以前知道有些人會把狗當成家人，甚至把狗看得比人更重到了極端的地步，為自己的狗出氣甚至不惜毆打孕婦、小孩，只是沒想到今天自己也會遇到。

成瑤此刻已經帶著狗逃到一處牆角，退無可退，眼見著只能接受這一棍。

她閉上眼，只是預期中的疼痛沒有到來。

「一個男人，欺負一個女孩子，像什麼話？」

成瑤偷偷睜開眼，才發現，在自己的頭頂上方，錢恆用一隻手架住了光頭的球棍，生生為成瑤擋住這一擊。從成瑤這個角度，能看到錢恆襯衣下隱約的肌肉線條。

平日裡只覺得錢恆身材很好，但沒想到，他不僅是形態上的好看，內裡也十分能打。雖然光頭的尺寸似乎有一點五個錢恆那麼寬，但錢恆一隻手抵著他兩隻手的力氣，竟然還有些餘裕。他面不改色地微微使力，光頭便被推得有些趔趄，不得不鬆開球棍。

「什麼叫欺負女孩子？」這個時候，那牙尖嘴利的中年女人衝了過來，指著成瑤罵道，「你自己問問她，她的狗對我的乖乖做了什麼？乖乖是我和我老公養了五年的兒子，平時我們多寶貝他啊，結果竟然被這死狗糟蹋了！我難道不應該往死裡教訓這狗？」

成瑤看了縮在一邊的威震天一眼，簡直惡從膽邊生，威震天啊威震天，你不僅強姦，你還搞同性戀啊！逮著人家一個男狗就上了！

錢恆掃了對方一眼，輕輕笑笑，語氣更是輕飄飄的：「我認為如果這狗做錯了事，是該教訓，但教訓，也要講法律啊。」

光頭放下球棍，力挺自己老婆：「行，那我們就不動手，講理來解決，按照法律，你們這狗，就是強奸罪，就該判刑，就該處罰，我打死這狗有什麼不對的？強姦罪還能死刑呢！」

「既然是講法律。」錢恆瞥了成瑤一眼，「妳來為妳的狗辯護吧。」

不知道為什麼，有錢恆在，成瑤就覺得自己有了主心骨，面對眼前凶神惡煞彷彿下一秒就要撲過來手撕成瑤和狗的夫婦，她也不那麼慌亂和害怕了。

成瑤整理一下思緒，清了清嗓子：「首先，按照法律，我的狗，並沒有犯什麼強姦罪啊！因為強暴男性，是不屬於強姦的！強姦罪的客體，必須是女性！所以強姦男人，按照現行法律，是不屬於強姦罪的[1]！以此類推，我的狗強姦了你們的狗，也不屬於強姦罪……」

錢恆似乎沒料到成瑤來這一出，一下子也愣住了。

成瑤卻被他這種反應鼓舞，認為錢恆也被自己精彩的反駁鎮住了，她繼續道：「雖然刑法修改後，男性對男性那什麼，歸入了強制猥褻罪，但處罰並沒有那麼重，絕對沒有死刑這個說法，撐死就是萬一施暴過程中對對方造成傷害的，才按照傷害的輕重以故意傷害來處理，你家這……這兒子要是有什麼受傷的，你去獸醫那驗下，我賠償給你，也願意誠懇的道歉，我以後也會好好約束自己的狗，拉緊狗繩……」

「簡直滿口胡言亂語！」

「你放屁！」

令成瑤意外的是，錢恆的聲音和那光頭的聲音竟然一前一後同時響起。

錢恆的行為，自然不僅讓成瑤意外，光頭也十分震驚，他看了錢恆一眼，衝上去握住他的手，語氣裡帶了一種惺惺相惜的熱情：「兄弟，看來你還是明理人啊，你看這人說的是什麼話，什麼強姦男人不算強姦的，我們男人不是人嗎？」

1　本書法律條款皆源自於中華人民共和國，非中華民國。

「……」

光頭大哥，現在的問題不是替你們男人顧影自憐好嗎……

還是中年女子很快轉回了正題：「扯什麼歪理邪說，這狗對我兒子做了那種事，就是不可饒恕！不打死也行，妳給我閹了，這事就一筆勾銷。」

這要是把威震天閹了，成瑤都能想像秦沁哭天搶地的樣子……

這絕對不行！總要努力爭取下！

結果都這時候了，錢恆卻還在傷口上撒鹽：「剛才她說的，全部不算數，也不是事實。」

光頭拍了拍錢恆的肩膀：「兄弟，你是個爽快人，正好你在，你評評理，這事怎麼處理吧！」

成瑤拼命朝錢恆眨眼，她搞不明白，怎麼事到臨頭，這傢伙倒戈了？

就在光頭充滿愛憐地看向錢恆，等著他公正的裁決時，只見錢恆抿嘴一笑，他伸出白皙纖長的手指，指了指威震天：「這狗，什麼時候強暴你們的狗了？」

光頭：？

成瑤：？

錢恆卻絲毫不理會每個人臉上詫異的表情：「雖然我很理解你們把狗當成兒子，兒子慘遭性侵的心痛，但是，這真的不是我家的狗做的啊。」

「什麼？」光頭瞪大眼睛，看了成瑤一眼，又看了錢恆一眼，「你們原來是一夥的！原來這狗是你們這對姦夫淫婦的！」

「什麼姦夫淫婦，你說話尊重點啊。」錢恆抬了抬眼皮，「不要侮辱我的品味。」

成瑤：「……」

中年女子咄咄逼人道：「就是你家狗，我都看到了！你還想抵賴？」

錢恆冷冷一笑：「妳看到了？妳有什麼證據？妳拍下影片了嗎？還是除了你們兩個利益相關人，有別的目擊證人？」

「這……」

幾人所處的是社區一個角落，確實除了他們幾人，沒有別的人了。

「什麼證據都沒有，就空口無憑污蔑我的狗，想訛錢？呵。」錢恆氣定神閒，「而且你們的狗，是公的，就算被我們的狗強暴了，也懷不了小狗，要是個母狗，生了一窩小狗，我還能勉為其難從長相上判斷下是不是我們的狗幹的，現在這樣呢，死無對證啊。」

「你！」

「我這個人呢，只相信證據，你要是有證據證明我們的狗對你們的狗幹了什麼，我認錯，該閹掉就閹掉，絕不廢話，可現在，你們有什麼證據？」

那中年女子不信邪，抗爭道：「我帶我的狗去驗ＤＮＡ，要是驗出有你們狗的精子ＤＮＡ，你就完了！」她看了自己的老公一眼，「不是人都有ＤＮＡ鑑定的嗎？那我們多花點錢，做個狗的ＤＮＡ鑑定！我就不信沒有了！」

「狗的ＤＮＡ鑑定我不知道有沒有，但是我知道的是，你想要提取我的狗身上的毛髮用來對比ＤＮＡ，也要取得我的同意才行。」錢恆微微一笑，語氣欠扁，「很可惜，我不同意。」

「何況，就算真的發生了交配行為，你也得證明是性侵，是違反了你家狗的意志。」錢恆頓了頓，瞥了阿拉斯加一眼，「只是我看吧，你家的狗好像還挺享受的，你看牠的眼睛瞇著，到現在都是一臉愜意，看起來像是還在回味呢。」

光頭聽了錢恆這麼一堆歪理邪說，簡直目眥欲裂：「你！」

錢恆卻絲毫不顧忌對方的情緒，只是繼續道：「更別說了，你們的狗，養了五年了，那最年輕也五歲了，五歲的狗，相當於人類年紀快四十了吧，我家的狗，才一歲，正是風貌正茂的十八歲年華呢，你們老牛吃嫩草，就算這兩個狗發生了什麼，說不定是你們的狗蓄意勾引，誘姦了我家的狗，是我們的狗吃了虧。」

一番話不僅說得光頭和中年女子啞口無言，成瑤也是聽得目瞪口呆，恨不得幫錢恆拍手。

論歪理邪說，恐怕錢恆排第一，就沒人敢排第二。

威震天是秦沁領養來的棄犬，什麼一歲都只是猜測的，實際上恐怕秦沁都不知道這狗多大年紀了，結果錢恆就這麼信手拈來，還頭頭是道，成瑤簡直不能更佩服。

「總之，根本沒證據，就算有，也不能證明是強迫發生的行為，誰是受害者還不一定，你們想維權的話，直接上法院起訴吧。」錢恆笑了笑，看了又拿起球棍的光頭一眼，挽了挽袖口，「當然，要打的話，也不是不可以，但也要你們打得過我才行。」

雖然很囂張，但錢恆顯然有囂張的底氣。

即便是凶神惡煞的光頭，打量他幾眼，也不敢有動作。

「既然你們沒有異議，那我很忙的，不聊了。」

說完，他對成瑤揮了揮手：「成瑤，帶著狗，走了。」

成瑤哪裡敢逗留，趕緊牽著威震天，跟著錢恆屁顛顛地走了。

結果剛回了家，安置下威震天，錢恆就崩著張臉發話了。

「在妳身上我簡直看不到未來法制的希望。」

「欸？」

不就是個鄰里因為寵物造成的糾紛嗎，怎麼和未來法制扯上關係了？

錢恆露出了忍無可忍的頭痛表情，他用手扶了扶額：「要是我今天不在怎麼辦？妳就被那對夫婦打了。」

成瑤有些恍然大悟，她受教地點了點頭：「謝謝老闆！我下次知道了，第一時間我會選擇報警！」

結果這樣的回答進一步遭到錢恆的恥笑：「報什麼警，等員警來，妳也被打的差不多了。」

「那……」

「成瑤，妳是個律師，妳得用律師的方式去思考，而不是和普通人一樣，遇到糾紛就手忙腳亂不知道怎麼處理。」錢恆喝了口水，「妳沒聽過法律界的一句格言？『當事實對你有利時，多強調事實；當法律對你有利時，多強調法律；當事實和法律都對你不利時，敲桌子把事情攪渾』。」

「呃……」

「算了，妳還是練練短跑和長跑吧。」

「啊？為什麼？」成瑤看自己一眼，最近是胖了嗎？沒有啊，昨天自己量體重了，不僅沒胖，還瘦了半公斤呢！

錢恆送了個毫不掩飾的白眼給成瑤：「以妳這點處理糾紛的能力，我看妳還是練逃跑比較實在。」

「……」

錢恆一臉嫌棄地站起身，拍了拍成瑤的肩膀：「多去去健身房吧，真的。」

雖然又被錢恆教訓了，但至少錢恆在關鍵時刻挺身而出利用自己豐富的詭辯技能保護了成瑤和狗狗。因此第二天，成瑤幾乎是心懷感恩地去了君恆。

忙完董山的案子，成瑤本以為可以休息一陣。這天上班後，她例行看著法律社群帳號上的案例分析，結果一個案子還沒看完，前檯處就傳來了騷動。

有個大著肚子的年輕女人來找錢恆。

漂亮、柔弱，肚子圓滾滾的，看起來都快要生了，最重要的是，那女人眼眶紅紅的，一邊用手抹著眼淚，一邊梨花帶雨般開口。

「請問錢恆在這裡工作嗎？」她眨了眨如蒙著一層水霧的眼睛，「我找他。」

這架勢，前檯也有些手足無措了。

那女人又抹了抹眼淚：「我找他找了很久，有些事情還得他出面負責。」

對方話音剛落，號稱昨晚失眠今早毫無精神的包銳，剎那間被啟動了：「我竟然等到了這一天！」他的眼睛泛著綠光，「終於！有人大著肚子找上門要錢Par負責風流債了！天啊，如果這個女的執意生下來，那錢Par就要負撫養費了；如果要墮胎，那也要付營養費和安撫費吧？錢Par作為這種事的當事人，一定沒辦法理性處理，這時候就必須要倚靠可靠的我了！真是棒呆！被錢Par依賴，可是我的人生理想之一啊！我包銳有朝一日竟然真的能成為代理錢恆的男人！從今天起，我就是王的男人了！啊哈哈哈哈！平日裡事事完美的錢Par，竟然也會搞出這種事，他一定很失落，一定需要有一個厚實的肩膀在他的身邊，引導他，安慰他……」

成瑤還沒來得及提醒包銳「王的男人」這種說辭十分不妥，包銳的人生理想就被當場粉碎了。

「我想聘請錢恆當我的律師。」

「……」

包銳瞬間萎蔫了，他癱倒在辦公桌上：「心若倦了，淚也乾了。我好累，感覺身體被掏空。」

結果包銳剛倒下，錢恆就冷著臉來了：「你和成瑤，一起進會議室。」說完，他又特地看了包銳一眼，「掏空了也要接客。」

結果剛才還心死心累的包銳，一聽有案源，俐落地爬了起來，眼中泛著資本主義吸血般的光芒。

會議室裡，大肚子孕婦情緒終於穩定下來。

「錢律師，我叫陳晴美，我是聽我未婚夫講起你的。」

錢恆抬了抬眼，完全沒有因為陳晴美那種弱柳扶風般嬌柔的姿態就生出什麼溫柔，他冷淡道：「妳的未婚夫是哪位？」

「董山。」陳晴美低了低頭，「他出了意外事故，已經去世了。」

成瑤愣了愣，才反應過來，眼前這位，就是董山口中人生光芒和愛情天使的小美。

明明是個小三，然而對方除去那惹人憐愛的柔弱姿態外，對自己的身分顯然並沒有任何心虛，甚至此刻還能大大方方稱董山為未婚夫。明明董山在死之前，都還是蔣文秀的老公呢！

單憑這一點，成瑤也忍不住多看她兩眼。

雖然懷著孕，整個人稱不上苗條，但仍能看出，陳晴美之前一定是個纖細的美人，她有著一張娃娃臉，眼睛大而黑亮，看起來天真又無邪，尤其那種別人裝也裝不出的嬌柔氣息。

這和行事幹練氣質簡潔大方的蔣文秀，風格完全背道而馳。未婚夫去世，還懷著遺腹子的美麗嬌弱女人，恐怕很容易激發男人的保護欲。對董山案件並沒有任何前情提要的包銳，眼睛裡對陳晴美的同情和憐惜，都快溢出來了。

「我想請你代理我，為我肚子裡的孩子爭得他應有的遺產。」錢恆淡淡地掃了陳晴美一眼：「妳現在恐怕根本無法證明肚子裡孩子和董山的親子關係吧。」

這顯然戳到陳晴美的痛處，她的眼眶又紅了：「根本沒有人通知我董山出了事，等我知道，追悼會都已經開完了，我連他的最後一面都沒見到。我去跟她討個說法，結果她不顧忌我懷著身孕，竟然找保全把我推出去，還污蔑我是詐騙犯和不倫不類的女人……」

雖然陳晴美一副弱者的姿態，然而成瑤卻絲毫同情不起來，這還真的「妳弱妳有理」了？就因為自己是孕婦，即便是個小三，還要求正房要顧忌妳和胎兒的安危？這都是什麼人啊？全世界皆妳兒子的爸？

在成瑤看來，蔣文秀只是找人把她「請」出去，真的已經是相當客氣了，設身處地，如果換成成瑤，成瑤覺得自己肯定讓陳晴美體驗一下自己的動手能力。

陳晴美抹了抹眼淚：「她是故意的，故意不讓我見到董山最後一面，也故意匆匆火化了遺體，她一定知道我已經懷了孩子，還是個男孩，知道自己只生了個女兒根本拼不過我，所以想要毀掉董山的DNA樣本，不讓我的孩子認祖歸宗。」

如果說包銳之前還不明就裡，那現在這一番話，他的腦子也轉了過來，看向陳晴美的目光裡，也沒有了同情。

歷來不論什麼人，打著什麼旗號，破壞他人的家庭和婚姻，都是讓人極為不齒的。然而陳晴美卻絲毫沒有任何歉疚，相反的，她理直氣壯極了：「董山早就和她沒感情了，兩個人都是事業型人格，各自都是空中飛人聚少離多，幾乎和分居差不多了，董山和她在一起，過的和行屍走肉一樣。要是董山知道，死了我都沒能和他告別，他泉下有知，也不會讓她好過的。」

「我們是真愛所以婚外情也沒有不道德」這種論調也就算了，竟然還詛咒原配，這就真的十分惡毒了。

成瑤心裡突然對蔣文秀當機立斷當天火化董山遺體的事，有了些感同身受般的解氣。該！活該妳一分錢也分不到！

「事情出的太突然了，所以董山根本沒有立過遺囑，否則這錢，他肯定是要留給我們兒子的。錢律師，我只能求你幫幫我了，董山說過，別的律師做不到的事，你可以。」

拒絕她！拒絕她！

成瑤在內心呼喊著，這種毫無道德感的客戶，實在讓人很反感。

「涉及的遺產標的有多少？」

「我初步預估最起碼我們能分割到的就有兩個億左右。」

「包銳。」錢恆笑笑，「準備一下代理合約。」

「……」

陳晴美走以後，錢恆直接在會議室裡簡短做了下案件分配。

「董山離婚案之前的情況成瑤和包銳分享下，這個案子，標的不算太大，但作為練手很好，前期由包銳主做，成瑤跟著，我會把控全域指導，上庭由我和包銳。」

兩個億，標的額還不算太大？

當然比起標的額，這個案件的處理方式成瑤還有些茫然：「現在董山的遺體已經火化了，就算找到董山家裡，找出他生前掉落的頭髮之類的，因為無法比對本人，根本很難證明這些頭髮或者其他皮膚組織是出自董山，靠著DNA做親子鑑定這條路基本上是堵死了。」

包銳點了點頭：「DNA鑑定除了親子鑑定外還有親權鑑定，親子鑑定是孩子和父母之間的血緣關係鑑定，依賴父母的身體組織。但是親權鑑定卻不是，親權鑑定可以與有親緣關係的人進行鑑定。」

「那也就是說董敏？」成瑤豁然開朗，她想起之前上班無所事事時看的那些亂七八糟的案例，認真思索道：「可我之前看過案例講解，就算陳晴美去法院起訴，法官也不能強制董敏進行親權鑑定，更何況，如果陳晴美懷的是兒子，董敏就算同意做鑑定，也沒有意義，因為同父異母，不同性別，是沒有辦法做親權證明的。」

錢恆挑了挑眉：「對，妳自己也說了，陳晴美懷的不是兒子嗎？所以親權鑑定，我們確實是可以做的。」他微微一笑，「你們別忘了，董山的父親還在世，雖然健康狀態不太好，但只要他在，我們就能做。讓董山的爺爺出面，與陳晴美肚子的胎兒做親權鑑定，透過Y染色體的對比，可以判斷他們是不是出自同一個父系。」

包銳也反應過來：「但這種鑑定的效力，我記得是弱於親子鑑定的吧？」

繼包銳之後，成瑤也想起什麼：「這種親權鑑定，頂多能證明孩子和董山屬於同一父系，那並不能排他地證明董山就是孩子父親啊。」

對於包銳和成要的疑問，錢恆顯然也早就預估到了：「親權鑑定的效力是比親子鑑定弱，而且還是間接證據，如果只有這樣的單一證據，恐怕案了不一定能贏，但是如果配合其餘形成沒有邏輯漏洞的完整證據鏈，那麼法院會推定陳晴美肚子裡孩子是董山血脈的。」

他說完，看了成瑤一眼：「至於妳說的問題，那我們就要負責證明陳晴美的這個孩子，不可能是除了董山之外，與董山有同一父系血緣人的。董山沒有兄弟，所以只需要證明這個孩子不是董山他爸的就行了，這雖然不算簡單，但也不是沒辦法，董山的爸都快九十了，我聽說住在療養院，行動不便，出行都靠推輪椅，他這情況，有沒有存活的精子都是個問題，更難以有機會接觸到陳晴美，所以還是有辦法證明他沒辦法和陳晴美生育孩子的。」

「至於其餘證據鏈……」

成瑤舉手發言道：「我知道！可以去找到陳晴美的產檢醫院，那裡會做資訊登錄，填寫孩子父母情況，董山極有可能會留下資訊並且簽名，如果醫院能提取到監視畫面，證實董山陪同陳晴美多次一起產檢，那就更完美了；另外就是，陳晴美住的公寓，也會有監視器，我們提取了也能證明董山多次出入……」

錢恆愣了下，才用一種老父親的語氣慈愛道：「我們成瑤也長大了。」

「……」

錢恆！你好好表揚我一下會死嗎！

然而成瑤內心雖然吐槽著，但第一次被錢恆肯定的愉悅感和成就感，卻是蹭蹭蹭猶如剛打開的可樂碳酸氣泡一樣往上冒。

膨脹了膨脹了。

「那這個案子就交給你們兩個去和客戶交流、收集證據，以及說服董山的父親同意進行親權鑑定了。」

不過雖然被錢恆肯定了，但成瑤的心裡還有些疙瘩。

白星萌案，成瑤作為代理律師之一，在接案子的時候並不會覺得良心不安，因為徐俊確實故意做虧了資產，少分了財產給對方，他確實不對，法律和道德上都站不住腳。

可如今手頭這個案子，陳晴美是實實在在的小三，這根本沒得洗白。要幫著小三，去找早已傷痕累累的原配要私生子的遺產份額，成瑤內心上也有些過不去。

如果是過去，錢恆代理這種案件，她會根本不加思考地就覺得，誰叫他是毒瘤呢？毒瘤不在乎三觀，不在乎正義和道德，接這種標的額還不錯的案件，再正常不過了。

可隨著和錢恆相處的增多，成瑤卻越發不能把毒瘤兩個字和錢恆劃等號了。雖然錢恆確實算個五毒教教主，但成瑤總覺得，錢恆這位教主大人也並不是不明事理就大開殺戒的人。畢竟能挺身保護自己下屬，能替下屬背黑鍋和罵名的人，就不可能是壞人啊。

可如今錢恆幾乎毫無思想負擔和內心掙扎地接了陳晴美的案子，成瑤就不知道怎麼替他想理由了……

會不會是從小家境貧寒，過了太多苦日子，所以對錢有著病態的信仰？因為這種原生環境，即便往後經濟條件好了，也忍不住對錢有囤積癖般的執著？所以只要有錢的案子，就忍不住想接？

中午同事一起吃飯的時候，成瑤終於忍不住向包銳打聽起來。

「我們錢 Par，是不是家裡比較困難才來當律師的啊？」

包銳瞪大了眼睛，一臉「妳是傻子吧」的表情看向成瑤：「妳不知道我們錢 Par 家裡是我們 A 市首富？」

成瑤：？

包銳吸了口麵條，嘆了口氣：「雖然我們錢 Par 很低調，對外根本沒有宣傳這些事，但在我們君恆，這是公開的祕密啊，妳竟然不知道？成瑤，妳是現代人類嗎？」

包銳這麼一說，成瑤才想起來，A 市的首富叫錢展，家族產業囊括了金融信託、房地產到酒店連鎖等方方面面。而按照年齡來算，確實差不多能有錢恆這麼大一個兒子，但……

「可我也看過錢展的採訪，他確實有個兒子，但我記得叫錢信啊。」

譚穎湊了過來，用一種「妳有所不知」的語氣道：「錢信是我們錢 Par 的哥哥，錢 Par 是錢展如假包換的小兒子啊。」

「……」

成瑤想了想，不信邪地繼續問道：「那他是不是作為小兒子，不太受寵？就你懂的，有錢人家嘛，兩個兒子爭奪家產，我們錢 Par 落敗了？父母把未來的資產都交給大兒子？所以我們錢 Par 被逼無奈，只能出來當律師賺錢維持自己過去的高消費生活？」

「成瑤，有沒有說過妳的想像力很豐富？」包銳同情地看著成瑤，「我們錢 Par 才是全家萬眾矚目最受寵的啊，根本不是什麼爭權鬥爭失敗，是我們錢 Par 自己要出來當律師，他哥喜歡藝術，也死活不想接班，但為了成全弟弟，硬著頭皮放棄了藝術去接班了。以前頭髮老長了，為了接班哭著剪了。」

「那既然這麼受寵，為什麼宣傳採訪從來不見錢展提及小兒子的？」

「還不是因為錢 Par 剛當律師第一年，就胳膊往外拐，收了他嬸嬸的錢，替自己親叔叔來了一個離婚官司，賠的親叔叔幾乎要去街頭要飯了，把自己親爹氣的半死……」

「……」

但……

「等等，律師法不是說了律師代理當事人案件時候不能發生和自己及近親屬利益衝突的事情嗎？他這樣代理嬸嬸正面剛自己叔叔不違法？」

「民事訴訟中的近親屬包括：配偶、父母、子女、兄弟姐妹、祖父母、外祖父母、孫子女、外孫子女。親叔叔不算啊！」包銳喝了口茶，淡然道：「當時他叔叔也提出了這一點申請錢Par迴避，結果我們錢Par就把這司法解釋拍自己親叔叔臉上了。」

「……」

聽起來完全像是錢恆的作風……

行了，既然錢恆當律師完全是出於自己的愛好，不是因為錢的問題，那他生冷不忌什麼當事人都接的原因，難道是因為父母婚姻不幸，家庭環境冰冷，導致他對美好的婚姻產生了仇恨情緒？所以心理病態，就算是破壞婚姻，背叛婚姻的客戶，他也願意代理？

「那我們錢Par的爸媽，是不是不太和？有錢人家的婚姻，名存實亡那種？」

「沒有啊，兩個人可恩愛了，一起男女混合雙打教訓起錢Par不肯接班一看就是心有靈犀的。」

「……」

「那錢Par是不是自己感情上受過什麼創傷？比如他有一個願意為她付出全部的前女友，卻慘遭背叛，變成了綠帽俠，然後不會再愛了？」

「我們錢Par，熱愛賺錢，在打敗他爸成為新任首富之前都無心戀愛，保持母胎單身。」

「……」

成瑤疑惑了，成瑤沉默了，成瑤迷茫了。

所以生活幸福、家境優渥、父母和睦，兄友弟恭，也沒有受過感情刺激的錢恆，到底是怎麼成為「毒瘤」的？

包銳似乎看穿了成瑤心中的疑問，他過來人般地拍了拍成瑤的肩：「妳這問題，我以前也迷惑過，但現在我想通了，有些人，成為極品，不是因為任何外因，而是因為他天生從出生開始，就註定是個極品。」包銳說到此處，得意道：「我參照天賦人權幫這類人取了個名字，叫天賦極品。妳覺得怎麼樣？」

「……」

案子交給包銳和成瑤後，兩個人飯後一起討論案情，整理證據。

成瑤出面約見董山的父親，老爺子躺在高級護理病房內，很巧的，成瑤進去拜訪的時候，董敏剛走。兩人並沒有碰面，但成瑤見到了走進電梯的背影。

果然，一走進病房裡，就看到董山父親桌邊擺放的新鮮水果，蘋果都切好了，橘子也剝好了。看來董敏這人雖然嬌慣，但對爺爺是很孝順的。

成瑤和老爺子做了自我介紹，也沒說閒話，把陳晴美和肚裡孩子的事說了，請求老爺子幫忙做親權鑑定。

但成瑤的心裡，多少有點忐忑，因為顯然，董敏和她爺爺感情看起來不錯，董老爺子沒有必要為了一個私生子去破壞和董敏之前的親情……

老爺子雖然身體不好，但頭腦還很清明，他很耐心地聽完一切，沉默片刻，終於開了口。

他只問了一句：「是男孩還是女孩？」

成瑤意識到，他指的是陳晴美肚子裡的孩子。

「是男孩。」

「確定嗎？」

「他們去香港做了性別鑑定。」

董老爺子遲疑了：「這種性別鑑定，準嗎？以前老看到照超音波也有不準，最後男變女的。」

成瑤耐著性子解釋：「香港那邊做的是染色體的鑑定，能清楚的看出有Y染色體，確定是男孩。不存在可能會不準的事。」

成瑤的話音剛落，老爺子毫不遲疑點頭答應做親權DNA的要求：「如果是女孩，就不做了，我有敏敏就夠了，不希望外人來分敏敏的家產，但如果是男孩，畢竟是我們董家的血脈，還是應該認祖歸宗的。」

老頭咳了咳，用力喘了口氣，像是在說給成瑤聽，又像是在說服自己般繼續道：「我也是為了敏敏好，我們董家這麼大的產業，以後總要有人接班的，但她對接班沒興趣，對家裡產業也不懂，女孩嘛，最後總要嫁人生孩子的，總是女主內男主外，讓她一邊帶孩子一邊管理企業，太累了，我不希望她過得壓力這麼大，所以這種事還是交給男丁吧。男孩子，應該承擔起家族責任，肩膀上抗重一點也不心疼。」

「給我看這孩子性別鑑定的報告，確定是男孩我就做這個什麼親權的鑑定。」董老爺子說到這裡，又有一點擔憂，「這種報告會不會被偽造？」

「不會偽造的。」成瑤解釋著，「因為親權鑑定我們需要從Y染色體證明是出自同一父系，一旦這孩子不是男孩，不存在Y染色體，和您也無法做親權鑑定。親權鑑定可行的前提就是這孩子是男孩。」

董老爺子想了想，確認道：「也就是說，如果是女孩，我就算同意做這個什麼鑑定，也證明不了她是阿山的孩子？不會來搶敏敏的家產？只有男孩，如果真是阿山的孩子，才能透過我證明有親緣關係？」

「對。」

董老爺子最後思考片刻，終於點了頭：「好，那我做。」

作為陳晴美的代理人，成瑤自然對這個結果求之不得，然而她離開看護病房時，內心卻有些唏噓和悵然。

性別真的這麼重要？明明老爺子床前擺滿了董敏送來的水果，然而在老爺子心裡，女孩始終不如男孩。

都八〇一二年了，成瑤不相信董老爺子和董山不知道還有一種叫職業經理人的存在。與其把家族企業交給並不懂經營的血親，不如設立家族信託，保證子孫的生活，同時聘請職業經理人管理企業。

也就是，其實他們董家的子孫，什麼性別都不影響企業的運行和財富的積累。更何況，就算陳晴美的孩子是男孩，也不一定適合接班啊。誰知道這孩子聰不聰明，有沒有經商頭腦。

說白了，是男孩就認祖歸宗，以後好接班不讓董敏太累這種話，不過是為重男輕女找了個冠冕堂皇的藉口。

包銳負責收集其餘證據，而和陳晴美接觸的工作就交給同為女性的成瑤。

雖然成瑤內心萬般抵觸，但是本著這是工作的心態，在見完董老爺子後，還是深吸一口氣，準備去見陳晴美，她頓了頓，終於走進陳晴美的公寓。

雖然在事務所時提及董山離世，陳晴美的臉上滿是淒婉，然而此時她已恢復了情緒。

在陽光下，她的臉紅潤明媚，神情帶著天然的猶如菟絲花般的脆弱，人倒是比之前見時圓了一整圈，一眼看去，就是個無憂無慮生活幸福的孕婦，甚至有些心寬體胖的意味。

「所以說因為是男孩，所以董老爺子願意幫我們做親權鑑定？現在是確定答應了對嗎？」

成瑤點了點頭：「是的，妳離預產期還有不到兩個月，好好休息。這兩個月裡我們會準備好證據鏈的，妳可以放心。」

「不，我現在就要做DNA鑑定。」

成瑤在來之前對DNA鑑定做了些功課，對陳晴美的決定十分訝異：「我諮詢過醫生了，孩子還在肚子裡的話，按照妳這個月份的大小，只能做臍帶血DNA鑑定，但臍帶血也是一種介入性手術，是有一定風險導致流產的，還不如等到正常預產期⋯⋯」

「我等不了那麼久。」陳晴美卻十分堅持，「兩個月，足夠蔣文秀轉移財產了，等我生完孩子，能分給我孩子的東西，恐怕已經不剩什麼了。」

「如果她蓄意轉移財產的話，我們是可以起訴的。」

陳晴美笑了一下，那模樣仍舊嬌美柔弱，只是說的內容卻冷靜而理智：「成律師，妳也知道，很多判決，就算贏了，執行起來也難，如果蔣文秀把錢轉移出國，這些財產，就算判給我的孩子，我怎麼收？跨國執行幾乎不可能。既然這樣，那時候再把孩子生下來，我一個單身的女孩子，怎麼撫養？我怎麼生活？」

陳晴美說的含蓄，但成瑤已經聽出她的潛臺詞。

如果這孩子不能爭來任何家產，就算是董山的孩子，又有什麼意義？這樣沒有利用價值的孩子，生下來有什麼用？還不是平白拖累還年輕的自己？

歷來小三，能混到男人為了她拋棄妻子甚至甘願淨身出戶的，怎麼可能是真的嬌弱無辜和沒有點能力手腕的？

董山永遠不會知道，他心中單純的太陽，號稱只是為了愛和他在一起的女孩，為了遺產能一分不少的順利到手，連兩個月都等不及，甚至不惜以他寶貝的兒子冒險。

如果董山還活著，如果他真的自以為真愛而選擇淨身出戶，等待他的還會是陳晴美的笑顏嗎？

衣不如新，人不如故。

真是很可惜，這個道理，很多人不懂。

一整天，成瑤為董山死後的遺產糾紛案跑進跑出，一點也沒閒著，等回到家的時候，錢恆已經在家裡候著了。

「我餓了。」他坐在沙發上，理直氣壯地看著成瑤。

都已經八點了！怎麼還沒吃飯？

成瑤驚訝道：「你沒點外送嗎？」

「外送不好吃。」

「要不然我叫個好吃點的外送一起吃吧？」

錢恆不說話，盯著成瑤：「妳做的好吃。」

「……」

「想吃妳做的番茄蛋花湯。」

「……」

「就算是這麼簡單的菜，妳做的也比別人好吃。」

「……」

「想……」

「不要說了！」成瑤道：「我去買菜！」

套路這東西，就是明明大家都知道，但還是這麼好用。

錢恆不毒舌的時候，就這樣安安靜靜坐著，即便不說話，這麼看著妳，殺傷力都很大，更別說還來這麼多難得的誇讚了。

成瑤悲壯地想，自己在錢恆面前，恐怕是很難翻身了。

只是成瑤沒想到，她剛到超市十分鐘，就接到錢恆的電話。

『成瑤，妳馬上回家。』

「欸？可是我只剛買了點明早的麵包，菜還沒來得及買呢……」

電話裡的錢恆聲音斷斷續續的，他不斷被什麼事打斷著，語氣裡有些氣喘吁吁，也帶了咬牙切齒：『別買了，回來，馬上。』

成瑤無論如何也沒想到，自己回到家，看到的是這樣的場景。

錢恆髮型微亂黑著臉坐在沙發的一端，而她的媽媽怒目而視坐在沙發的另一端。

「媽？你們怎麼來了？」

成媽媽怒視成瑤一眼：「不是妳前陣子被什麼人肉搜索了，我怕妳情緒不穩，跟成惜要了妳的地址，想來看看妳，結果呢！」成媽媽指了指坐在另一端的錢恆，「結果就被我看到這個了！」

成瑤：？

「成瑤，我千算萬算，沒想到我的女兒，竟然背著爸爸、媽媽偷偷找了個野男人同居了！」

「這位阿姨，說話要負責啊，什麼野男人？」錢恆冷哼一聲，「我叫錢恆，是成瑤的老闆。」

聽了這話，成媽媽顯然更是氣不打一處來：「男朋友就男朋友，竟然沒膽承認，還騙我說是妳老闆！成瑤妳自己看看妳這是什麼眼光？」

成瑤顫抖道：「真的是老闆……」

「呵，老闆？正常下屬誰會傻兮兮和老闆租同個房子？白天見了老闆，晚上還要見？」

錢恆瞪了成瑤一眼：「成瑤，妳解釋。」

面對母親的質疑和老闆的施壓，成瑤努力澄清道：「是這樣的，這房子原來一房二租，有點小插曲，後來我們就、就『友好』地決定一起合租，之後我才發現是我老闆，雖然聽起來很假，但是真的！」

「好，就算這是真的，但我還是不相信這是妳老闆。」

「為什麼啊？」

成媽媽篤定道：「這房子這社區多少租金我能看不出來？你們老闆不是事務所合夥人嗎？就住這麼便宜的房子？也太沒有格調了吧！」

「……」

「而且，我不是反對妳談戀愛，我是反對婚前同居！能幹出婚前同居這種事的男人，都不是負責的男人！是耍流氓！」

對成媽媽的觀念，錢恆終於忍不住嗤之以鼻：「現代社會了阿姨，婚前同居反而應該推崇，很多人談戀愛時風花雪月，但從沒有一起住過，結婚後才發現彼此生活根本沒辦法磨合，只能離婚收場，婚前同居試婚，很有必要。」

「不就是找藉口占女孩便宜嗎？」

「什麼叫占便宜？男女平等，婚前同居試婚，大家都有機會及時止損。」

面對錢恆，成媽媽也較上勁了：「婚前同居，有了婚前性行為，不就是男人占便宜嗎？」她看錢恆一眼，怒意暴漲，「你已經占了我們成瑤便宜了吧？」

「性行為這種事，男女都可以享受。」錢恆在法庭上那股必勝的勁頭也上來了，他高貴冷豔地瞥了成瑤一眼，「更何況以我的條件，就算按照妳說的和成瑤有點什麼，那也是成瑤占我便宜。」

「……」

老闆，這種時候，別爭個誰輸誰贏了，先澄清啊！

成媽媽，作為一個廣場舞風雲領舞；錢恆，作為一個法律圈知名毒瘤，竟然就這樣槓上了……

「成瑤，妳這個男朋友，我絕對不同意，絕對不允許進我們老成的家門！想也別想！」

成瑤無力了：「媽，這真的是我老闆……」

成媽媽挑高了眉梢：「妳別騙妳媽，妳之前打電話抱怨過，妳說妳那老闆成天就知道奴役壓榨下屬，而且是個業界毒瘤，還說一看就是長期沒有性生活導致壓抑之下變態了，而且沒有道德良知，原則就是信仰錢，什麼客戶都接……」

「媽，不是這樣的……妳、妳別說了！」成瑤簡直想死，「這真的是我老闆啊！」媽……求求你……饒妳女兒一條生路吧……

成瑤頂著錢恆的目光，不知道現在以死謝罪還來不來得及，尤其自己那番話，是最初剛進君恆時對錢恆抱有很大敵意和偏見時的吐槽。

成媽媽卻不知道成瑤內心所想，還在說著，而成瑤一邊聽著，心裡的期盼已經從讓自己媽饒自己一條生路降低到賞自己一條全屍了……

「什麼老闆，妳那個老闆，長期這麼壓抑的，相由心生，絕對長得不行，哪會有妳眼前這個小白臉這麼好看？」

不知道是不是成瑤的錯覺，總覺得自己媽媽這句話後，錢恆黑著的臉，竟然陰轉多雲。

成媽媽又瞥了錢恆一眼，對成瑤嘀咕道：「不過賣相確實是挺好的，也難怪妳鬼迷心竅。」

錢恆的臉，雖然仍舊冷豔高貴，但有了些多雲轉晴的跡象。

成瑤已經放棄搶救了：「媽，妳再這樣我可能要失業了……」

可惜不論成瑤怎麼解釋論證，成媽媽似乎打定主意不相信成瑤。

「坦白從寬抗拒從嚴，妳今天不給我老實交代了，我今天就……」

成瑤幾乎自暴自棄了：「欸，媽，好吧，這就是我男朋友。」

錢恆：？

成媽媽終於得到滿意回答，才歇了口氣，她看了錢恆和成瑤一眼：「你們先坐著，我去個廁所，回來再審你們！」

成媽媽一走，錢恆就發難了，他挑了挑眉：「男朋友？」

成瑤就差給錢恆跪下了：「老闆，救人一命勝造七級浮屠，現在我說你是老闆，我媽說什麼都不會信，按照她的性格，我就沒有安寧不能好好工作了，說不定她要住過來監督我。不如順水推舟，反正那個，等董山遺產這個案子結束，董敏肯定不會再糾纏你了，你的別墅也正好翻修好了，你不是就能搬回你的大別墅了嗎？然後那時候我和我媽說我們分手了就完事了。這是我想到的最省心省事的對策了……」

「確實省心省事，也很合理。」錢恆微微一笑，語氣陰陽怪氣，「但我是面目可憎心理變態的老闆啊，我為什麼要幫妳啊？」

成瑤頂著滿腦門的冷汗，她急中生智道：「這、這裡面有點誤會，你在我心目的形象高大到無法企及，正是因為你太優秀太耀眼了，我……我就心生妒忌，心理扭曲之下在家人面前詆毀了你的形象……」成瑤一邊說一邊看著錢恆的表情，「但你看，即便我這麼詆毀，在你高貴的氣質和出類拔萃的長相面前，我媽媽也忍不住為你的顏值而折服……」

果然，千穿萬穿，馬屁不穿，錢恆對這樣的吹捧還是相當吃的。他的臉色，終於好看了些。

成瑤於是趁熱打鐵：「老闆，這次你要是能配合一下幫我，我願意做牛做馬報答你！我願意除了做飯外，還包攬一年裡所有的家務打掃！反正我這個人天生熱愛勞動，打掃衛生，就當是健身減肥了！」

錢恆點了點頭，輕輕笑了：「可以。」

成瑤的如意算盤打的挺好，錢恆很快就會搬走了，她包攬所有的家務活，雖說是一年，但也不會要包攬多久。

可惜她沒想到，道高一尺魔高一丈。

錢恆答應完，又看了成瑤一眼，笑咪咪地補充道：「但介於我可能很快要搬走了，妳之後來我別墅裡負責打掃吧。」

「……」

「我的別墅算上地下室，有四層樓，一百多坪，院子還有三十多坪，光樓上樓下院子裡來回跑幾趟，妳的運動量就夠了。妳正好想要健身減肥，還挺適合的。」

「……」

「所裡的健身房設施有限，其餘好的大型健身房辦個卡也要幾千吧？」錢恆仍舊在微笑，「一下子為妳省了這麼一大筆錢，也不用太謝我，就找個週末加兩天無薪的班來報答我吧。」

「……」

「接下來的一年裡，好好鍛煉。」

「……」

成媽媽從廁所回來，就發現氣氛有點奇怪，首先自己女兒的表情總覺得像是個苦瓜，綠中帶黃，黃中帶黑，反倒是錢恆，一掃剛才的黑臉，一派神清氣爽。

但不管怎麼說，成瑤終於承認對方是自己男友，也誠懇地認了錯，同時解釋了兩個人只是為了省房租而合租，並沒有發生什麼，成媽媽突擊了下房間，確實發現兩個人涇渭分明，房裡各自歸各自的，沒有什麼可疑之處，這才放下心來。

接下來就到了審問時間。

「瑤瑤啊，小錢是做什麼的啊？」

錢恆剛想開口，成瑤就飛快地攔截：「他啊，他做工廠流水線的，三班倒，趕上工廠裁員，剛失業呢。」

為了這次假裝男友，成瑤付出了如此巨大的代價，她心裡不爽，想著反正過陣子就可以和自己媽媽說分手了，因此對錢恆的真實情況也不需要和媽媽交代，面對錢恆的不滿，成瑤也決定大著膽子無視，抓住這唯一一次機會，盡情詆毀錢恆。

成媽媽果然愣了愣：「那小錢，小錢是什麼學歷啊？學機械工程這種？所以在做工廠流水線的管理工程師？」

「什麼機械工程啊，他就是專科畢業的，流水線上的工人。」

成媽媽噎住了：「看氣質不像啊……看這臉蛋也是個聰明面孔，是家境不太好輟學了嗎？要不然去上個夜校什麼的？年輕人要上進啊，沒大學學歷日子不好混啊。」

「沒啊，媽，他家裡條件上個學還是可以的，他是自己笨，妳知道嗎？他以前高中裡外號叫『烤肉』，為什麼啊？因為他數理化每門課都只考了六分，考六，考六，所以就叫烤肉了。」成瑤越說越是眉飛色舞，好像說的不是自己「男朋友」，反而像是喜聞樂見倒了血霉的仇敵似的，「他腦子不好，只有臉能看。」

成媽媽面露難色，老成家雖然比較傳統，不提倡婚前同居，但卻是信奉婚姻戀愛自由的，成瑤找了這麼一個男朋友，成媽媽也不好出面阻止，只能心焦：「那小錢現在失業了怎麼辦啊？」

成瑤不顧錢恆警告的視線，她豪氣地拍了拍胸口：「沒事，媽，我賺的多，我養著他唄。」

「這……」

「現代社會啊，也不再流行女主內男主外這一套了，我挺喜歡我的工作的，也不想為了家庭放棄工作，正好錢恆也賺不到錢，以後他在家洗手作羹湯，你說是吧，錢恆？」

錢恆惡狠狠地盯著成瑤一眼，但想到別墅包年打掃服務，還有成瑤那確實令人食指大動的飯菜，終於咬牙切齒地「嗯」了一聲。

成媽媽心有擔憂，又問了幾句，看時間不早了，才放下帶來的大包小包食物被褥，又叮囑成瑤幾句，一臉欲言又止地走了。

成媽媽一走，自然到了錢恆秋後算帳的時間。

「成瑤，抹黑我抹黑的很開心？」錢恆的聲音陰測測的，「妳是準備怎麼養我？」

成瑤咳了咳，她早就想好了藉口，此刻一臉義正言辭：「老闆，我也是沒辦法啊，你之後搬走了，我正好和我媽說我們一拍兩散了，那現在如果把你的真實情況告訴我媽，我媽肯定不能對你這麼優秀的未來準女婿放手吧？還不成天讓我復合？更何況，要是按照真實的情況說了，你這麼優秀完美，我是瞎了嗎？怎麼會突然和你分手？所以啊，只有把你說的各方面不怎麼樣，分手就很合理。」

錢恆冷冷一笑：「那妳怎麼沒想過，優秀的我把妳甩了，也很合理？」

「……」

「今年年終獎金，沒了。」

成瑤一聽錢沒了，澈底炸了：「錢恆！你這是假公濟私！而且這樣操作根本不符合《勞動法》！你作為一個律師，知法犯法！」

錢恆卻只是有恃無恐地笑：「那妳大可以辭職，然後去申請勞動仲裁，再告我啊。妳看妳能贏過我嗎？」

「……」

算你狠！

第五章　夜晚與悸動的心跳

除去和錢恆合租的那點小插曲，近來成瑤的工作進展的十分順利，包銳查到陳晴美孕檢醫院的登記記錄，董山果然有填寫過資訊，並且有簽名。

有簽名那就好辦了，申請個筆跡鑑定就行了，外加包銳還提取到董山和陳晴美出入形影不離的監視器影像，還有其餘各種細枝末節的佐證，只要配合ＤＮＡ親權鑑定，就是一條完整的證據鏈了。

而也不知道是不是老天幫忙，陳晴美的臍帶血ＤＮＡ鑑定並沒有造成胎兒的風險，她幾乎是相當順利地完成了親權鑑定。

「報告顯示了，陳晴美肚子裡的孩子和董老爺子是屬於同一父系。」

雖然對自己的案子而言是大大的好事，可成瑤心裡卻有些莫名的複雜。

人們總是說，不信抬頭看，蒼天繞過誰。但很多時候，成瑤發現，這些話不過是自我安慰，更多時候，那些混得風生水起過的好的人，並不是什麼好人。

正如陳晴美，她是絕對的精緻利己主義者，自私、精明，知道男權社會的規則，她把自己拗出適合男權審美的造型，嬌弱柔嫩，像是離了男人無法活，溫柔妥帖乖巧聽話。然而心裡比誰都清楚，她這麼放低姿態，並不是真的沒有思想，願意做男人的附屬，什麼都順從著男人；恰恰相反，她比誰都清楚自己想要什麼，也知道如何達到這種目的。

她恐怕不僅不愛董山，連肚子裡這個有血緣的孩子也不愛。

她不是男權社會裡的祭品和依附者，而是女利主義裡的既得利益者。

而讓成瑤印象更為深刻的是，在做完親權鑑定後，陳晴美並不是一個人回去的。

那天下著雨，成瑤在等計程車時，就見有個與陳晴美年紀相仿的男人撐著傘朝她走了過來。

「怎麼這麼不小心，下次站裡面點，都讓雨飄著了，妳現在還懷著孩子，萬一感冒了怎麼辦？」

那男人長相平凡普通，然而眉眼之間對陳晴美的專注神色，卻讓他整個人發亮起來。

當一個人眼裡有愛的時候，總是耀眼幾分。

他手裡只有一把傘，然而小心翼翼地用一隻手護著陳晴美，整把傘更是幾乎全部傾斜到陳晴美的頭上，自己左半邊身體，毫無遮蓋地暴露在雨中。

陳晴美弱弱地看向對方，依偎進對方懷裡：「謝明，要是我早點遇到你就好了。」

被喚作謝明的男子有些靦腆地臉紅：「現在遇到也不晚，妳以前過的太苦，才會遇到董山對妳有點恩惠，就錯把感激當了愛情，結果沒想到董山的單身是騙妳的，他根本和老婆還沒離婚，害自己現在落到這個地步……以後我會好好保護妳的。」

陳晴美眼角帶了點濕意：「可……可現在別人都罵我，是小三，是勾引董山的狐狸精，是不要臉的女人。」

「別人根本不瞭解事情的真相，別人怎麼說妳，我都不在乎。」謝明笑得很溫和，「妳也不要在意那些不好的言論，公眾本來就以偏概全，輿論很好被誤導，有我相信妳就夠了。妳膽子這麼小的人，怎麼可能做得出這種事。」

兩個人又說了些話才一起牽著手離開。而隨著兩人依偎在一把傘下的身影離去，他們在聊什麼，成瑤已經聽不見了。

董山剛死了多久啊，她就找到了新鮮的下一任「宿主」。

這個男人雖然看起來並不富有，但有肚子裡這個孩子為籌碼，陳晴美可以分到一輩子也用不完的財富，她不用再在乎錢了，可以找個讓自己順心的老實人，真真切切對她好，愛她保護她包容她相信她。像任何一個她這個年紀的女孩子一樣，來一段正常的兩情相悅的戀愛。

如此現實，然而竟然無懈可擊。

或許這個世界上，厚臉皮、沒有下限的人，反而活的更好一些？殺人放火金腰帶，修橋補路無屍骸？

像是為了驗證成瑤這些想法似的，董山遺產糾紛案一審開庭，毫無懸念的，在錢恆的代理下，在證據鏈的面前，蔣文秀和董敏無話可說，一審判決，董山遺產中二點一億，將歸屬陳晴美肚子裡的孩子。

涉及遺產繼承、接受贈與等胎兒利益保護，胎兒視為具有民事權利能力。因此，這部分繼承份額將被保留起來，一旦孩子出生活著，那就正式辦理繼承手續，如果孩子出生是死體，那保留的份額會被收回，繼續按照法定繼承重新辦理。

庭審結束，蔣文秀雖臉色蒼白，但仍舊幹練而落落大方，董敏則忍不住情緒崩潰，哭著質問起董老爺子。

事實擺在眼前，正是因為董老爺子同意了親權鑑定這件事，才讓陳晴美反敗為勝。

在此之前，蔣文秀和董敏，想必是全心全意信任著董老爺子，才會根本沒有想到他竟然成了陳晴美的突破口。

蔣文秀和董敏沒有防備過董老爺子，認為他和她們是站在同個戰壕的，卻沒想到卻反身被這位戰壕裡的「戰友」背後放了冷槍。

這種全心全意信任著一個人卻被徹底背叛的感覺，大概除了當事人外，旁人都無法感同身受。

「爺爺，我和媽媽這些年是怎麼對你的？你的心是肉長的嗎？你口口聲聲說媽媽才是你唯一認可的兒媳，可背後卻偷偷站在小三那邊！」董敏自覺感情被爺爺欺騙，一雙眼睛除了眼淚就是失望和不敢置信。

「你中風以後腿腳不便的時候，一開始脾氣差，根本不讓看護近身，你想想是誰幫你每天擦身換洗端茶送飯的？媽媽寧可放棄好幾個公司對外併購的好機會，也一直陪在你的身邊，鞍前馬後的伺候，偶爾還要容忍你的壞脾氣。媽媽有過一句怨言嗎？」

「口口聲聲說著我是你唯一的孫女，可實際呢？爺爺，這是我最後一次叫你爺爺，從此以後，我董敏就沒有爺爺了。」董敏為人雖然驕縱，但關鍵時刻，也有著母親蔣文秀的風範，她的語氣剛烈而決絕，「我會去改媽媽的姓，從今往後，沒有董敏這個人了，只有蔣敏。」她自嘲地笑著，「反正你也不在乎董家有沒有我這個女孩，畢竟你們董家，已經有後了。」

「還有你們，你們這些為小三代言的律師，你們沒有良心嗎？」董敏看向錢恆、包銳和成瑤，「我詛咒你們以後都遇到被人劈腿出軌，永生永世不幸福！你們為了錢，根本沒有道德！法律？法律就是個笑話！根本就沒有什麼公平正義，法律只是你們這些下三濫人的遮羞布！《婚姻法》根本不保護婚姻，保護的是小三的孩子！」

「敏敏，不要再說了。」

董敏情緒激烈，然而蔣文秀雖然面色不好，但神情仍舊鎮定，她對錢恆微微點了點頭表示歉意，這才拉著董敏離開。

她很清楚，律師不過是一種職業，代理什麼人，並非表明律師的私人立場，因此涇渭分明，直到最後，也沒有遷怒錢恆和成瑤。

「是我大意，錯估了人性，錯判了親情。但凡我警覺一點，阻攔你們，讓你們沒有機會接觸到我公公，或者和我公公打打感情牌，或許也不是這個結果。」

「但不論任何事，人都應該為自己的行為承擔後果，這件事是我疏忽，我也願賭服輸。」蔣文秀說完，垂下視線，「敏敏，這節課，也是妳人生裡的一課。媽媽不能一直過分保護妳，妳也應該長大了。」

即便此刻，她仍舊得體而大方，讓成瑤更是心生佩服、同情以及難以言喻的羞愧。

一審判決，當庭證明親子關係的存在，那陳晴美這個孩子，只要活著生下來，不論如何都能分到豐厚的遺產，蔣文秀和董敏就算上訴，也撐死只能在繼承的份額上做做文章了。

這個案子，雖然只是一審，但大局已定。

可為陳晴美這種人代理，即便贏了，似乎一點也高興不起來，一點成就感也沒有。

難道這就是律師的工作嗎？自己這份工作的意義到底在哪裡？律師的價值，到底在什麼地方？

回事務所的路上，成瑤便有些悶悶不樂。錢恆似乎早就習慣了這種場面，相當處變不驚，只是若有所思地看成瑤兩眼，最興奮的要數包銳了。

「我們這個案例，利用親權鑑定和證據鏈在生父身體組織完全滅失的情況下證明親子關係的，我感覺能上個年度家事案例經典案例啊……另外這次的律師費還挺豐厚的，我準備去換個車了，你們覺得什麼車好？我想買Audi，但人家說Audi車車主最容易出軌，我覺得彩頭不好，要不然買Volvo？」

成瑤這種悵然若失的情緒一直持續到下班。

這兩天，秦沁外出回來，威震天便還給了她，如今再回家，就連個可以擼的狗都沒有了，一想到這裡，成瑤只覺得更沮喪了……

倒是錢恆，十分冷淡地婉拒了陳晴美為表感謝的飯局。然後一個內線電話，把成瑤叫進辦公室。

成瑤戰戰兢兢的，怕是又有什麼事做的不到位要被錢恆教訓。

結果自己剛坐下，錢恆拉開抽屜，丟了一大塊巧克力過來，他側開目光，語氣有些不自然：「快吃。」

成瑤：？

錢恆怎麼了？為什麼突然給自己吃巧克力？

「快過期了，不吃也是浪費。」

「……」

然而成瑤很快發現問題，她翻到巧克力的外包裝上：「沒有啊，離過期還有一年呢。」

錢恆的表情有些惱羞成怒：「不要輕易質疑老闆，沒人和妳說過嗎？老闆說什麼就是什麼。」

「唉……」成瑤小心翼翼道：「因為老闆你以前說過，作為律師，不能別人說什麼就是什麼，語言這種東西不是證據，必須是自己親自驗證過的話，才能信……」

「給妳吃巧克力妳還無限上綱了？」

「……」

錢恆清了清嗓子：「我看妳從法院回來就一臉沮喪，吃點巧克力，調整一下心情。不然這種負能量的情緒是會傳染的，到時候把大辦公區的同事們弄得一個個垂頭喪氣的，君恆還開不開張了？」

成瑤攥著巧克力，內心還挺感動的，雖然錢恆嘴毒，但竟然很細微地觀察到自己情緒的波動，真的挺出人意料的。雖然手上只是一小塊巧克力，但成瑤卻覺得這是重於泰山般的一片情誼。

「這個妳拿好。」

結果就在成瑤感動的當口，錢恆遞了張小紙片過來。

成瑤十分疑惑：「這是？」

「巧克力的發票。」

成瑤：？

「我會從妳的薪水裡直接抵扣的。」

成瑤：WTF？？

錢恆理直氣壯道：「我紆尊降貴親自買巧克力給妳，建議妳這張發票好好保存，留個紀念。」

錢恆，你是魔鬼嗎？我都已經這麼沮喪了，竟然巧克力的錢還要我自己來？

雖然成瑤的內心咆哮著，但嘴上還是乖巧地陽奉陰違道：「謝謝老闆！那我出去了！」

「在這裡吃掉。」錢恆卻很堅持，他雙手在面前交叉，盯著成瑤，「我還有話要說。」

成瑤：？

「這個案子，妳對我很有意見吧。」

「沒……沒有啊……」

「真的沒有？」

成瑤連連搖頭：「真的沒有。」

「那我通知妳一聲，鑑於這個案子上庭的是包銳，妳所做的貢獻相對較少，所以不計妳的分潤了。」

成瑤炸了：「要是早知道沒分潤，我根本不願意參與這個案子！為小三代理，根本沒有弘揚任何法律的公平正義！要是我自己有選擇權，只要不是沒案源馬上就要餓死了，我才不會接這種案子！人活著，得講點原則！要有底線！」

錢恆挑了挑眉：「妳看，妳果然有意見。」

「……」

「分潤會給妳的。」錢恆抿了抿唇，「現在我們來聊聊關於妳對我的意見。」

「……」

錢恆顯然是挖好了坑，就等著成瑤義無反顧地跳進去，現在他好整以暇地看著成瑤，顯然是準備填土活埋了……

事已至此，再掩蓋也沒什麼意思，成瑤索性放開了：「代理陳晴美，是在為正義而戰，為弱勢群體呼喊嗎？是在弘揚真善美嗎？符合社會正義價值嗎？」

「成瑤，這就是妳最大的錯誤所在。」

「律師是一份工作，不應該理想化地覺得要為正義而戰是嗎？只要接了當事人的代理，就應該為當事人而戰，而不要去矯情地想什麼正義不正義。」成瑤低下頭，「我知道，律師代理的時候自己沒有預設立場，律師的職業也不是那麼理想化和光鮮，只要接了代理，就要認真負責做到底，但是你明明有選擇客戶的權利，不是缺了她這個客戶就要餓死，為什麼要接陳晴美？她當小三這件事根本無法洗白，更何況她也不愛董山，和董山的婚外情完全是她想要撈錢而已……」

成瑤的心中有太多的疑惑，她不明白錢恆為什麼要去接這種客戶：「何況你接陳晴美這種案子，對自己的口碑也有很不利的影響，為什麼要這樣做？被那麼多人說成業界毒瘤，你明明不是！」

錢恆愣了愣，這是第一次有人這樣對自己說。

成瑤的眼睛太亮了，錢恆下意識迴避這目光：「妳是在為正義而戰。」

成瑤以為自己聽錯了：「什麼？」

錢恆的聲音低沉性感，他又一字一頓地重複了一遍：「妳做的每個案子，只要在合法的範圍裡提取證據為客戶辯護，就是在為正義而戰。」

「妳理解的正義太狹隘了，妳的眼睛裡只盯著個案正義。但對於法律進步和法制的進程而言，程序正義比實體正義更重要。因為實體正義，有時候妳根本無從得知，什麼是真的，什麼是假的，什麼是對的，什麼是錯的，律師不是法官，律師也不在每個糾紛的發生現場，律師不負責判定對錯，而鑑於法律發展的不完善，有很多時候，就算法官再明辨是非，絕對的正義也永遠不可能。」

成瑤抿緊了嘴唇盯著他。

錢恆卻只是輕輕掃了成瑤一眼：「就像董山遺產這個案子一樣，今天一審判決的結果對於蔣文秀和董敏而言，顯然不是正義的，但對於陳晴美肚子裡的孩子而言，就是正義的，雖然他的媽媽是小三，是不道德的代名詞，但他不能選擇自己的出生，雖然第三者沒有遺產繼承的資格，但是作為非婚生子，他也擁有正當的繼承權利。他是無辜的，作為一個人，不應該因為他出身的污點就剝奪他合法的權益。」

成瑤沉默了，她太嫉惡如仇，然而冷靜下來，錢恆說的一點也沒錯，這個世界上有形形色色的糾紛，每一個都有複雜多變的事實，本就沒有絕對的正義可以達成。

「程序正義是什麼，是相較實體正義來說更為看得見的正義，是裁判過程的公正，法律程序的正義。」

說到程序正義，成瑤不是沒有疑問的：「可是，過分強調程序正義，美國才會出現辛普森殺妻案[2]那樣的審判，因為程序正義，那麼多壞人逃脫了法律的制裁。」

「雖然強調程序正義有時候會讓一些有罪之人逃脫制裁，但更多時候保護了更多無辜的人被錯誤地認定成有罪。因為有程序正義，才不會出現更多的聶樹斌案[3]。」錢恆眼睛幽深，他的語氣平靜，「而妳在做的每一個案子，都是在守護程序正義，也在守護法律意義上的正義，都在讓這個國家的法制變得更好一點。每個守法的律師都只能做一點點，但擰成一股力量，就是這個社會和法律的正常運行。」

自己的工作，有這麼偉大嗎？

成瑤什麼都沒說，錢恆卻一眼看穿她心中所想：「律師的工作是為了養家糊口，是為了錢，是為了更好的生活，說白了，確實沒有那麼高尚。」

「但如果在這個崗位上問心無愧地工作著，維護著法律的尊嚴，堅守著程序正義的信仰，那未來，就會少一個無辜的人遭受錯誤的法律追責被誤認成公眾眼裡的『壞人』，未

2　辛普森殺妻案，辛普森案，又稱加利福尼亞人民訴辛普森案。美式橄欖球星O．J．Simpson被指控於一九九四年謀殺其前妻與好友。辛普森聘請眾多知名律師為自己辯護，該案經歷了長達九個月的審判後，被判無罪。此案被稱作「世紀審判」。

3　一九九四年八月，河北省石家莊市發生一起強姦殺人案，時任石家莊市鹿泉區總和職業技術學校校辦工廠工人的聶樹斌被指為嫌疑人並逮捕，於一九九五年判處死刑，並迅速執行。直到二〇〇五年真凶王書金才歸案供認此案為他造成，後開始對聶樹斌一案進行複查，直至二〇一五年此案於山東省高級人民法院召開聽證會，二〇一六年最高人民法院第二巡迴法庭對聶樹斌案公開宣判撤銷原審判決，改判無罪。

來就會少一個無力辯白而失去生命的『聶樹斌』。成瑤，保護別人，也是保護自己，因為我們每個人都生活在現行的法律體系裡。」

成瑤低下了頭，她剛才還激昂的情緒，漸漸平復下來。

錢恆喝了口茶：「妳還是太年輕了。」

成瑤突然發現自己根本無法反駁。她的心裡是巨大的衝擊和複雜情緒，或許每個工作都很渺小都很平凡，但正是因為那麼多平凡人堅守在自己平凡的崗位上，社會才得以運作和進步。

「我知道為什麼外界罵我毒瘤，因為我既然不缺錢，明明可以選擇那些有錢的『好人』當客戶，卻還會為『壞人』辯護。」錢恆頓了頓，「但這不就是律師的意義嗎？」

「就算變成了壞人，也要調查清楚他做壞事是不是有令人理解、同情的因素，比如長期受到家暴最後壓抑之下砍殺丈夫的妻子，又比如正當防衛，甚至自首、主觀惡性等；甚至是壞透了的壞人，根本沒有任何藉口和讓人同情的理由的殺人犯，也有體面地接受法律懲罰的權利。法律會制裁這些壞透的惡棍，但在裁判的過程中，也不能刑訊逼供，在懲罰的時候，也不能虐殺，對他做出懲罰，也要讓他清清楚楚地知道自己為什麼受到這樣的制裁，讓他有可能吸取到教訓改過自新。」

錢恆深深看了成瑤一眼：「法律保護的，一直是每個人的基本權利和尊嚴，就算是壞人的。」

錢恆說這些話的時候，眼睛清明，難得那雙冷淡的眼眸裡，帶了溫度，那瞳仁的最深處，彷彿有一簇小小的搖曳的火光，配上他殺傷力極大的臉，成瑤只覺得一時之間竟然有些難以直視。

英俊的男人認真起來，真的很迷人。

「成瑤，律師保護好人，也保護壞人，因為法律的最大的意義就是公平。」

成瑤內心湧動著一種陌生的情緒，火熱的、滾燙的、躍躍欲試的，像是懷抱著一隻初生的雛鳥，在試探和醞釀著第一次展翅飛翔。

彷彿有人用一雙手堅定地為她撥開胸口一直縈繞著的濃霧，強勢地掃除了她的迷茫和遲疑，她終於能重新窺見陽光。

是的，這就是做律師的意義，委託人的利益和程序正義，這是社會正義的基礎，意義遠遠超過狹隘的個案正義。

「如果靠著良好的道德觀就能讓社會正常運行的話，法律確實不會出現。可道德是個太過主觀的東西，妳的道德在部分人眼裡可能是不道德，那社會治理就永遠沒有統一的標準了，每個人都叫囂著自己的道德才是準則，結果呢？」

錢恆眨了眨眼睛：「結果這個社會只會因為這些道德而變得更壞，變得一團糟，人們不知道到底什麼事能做，什麼事才符合『道德』，而那些自詡站在道德高地的人，以自己的道德為標杆，可以對異己進行各種打壓和懲罰。

「今天，我殺了一個人，但因為對方是個十惡不赦的兒童性侵犯，那在道德的立場，我完全是對的，那我殺人的行為就應該合法。但妳有沒有想過，如果人人都這樣，都直接以道德對他人入刑，那那些被打成壞人的人，根本沒有法律程序去驗證他到底是不是壞人？我們只要在道德上判他死罪，他就應該死？就應該沒有一切權利？但他真的是壞人嗎？」

他看向成瑤：「妳想要生活在這樣的社會裡嗎？」

「妳是一名律師，妳維護的不是狹隘的個案公平正義，而是法律的尊嚴，程序的正義。」

「既然律師代理『壞人』和『不道德的人』在職業倫理上完全沒有問題，那為什麼要拒絕標的額大的案件？我們代理這些人，並不讓我們自己道德上有瑕疵。」錢恆看向成瑤，「也就是說，我們的工作，既維護了法律的尊嚴，也能用自己的專業技能為自己贏得更好的生活，合法能賺得的錢，那為什麼不賺？妳嫌錢多嗎？」

成瑤輕輕抬頭看了錢恆一眼，對方還是那副生人勿進的冰冷模樣，剛才一席話也彷彿像一場單方面的訓話，然而成瑤卻覺得——

能成為一名律師真的太好了。

能成為錢恆的助理律師太好了。

「老闆，總有一天，等我成為知名律師了，我會按照小時數支付今天的諮詢費的！」

錢恆抬眸：「別想太多了，先把巧克力吃了。」

成瑤才發現自己剛才根本沒想起吃巧克力，那塊被她攥在手裡的巧克力，此刻被手心裡的熱氣捂得有些軟了，她頗為感動地拆開包裝咬了一口。

呸呸呸！

那個口味融化在嘴裡的時候，成瑤差點吐出來。

她的聲音都變了：「香菜口味的？香菜口味的巧克力？」

這是什麼魔鬼口味？

「日本進口的，森永『BAKE』香菜口味的巧克力，聽說還是限量發行的。」錢恆臉上終於有了表情，露出些許關切，「我一直挺好奇這個口味的，自己又不想第一個嘗試，正好讓妳來試，怎麼樣？口味暗黑嗎？有多獵奇？吃了會死嗎？」

「……」

成瑤這時候真的想找一個「屎裡有毒」的貼圖糊到錢恆臉上。

去你的吧！這種有毒的東西你還給我吃？

錢恆顯然並沒有感受到成瑤的殺意，他若有所思地摸了摸下巴：「其實還有一款零食我也挺好奇的，就是那個老乾媽冰淇淋，下次買給妳試試。」

「……」

成瑤內心憤怒地想，等我成為知名律師的那一天，我看我應該先把你送進監獄勞動教養改造改造！這真的是有毒！

錢恆你讓我好好感動下會死嗎？

* * *

雖然不想承認，但被錢恆叫進辦公室這麼訓導了一番，接連幾天，成瑤反而覺得通體舒暢起來，連那香菜口味的巧克力，竟然都顯出了點意猶未盡的回味。

難道這就是傳說中抖M受虐體質？明知有劇毒，偏往毒源去？難道磕毒藥還能上癮？不可能吧？成瑤覺得，一定是自己想多了……

「我的媽啊，你們看到新聞了嗎？」就在成瑤思緒亂飛之際，譚穎拿著手機，語氣震驚，「印度自從禁酒令酒類大量強制下架以後，不少人竟然用喝眼鏡蛇毒液的方法來替代，喝一次上頭一個月，除了喝，還能用來拌飯！喝毒竟然還能上癮！」

「……」

不過不管怎麼說，董山遺產糾紛這個案子，陳晴美很滿意這個一審結果，而出乎成瑤意料的，蔣文秀和董敏，沒有再選擇上訴，他們接受一審結果。一審判決就這麼生效了。

成瑤本來以為還要面對二審，然而案子竟然這麼輕鬆地告一段落，她除了鬆了口氣外，也有些悵然。

然而，站在蔣文秀和董敏的位置想一想，這樣對她們未嘗不是一種解脫。親子關係已經是鐵板釘釘的事實，再針對遺產的多寡進行拉扯對誰都是一種心力交瘁的時間和精神損耗。

與其把時間浪費在這種事上，不如放下過去，好好迎接新的人生。

董山死了，愛情和婚姻消逝了，但自己的女兒還在，比任何一刻都與自己親密，原本驕縱的性格也在這件事後漸漸收斂，開始變得成熟，開始學會成長。

有失去，也有得到。

看清一些人和事，也更勇敢和堅定了些。

成瑤想起最後庭審結束時蔣文秀的模樣，印象裡揮之不去的還是她挺直的脊背。

如果是她的話，不論是什麼樣的人生，都可以過得精彩吧。

一個人幸福不幸福，不是由金錢決定的，也不是依賴別人得到的，而是靠自己爭取的。

——「人要為自己的決定負責。」

不知道為什麼，成瑤的腦海裡一直重播著蔣文秀最後說的這句話。

她想表達什麼？

為自己選擇董山卻遭到出軌的決定負責，不怨天尤人嗎？還是為自己輕信董山爸爸而讓陳晴美鑽了空的結果負責，從而接受這一判決？

成瑤不知道。但她總覺得，不僅是蔣文秀要為自己的決定負責，陳晴美也會為自己所做過的一切負責的。每個人的每個行為，都會有相應的後果。

當然，除了思考之外，成瑤一如既往地秉承自己的好習慣，每做完一個案子，就自己對案子做總結分析，對自己的表現也做評分反省。

這個案子一開始，只是董山不惜付出任何代價尋求離婚的案件，成瑤甚至對這麼簡單的案子有些灰心和失望，多少有點浮躁的心態，但簡單的案子，最終也有可能變複雜。家事案件，細節冗雜，甚至千變萬化，任何時候，不能輕視任何一個案子。

同時，家事案件最重要的是溝通，律師不僅需要鍛煉自己的專業法律能力，也需要有很強的交際手腕，能夠好好和自己當事人，和對方當事人溝通。

不論怎樣，因為錢恆的一番話，成瑤不再迷茫，她又充滿幹勁起來。律師職業，沒有想像的那麼高尚，但也沒有想像的那麼不堪。法律和道德，公平和正義，程序和實體，如何在自己的職業裡平衡好這些關係，或許正是做律師的意義所在。

律師是一份養家糊口的職業，但律師工作做到極致，又何嘗不是一門藝術和博弈呢？

只是自己的總結分析剛寫到一半，包銳突然開了口。

「陳晴美生了。」

成瑤十分驚訝：「離預產期還有一個多月呢，怎麼就生了？」

「她那天走在路上，剛下過雨，路面很滑，她沒在意，摔了一跤，幸好運氣好，那段路本來沒什麼人經過，那天正好有個熱心的卡車司機經過，趕緊把她送醫院了。」

包銳臉上神祕兮兮：「不過我要說的不是這些，最讓人想不到的，你們知道嗎，陳晴美那兒子，有問題。」

「啊？」

「她大概贏了官司以後心情就很好，沒控制飲食，妳看上次見她不就比之前大了一圈嗎？據說最近更是一下子胖了快十公斤，胎兒比預期的大，但她為了肚子上不留疤又堅持要自然產，結果一開始產檢預測自然產都沒問題，可惜生的時候不知道怎麼的，生到一半難產，又已經不能剖腹了，結果硬生生拖了好久，導致孩子缺氧，還嗆到羊水。」

「那孩子出生的時候活著嗎？」

孩子出生的那一刻有沒有活著，對遺產繼承至關重要。

如果出生時就是個死胎，那等於這個孩子不存在，這個繼承人也不存在，那份被保留的遺產，將回歸到董山的其餘遺產中，平均分給其餘三個法定繼承人：作為配偶的蔣文秀、作為子女的董敏、作為父母的董山爸爸。

如果孩子在出生的那一刻活著，並且一直存活下來，那那份繼承份額自然就是他的，由他的監護人陳晴美管理。但除了為維護孩子的權利以外，不得隨意處分這部分財產。

而如果孩子出生的那一刻活著，但啼哭了幾聲，因為各種問題沒能繼續活下來，那董山的遺產仍舊由他繼承，只是他繼承後因為死亡，馬上再引發一次新的繼承，孩子死後，董山的這部分遺產自動變成這孩子的遺產，由他的法定繼承人，也就是生母陳晴美繼承。

「活著。」包銳補充了一句，「現在還活著，活的好好的。」

成瑤鬆了一口氣的同時，也有些不知名的唏噓。

只是她的唏噓還沒結束，包銳又開口了。

「但這孩子，不太正常，不會自主吸奶，今天剛確診是腦癱了。」包銳用的是陳述句，「應該是難產的時候缺氧太久了。」

成瑤張著嘴，一時之間竟然不知道說什麼。

「不過最反轉的還不是這個，最高潮的是，董老爺子一聽生了個腦癱孫子，差點氣暈厥過去。」包銳搖了搖頭，「聽說老爺子找人去婦產醫院鬧，說不認這個孫子……」

結果包銳的八卦還沒講完，成瑤就接到董老爺子的電話。

『小成律師嗎？』老爺子聲音顫抖，『我想見妳……』

因為老爺子身體原因，成瑤和他約在護理醫院不遠處的咖啡廳裡，看護推了輛輪椅，董老爺子坐在輪椅裡，神色灰敗，絲毫不見之前得知自己將有一個孫子時的狂喜之態。

「小成律師，我反悔了，這個案子，我們不作數了。」董老爺子焦慮道：「妳幫我把我做的那什麼親權鑑定撤回來，我不做了，我不認這個孫子，我只要我們敏敏就夠了，我們的家產，也全部給敏敏。」

「董老先生，可是這個判決結果，已經生效了啊。」成瑤努力用簡單易懂的語言解釋著，「更何況即便這個判決還沒生效，您當初同意進行親權鑑定，已經配合提取了血液樣本，已經證實了陳晴美肚子裡的孩子，和您有血緣關係，是您兒子董山的親生兒子。這一點已經是不爭的事實了。」

「我……我不知道，不知道怎麼生出來的孩子有問題，我要是早知道，我根本不會做那什麼鑑定！」董老爺子有些情緒失控，「現在敏敏也不來看我了，文秀也不來看我了，她們只有每個月匯錢給我，我打她們電話，她們也不理我，開始是不接電話，這幾天我聽說文秀要帶敏敏出國進修，那……那怎麼辦？國外這麼遠，我是不是以後看不到敏敏了？」

老爺子絮絮叨叨的，一臉失魂落魄：「我光有錢，有什麼用啊？我不要錢啊，我只想一家幾口和和美美的，這個孩子我原來也想著我接過來帶就是了，那個女人不用進家門，這孩子的這筆遺產，也由我來管著就行了，那女人一分也拿不到。這樣家裡又不缺錢，多個孩子，也不過是添雙筷子的事，我想文秀和敏敏總會接受的……」

成瑤有些哭笑不得：「老先生，孩子的生母在世，她才是合法的監護人，您想把這孩子接過來由你撫養，繼承的遺產由你來管理的計畫一開始就是不可能實行的啊……」

直到最後成瑤離開，董老爺子還不能接受也不能理解，為什麼原本和孫女和兒媳幾十年的感情說沒就沒了，自己只是不小心犯了錯，她們就這樣做，未免太絕了。就算因為自己的行為導致他們分到的遺產變少了，可親情能用錢來衡量嗎？

董老爺子恐怕永遠不會明白，在他因為胎兒的性別而把天平偏向陳晴美的時候，是他自己親手斬斷了這段親情和信任，是他親手把自己的孫女和兒媳推開的，蔣文秀和董敏並非因為金錢才失望寒心的啊……

或許一切，冥冥之中，早有定數吧。

又過了幾天，成瑤又聽包銳說起這件事的最新進展，董老爺子又找人去陳晴美那裡鬧了幾次，陳晴美產後本就恢復不好，這下更是發起高燒來。

而董老爺子身邊也有別的遠方親戚出了主意。眼下董敏已經決定改母姓，雖然這孩子是個腦癱，可也算是董家最後的血脈了。董老爺子大概生怕陳晴美為了遺產偷偷弄死孩子，特地在這些遠方親戚的攛掇下，派了三姑六婆一堆親戚去盯緊陳晴美，而那些遠房親戚拿了錢，自然盡心盡職。

結果就這樣，陳晴美每天不僅要為新生的腦癱寶寶糟心，還要疲於應付一群心懷不軌的遠房窮親戚。

「這些親戚當然不會讓陳晴美有機會讓孩子『一不小心』出點『意外』，畢竟孩子要是沒了，他們上哪再找個藉口跟董老爺子要錢啊。現在名正言順的說是替董老爺子照顧孫子，大筆大筆地拿錢呢。」

一群各自心懷鬼胎的人，竟然就這樣互相制衡著達成了平衡。

對於陳晴美，順利讓孩子繼承了遺產，她算是達成了自己的目標。然而這樣的人生，不知道是幸還是不幸。一個腦癱寶寶的未來，就算有錢，也不是那麼輕鬆的，她作為監護人，恐怕要為了拼這麼一筆遺產將搭上自己的一生了。

而謝明，謝明能不能一起承擔起這個腦癱寶寶的未來，就是個問號了。如果是健康的寶寶，他或許能堅持……可一個腦癱寶寶，就算是親生父親，都有可能選擇放棄。人生裡有太多東西，能讓愛情冷卻……

每個人都要為自己的行為負責。

蔣文秀說的真是一點沒錯。

人生不是短跑，而是長跑，在開頭洋洋得意領先的人，未必就能一路坦途了。

不管多唏噓，董山遺產案徹底結案，成瑤收到一筆不菲的分潤。

當晚，在自己房裡，成瑤忍不住，打電話給爸媽報喜。

結果老成兩口子根本不關心成瑤的工作，他們只在乎成瑤的私生活。

『聽妳媽說妳最近交男友了？』

「呃……」

『小錢是吧？』成爸爸語氣頗為頭痛，『聽說這小錢，不僅家境不好，自己還不太上進啊，除了一張臉能看……』

成瑤剛要順水推舟說自己已經分手了，卻聽成爸爸直接自己轉移了話題：『對了，我和妳媽下下週日會去A市一趟，參加以前高中同學聚會，順帶看看妳，妳看看有什麼要讓我們帶來的？』

「有有有！」成瑤立刻忘了錢恆，「我想吃媽媽做的牛肉辣醬，還有紅燒豬蹄！醬鴨！麻辣兔腿！……還有碳烤羊排！」

成爸爸笑罵了成瑤幾句，表示自己盡力而為，結果要掛電話的時候，他想起錢恆，又不痛快起來：『妳說，人和人差別怎麼這麼大啊，妳知道爸以前有個同學姓錢吧？』

又來又來了……

一聽這個姓錢的同學，成瑤就知道要糟。

從小到大，成瑤聽成爸爸怒罵「姓錢的」已經不知道多少次了。大概因為太過討厭對方，為了表示自己的輕蔑和不屑，這同學在成爸爸口中無法擁有姓名，從來都是用「姓錢的」代替。

果然，成爸爸憤怒道：『這個姓錢的，以前是我的鄰座，一個男的，結果成天畫三八線！還要和我立字據，如果我超過一點點，就要賠錢；雖然成績好，可人特不厚道，有次期末考試我好吃好喝伺候他一個月求著他期末給我偷看一下，就差跪下叫他爸爸了，結果呢！結果他這個白眼狼，一抹嘴巴，什麼也不認，連個選擇題也不給我看！害妳爸不及格！就差三分啊！回家被妳爺爺打到差點現在都能停殘疾人車位了。』

成爸爸又絮絮叨叨罵了一陣子，才終於進入總結環節：『結果，這種奇葩，竟然活的非常滋潤，據說還有私人飛機！幸好這次高中同學聚會他不去！我真不想見到他！』他苦悶地嘆了口氣，『總之啊，這個社會，就是不公平，不瞞妳說，我一開始迷信過，總覺得他能這麼發家致富，是因為姓錢，這個姓，就註定了他這輩子不會缺錢，但現在我也不信這種說法了。』

成爸爸又『唉』了一聲：『妳看看吧，同樣姓錢，我這同學富成這樣，小錢卻窮成那樣，妳說這合理嗎！』

「……」

爸，其實姓錢的，確實都挺有錢的……

成瑤聽成爸爸又嘮叨了一下如今這多麼世風日下世態炎涼，針砭時弊又抨擊了社會，被他扯的澈底忘記說錢恆的事，他才意猶未盡地掛了電話。

說來也巧，這電話沒掛上多久，留在事務所加班的錢恆就回來了。

成瑤一分鐘也沒耽擱，趕忙出了房間，滿臉諂笑，搶似的接過錢恆的包：「欸，老闆，我來拎我來拎！」

錢恆剛脫下大衣，成瑤又趕緊搶了了過來：「我來幫你掛，我來幫你掛。」她一邊捧著錢恆的大衣，一邊讚美道：「老闆終究是老闆，這風采別人就是趕不上啊，你看看，您穿了這件風衣，這氣質，這格調，太獨特了！」

錢恆瞥了成瑤一眼：「獨特？成瑤，妳瞎嗎？」錢恆冷哼一聲，聲音裡帶著毫不掩飾的不滿，「現在滿大街都是Burberry風衣的山寨版，十個男人裡九個穿著。我剛坐電梯上樓，還和一個人撞衫了，還是個禿子，彩頭不好，這衣服妳別掛了，幫我扔了。」

「……」

這馬屁拍的有些尷尬，拍到馬腳上了……

不過這會難倒成瑤嗎？

不可能！

成瑤急中生智道：「老闆，那這衣服更不能扔啊！」

錢恆果然皺了皺眉，有些發難地看向成瑤：「為什麼？」

「這件衣服雖然撞衫嚴重，但也正是因為這樣，才彰顯您的獨特啊！讓人知道什麼叫一直被模仿，從未被超越！」

「……」

成瑤頂著錢恆玩味的眼神，繼續道：「等等我幫您燙燙。您先喝杯熱水暖暖，外面冷……」她一邊說著一邊倒了一杯熱茶給錢恆。

錢恆沒有接，他看成瑤一眼，聲音平靜：「說吧，有什麼事要求我。」

成瑤立刻擺手否認：「沒有沒有，我就想著，董山這案子也結束了，老闆不是要搬走了嘛，我沐浴老闆先進思想洗禮，接受老闆專業精英指點的機會，越來越少了，我也是想有所表示啊！」

錢恆好整以暇：「所以呢？」

成瑤硬著頭皮：「我就問問你什麼時候走，我可以幫你打包啊。也住了這麼久了，東西肯定不少，收納打掃什麼的，我都能幫忙。」

錢恆冷笑一聲：「成瑤，敢情妳這是要趕我走啊。」

「不不不，我哪裡敢！」成瑤搓了搓手，解釋道：「我爸媽下下週日要來呢，為了避免不必要的麻煩，我想到時候就和他們說我們已經分手了，為了這麼驗證，正好趁最近有空我幫您把家搬了？」

為了應證自己的話，成瑤又補充道：「說實話，我還挺懷念我們的合租生活的，老闆真要走了，我會……我會想你的！雖然只一起合租了幾個月，但對我來說，老闆現在就像是我的家人一樣親切的存在，我內心也很不捨，但我不能因為自己的自私，就讓老闆捨棄豪華的大別墅不住，陪著我住在這種沒有格調的地方！」

錢恆坐在沙發上，一雙手交疊在腿上，看著成瑤，不置可否。

成瑤咽了咽口水，再接再厲道：「但有一句話說的好，叫常回家看看，老闆你走了，我這也隨時歡迎你來啊，你就把這裡當你第二個家好了！」

錢恆微微一笑：「那麼也就是說，私心裡，妳是很希望我繼續住下去的？」

「那怎麼不是呢！」成瑤下意識諂媚道：「能和老闆住一起，是我的榮幸啊！」

「那我就勉為其難繼續住下去好了。」

成瑤：？

等等，怎麼和說好的劇本不一樣？老闆病患者放著大別墅不住，竟然能繼續忍受這種中檔（在他看來是低端）社區？錢恆怎麼了？不會是病了吧！

錢恆欣賞完成瑤臉上走馬觀花般複雜的神色，才慢悠悠地拿出手機舉到成瑤面前：

「只是妳跟我解釋下這個招租資訊。」

成瑤頭皮一麻，大覺要糟……

大概為了方便成瑤查看，錢恆十分「好心」地放大字體——

此刻他的手機螢幕上赫然是一行大字。

『好房招租！唯一條件：會自己修水管！不是極品！』

「……」

錢恆抿嘴笑了下：「需要我再下移讓妳看一下裡面放出的房間圖片來證明就是妳發的嗎？」

成瑤狡辯道：「這種房型布置和裝潢家具風格都差不多吧，老闆，這真的不是我啊！」

不是成瑤吹牛，她在A市這個網路論壇發文招租的時候，特地做了點工作，她拍的房子照片，都很小心地避開有辨識度的部分。這文章發了三天了，回應想要看房的人很多，成瑤就摩拳擦掌等著錢恆什麼時候搬走了。等新的租客進來，一來能分攤房租，二來還能分攤點家務。簡直不能更完美啦。

面對成瑤的狡辯，錢恆也沒說話，他只是拿著手機，找到其中一張照片，然後把照片的某一角放大。

成瑤瞇著眼睛看了很久，才終於發現問題所在。

錢恆放大的那個角落，是個餐桌桌腳，那上面，刻著幾乎可以忽略的小字——

Dora 我愛你。

成瑤不動聲色地往桌腳上看去，果然在同樣的位置看到了同樣的字……

這一刻，成瑤心中只有一個聲音——去他媽的 Dora！

品德呢！怎麼能隨便在桌腿上亂刻字的！祝你們刻恩愛！死得快！

然而這沒有硝煙的戰場，這鐵證如山的廝殺，成瑤此刻只有一個想法——我敗了……

成瑤灰頭土臉：「老闆，你聽我解釋，我只是個窮苦的小律師，你搬走了，我實在承受不起這個租金啊，我不是想著提早找人轉租嗎……」

錢恆今天心情挺好，甚至沒有深究成瑤那個招租要求，他淡然道：「妳放心，租金我照付，有一些東西也不用全打包。」

「欸？」

「我的房間保持原樣就行了。」錢恆笑笑，「這房子離君恆確實挺近的，哪天我在所裡加班太晚，第二天又有需要要早起的話，住在這裡倒也很方便。何況妳不是讓我常回家看看嗎？」

「……」

那真的只是客套話啊！而且時不時會回來住的老闆，怎麼聽起來比常住的老闆更讓人害怕了，這就和不定時會突擊檢查的班導，比每天都固定時間檢查的班導更可怕啊！

「對了，明天下午，妳和我一起去B市。」錢恆觀賞完成瑤姹紫嫣紅的臉，才想起了正事般地開了口，「一個家族信託糾紛案，委託代理合約已經簽好了，因為很多證據材料都需要在B市取證，所以明天直接過去開工。」

成瑤愣了愣，有些意外：「明天？」這麼突然？

錢恆似乎知道她心中所想：「這個客戶長期不在國內，明天正好臨時有事回國，停留國內的時間比較短，所以抓緊時間和他溝通一下案情。」

「就、就我們兩個嗎？」

這次錢恆連頭也沒有抬：「嗯，我對妳是放心的。」

自己的工作能力原來在錢恆眼裡已經這樣了嗎！成瑤內心有些雀躍，竟然不帶包銳不帶譚穎，只帶自己也覺得很放心嗎！

「雖然一男一女一起出差確實有點微妙，不過我對妳的自制力還是放心的。」

成瑤：？

「和我同住這麼久，妳把持得很好。」

等等……

在成瑤目瞪口呆的視線裡，錢恆微微一笑，語重心長道：「繼續保持。妳經受住了考驗。」

這一刻，成瑤很想仰天咆哮，錢恆！你可以放一百萬個心！這種方面！你根本不需要擔心的！

成瑤氣呼呼地回了房間，洩憤般，她下載了日本鬼片看了起來。

人有一種趨勢，越是知道不該做什麼事，內心卻越是對什麼事躍躍欲試，明知山有虎偏向虎山行。成瑤其實又膽小又怕鬼，但對鬼片，卻有種作死般獵奇的執著。

抱著抱枕，用被子捂著眼睛，房裡只開一盞小夜燈，再來一包洋芋片，在陰森的音效聲裡一邊噶嘰噶嘰地嚼洋芋片一邊偷偷摸摸地看鬼片，既害怕又忐忑，還帶了點小激動和小興奮，情緒隨時緊繃，隨時隨著影片的劇情帶入，又害怕又刺激。

雖說聽起來有點自虐，但往往這麼看完一個鬼片後，都會有一種情緒澈底發洩過後的放鬆——啊！終於！撐過來了！

這種時候，往往渾身舒爽暢快。當然，副作用也是有的，看完鬼片後的當晚，成瑤通常必須整夜開著小夜燈，就著那點暖洋洋的燈光才能安心入睡，她還沒有在看完氣氛恐怖的鬼片後在漆黑的房裡睡覺的膽量。

可惜今晚有點不平常。

成瑤剛看到在荒宅裡的主角陷入被鬼的狩獵這等最驚悚的情節時，毫無徵兆的，房間裡的燈滅了，一時之間，只剩下電腦螢幕，發著幽幽的光，然後一個鬼影伴隨著可怕的音效，突如其來地飄了過來，腐爛的眼眶彷彿盯著螢幕後的成瑤般，與成瑤直直對視了一秒。

成瑤死死用被子捂住嘴巴，才終於壓制住自己本可以高亢到媲美女高音的慘叫聲。

她只來得及穿上一隻棉拖鞋就趕忙連滾帶爬地跑出了房間，劈里啪啦把客廳開關都按了，燈卻一個都沒亮，只有窗外慘白的月光掃進來。

冬天了，大家睡得早，就連平日裡隔壁棟的燈火也熄的差不多了，只覺得蕭瑟而無生氣。成瑤想起剛才看的鬼片，竟覺得有一股寒氣順著睡褲的褲管一路蜿蜒鑽了上來。

直到她充滿恐懼瑟瑟發抖了一分鐘，才終於在隔壁幾戶鄰居傳來的咒罵聲中意識過來，這不是鬼上身，這是停電了！

電力局，你是魔鬼嗎？這是什麼要命的停電時機啊！成瑤內心淚流滿面，要讓她看完鬼片一個人在漆黑的房間裡入睡，這簡直要了命了！

她望著錢恆的房間天人交戰起來，這種時候，是向錢恆求救呢，還是自己一個人硬抗？

老闆和鬼之間？到底誰更可怕？成瑤矛盾了，這兩者，好像不相上下啊……

算了！咬咬牙！豁出去了！錢恆至少是長得比較好看的鬼！

因為停電，錢恆的房裡一片漆黑，成瑤也摸不準他睡了沒有，但現在才九點，成瑤抱著試一試的心態，探頭探腦在錢恆房門口輕聲敲了敲，她壓低聲音喊道：「老闆？老闆？」

回應她的是一片寂靜。

「錢Par？」

還是沒有人應答。

「錢恆？」

繼續無人回饋。

「這麼早就睡了？老年人嗎？」成瑤一邊嘀咕著，一邊又叫了幾聲，「錢恆錢恆錢恆……」她百無聊賴地喊了好幾遍，突然玩心上頭，插著腰笑起來，她模仿著西遊記裡銀角大王的樣子道：「錢恆，爸爸叫你一聲你敢答應嗎？」

這麼一喊，竟然意外地沖淡許多內心的恐懼感，成瑤於是壯著膽，又學著西遊記裡的演上了。

可就在成瑤演到「孽畜，還不快跪下現形！」的時候，剛才緊閉著毫無反應的門，竟然開了。

錢恆穿著一身睡衣，頂著有些亂的頭髮，表情冷淡地出現在門口。

雖然屋子裡是黑的，但藉著窗外的月光，仍舊能看清錢恆那張清貴英俊的臉，冷色調的月光彷彿為他鍍上一層更冷的霜華，他雙手抱胸，頎長的身體微微倚靠著門，微微皺著眉，薄而淡色的嘴唇抿成不好相與的弧度，一雙如黑曜石般的眼睛一瞬不瞬地盯著成瑤。

如果忽略這視線裡的殺意的話，配著錢恆那張精緻的臉蛋，這真的十分花前月下了……

可惜錢恆一開口就戳破了這粉紅的泡泡。

「爸爸？」他盯著成瑤看了片刻，終於冷冷地開了口，「孽畜？」

「……」

雖然長著一張偶像劇男主角的優質臉蛋，但出演的劇情，眼看著就要比鬼片還鬼片了……

但是難道成瑤會輕易放棄嗎？

不！成功的人，都是不輕易放棄的人！

成瑤立刻換上一張茫然的臉，眼睛也微微瞇起來讓自己顯得很迷茫，她誇張地打了兩個哈欠，面無表情地轉身就朝自己房門口走去，慢悠悠的，猶如無意識的喪屍一般。

是的，成瑤急中生智想到的辦法，就是裝夢遊！

夢遊嘛，無意識的，大家都理解的，說過的話做過的事都不用負責任。

成瑤此刻已經背對著錢恆走出一大段，她內心打著如此如意算盤，眼見著離自己的房門已經很近了。

五公尺、四公尺、三公尺、近了，更近了……

「成瑤，董山案妳做得很好，我剛剛多發了一筆獎金給妳，轉到妳銀行戶頭了，妳收到簡訊通知了嗎？」

成瑤一下子激靈了，她下意識從口袋裡掏出手機一看：「欸？沒有啊？你轉我哪個戶頭？我的薪轉戶頭是中銀的，你是跨行轉帳嗎？而且是五萬以上大額支付吧？因為我聽我銀行的朋友說五萬以下轉帳用的是小額支付系統，晚上也能即時到帳的，現在還沒到帳那就是超過五萬，要順延到下個工作日了，哈哈哈哈，沒想到我又能拿到這麼一大筆獎金啊，真是謝謝老闆謝謝老闆了……」

成瑤見錢眼開興奮地自顧自嘀咕了半天，才突然意識到什麼……

我靠！自己不正在扮演夢遊嗎？夢遊的人怎麼會馬上清醒地和別人對答如流啊！中計了！暴露了！

此刻成瑤再看向錢恆，果然看到他一臉冷笑地盯著自己。

「清醒了？」

豈止是醒了，是晶晶亮透心涼啊……

但好在成瑤臉皮夠厚，她腆著個臉，假裝剛才發生的一切不存在般熱絡道：「老闆，你怎麼也在房外面，還沒睡啊？」

錢恆面無表情道：「不是有人叫我一聲讓我答應嗎？」

「……」

錢恆又瞥了成瑤一眼，這次的他竟然沒有再深究，而是轉身準備回房。

成瑤趕緊拉住錢恆的衣角：「老闆！你有沒有發現好像停電了？欸！怎麼辦！這個時間，你肯定還要日理萬機辦公的啊！會不會影響你晚上加班辦公啊？你的電腦電量還夠用嗎？需不需要我把我電腦借你用？」

不管怎樣，周遭還是黑漆漆的，雖然老闆和鬼差不多可怕，但至少是有溫度的存在……成瑤內心百轉千迴，手卻已經為她做出了決定，死死地拉扯住錢恆。

總之這種時候，只要不讓自己一個人待著就行，就算是被錢恆訓話也行！

但可能自己的動作幅度太大，錢恆的睡衣又寬鬆，領口開的還大，在成瑤這個動作下，嘩啦，他整個衣服竟然就這麼被成瑤拉掉一半，露出大半個肩膀，還有肌肉線條優美的胸口和腰線……

雖然都說非禮勿視，但，唉，成瑤想，還真挺好看的。

她十分客觀地評價道，要是真的做鴨，錢恆這個肉體，恐怕一個晚上一萬都太低……

成瑤很冷靜，錢恆的反應卻大多了，他活像是被流氓非禮的女生一樣，趕緊拉上衣服，甚至用手緊緊抓住本來略微寬鬆的領口，讓脖頸間密不透風。

「成瑤，我錯看妳了。」

成瑤：？

錢恆怒視成瑤道：「妳果然和他們沒什麼不同，終於按捺不住露出妳本來的面目了。」

等等……

「雖然孤男寡女共處一室，面對我這樣的人，我理解妳偶爾的不清醒和衝動，但是請妳克制。」

老闆，你是不是錯拿了女主角的劇本？

成瑤有氣無力地解釋道：「我沒……我真是不小心的……」

錢恆很有理有據：「妳剛才盯著我的腰就沒移開過，眼神還很色瞇瞇的，像是在盤算什麼。」

冤枉啊！我只是在計算你這樣的品相做鴨是什麼等級啊！

成瑤還想解釋，然而錢恆擺了擺手：「算了，妳不要再說了。」他看向成瑤，眼神同情，「我理解的。」

你理解什麼啊？

「好了，我回房了，我們最好現在不要見面，我想我的臉和身體對妳的刺激會更大。」錢恆一臉大發慈悲，「控制不住的時候，念一念大悲咒，洗個冷水澡。」

要是平時，成瑤絕對爽快地一走了之，讓錢恆知道什麼叫做不屑一顧。可今天不一樣，今天的成瑤剛看完鬼片，此刻電還沒來，她一想到要自己一個人待著，就發起抖來了。

不管怎樣，都要挽留住錢恆！把他拖住！讓他陪自己待到來電的那一刻！

於是成瑤又一次一把拉住錢恆：「老闆，我真的有事想和你聊聊！」

錢恆仍舊警覺地捂住領口：「什麼事？」

成瑤硬著頭皮義正言辭道：「我想和你談談關於明天要接的家族信託糾紛！」

「不談。」錢恆言簡意賅，「客廳太冷了，我要回房間。」

「那我跟你回房間談！」

錢恆伸出一隻手攔住成瑤想要往自己房裡跨的身形：「那還是在客廳談吧。」

成瑤有些不解，客廳此刻是挺冷的，她搓了搓手：「去房裡吧，你房裡沒開暖氣嗎？不行的話去我房裡也行，我房裡開了，挺暖和的。」

「不去。」

成瑤憋了憋，最終沒憋住：「你說我一個比你矮一大截的女的，難道去你房裡還能半夜把你怎麼了嗎？你這個防備的表情是怎麼回事？」

成瑤以為這一席話，錢恆總算是會無言以對了，結果他冷哼了一聲，竟然對答如流：

「妳看過《天龍八部》嗎？」

「嗯？」

「《天龍八部》裡馬夫人和喬峰兩人共處一室，勾引喬峰未遂，結果由愛生恨誣陷喬峰。」

成瑤很茫然：「所以？」

「所以萬一妳反咬我一口說我和妳共處一室對妳意圖不軌，我怎麼說得清？」

「……」

「那、那就在客廳裡聊吧！」

算了算了，忍一時風平浪靜退一步海闊天空！

「五分鐘。」

「家族信託就算在國內是比較新鮮的概念，從〇一年《信託法》實施以來，其實真正去實踐使用的還是少數，直到這兩年，很多富商才有了傳承財富如何讓子孫守住家產的想法。我研究一下《信託法》，對其中一些信託的操作不是很明白，比如信託財產的獨立性問題，還有過戶和登記問題，這裡面涉及到的稅收操作……另外就是關於實際層面裡，現在國內家族信託和離境信託到底哪個更有優勢？」

雖然半夜和錢恆來研究家族信託是成瑤害怕之下的急中生智，但作為一名家事律師，她此前空餘時確實就曾對《信託法》進行過研究，這些問題不是假的，千真萬確確實做過功課。

很顯然，對於成瑤能問出這樣的問題，錢恆也有些意外：「妳倒確實是做了點研究，通常家族信託確實可以以現金、股權還有房產等等作為信託財產，但因為從委託人到受託人之間的過戶制度，實際操作中依賴非交易過戶的制度，但目前非交易過戶只限於繼承贈與，信託在辦理非交易過戶時會遇到困境，目前因此國內的信託機構都更傾向採用現金和股票這類……」

五分鐘滿了，錢恆沒趕成瑤走。

十分鐘也滿了，錢恆講的還是很投入。

十五分鐘也快到了，錢恆好像越發認真了。

他和成瑤一問一答，成瑤也忘記自己最初只是為了拖住錢恆的初衷，一邊連連點頭，一邊認真消化著，間或低頭思考，偶爾打斷發問。

等錢恆解答到成瑤最後一個問題的時候，竟然已經過了快半個小時……

「至於妳說的國內信託和離境信託問題，這個我最近也有研究過，比較複雜，一時間講不清楚，妳來我房裡，對照著我之前整理的一些資料講妳比較好理解。」

成瑤：？

對於成瑤的愣神，錢恆回頭送她一個毫不掩飾的白眼：「愣著幹什麼？到房裡來啊，妳想讓我在外面冷死嗎？」

可老闆，不是你說死也不能讓我進你房裡，怕我控制不住自己對你這個那個嘿嘿嘿嗎？

成瑤在錢恆的白眼和催促中進了房間，她心裡忐忑地想，按照錢恆的邏輯，自己不小心拽了下他的衣服就等同於肖想他，那他現在主動邀請自己進房，豈不四捨五入等同於他自薦枕席投懷送抱？

按照這個邏輯這麼一想，成瑤的思緒就收不住了……

雖然脾氣差嘴巴毒，但錢恆那個腰，那個胸，還有那個臉蛋……雖然屁股是沒看到，但是平時穿著西裝褲，就感覺挺翹了，腿長更是誇張……外加按照錢恆一小時的收費比例，要真是那什麼他，想想好像真的還挺值的。尤其如果他那張平時冷冰冰高高在上的臉哭唧唧地喊著「不要不要」，這麼想想竟然還挺帶感？

成瑤不知不覺，大概被錢恆毒害久了，竟然覺得有一點心動……

直到她回憶一下強姦罪要判多少年，才終於冷靜下來，拉回自己在違法邊緣試探的腳步，回過頭來看向錢恆。

因為停電，錢恆的房間裡也漆黑一片，雖然拉開了窗簾，但藉由窗外那點月光，房內的一切仍舊帶了點朦朧的意味。此刻的錢恆正摸黑在一堆文件裡翻找著關於家族信託的資料。

成瑤趕忙掏出手機，開了手電筒功能。

藉由這束光，錢恆翻找著資料，而成瑤也終於得以一窺錢恆房裡的書桌。

那上面雜亂地丟著各種案例參考，案卷資料，但神奇的是，這中間竟然夾雜著好幾本多肉養殖指南。

錢恆喜歡多肉？

多肉胖乎乎的綠油油的圓滾滾的那麼可愛，而錢恆竟然喜歡多肉這種和他人設這麼背道而馳的東西？總覺得他和滴水觀音這種劇毒植物更配呢……

但成瑤回想了下，似乎確實有這麼回事，錢恆的辦公室總是擺著一盆盆的多肉，只是每次隔個一兩個禮拜去，那些多肉就換了。

成瑤原來沒多想過，只以為是老闆喜新厭舊，但現在看著這麼多多肉養殖的教科書，才意識過來，恐怕這不是錢恆喜新厭舊，而是被他養死了……

「老闆，你喜歡多肉啊？」

錢恆愣了愣，隨即立刻否認道：「不喜歡，就隨便養養。」

還隨便養養呢，口是心非，光是書就買了這麼一堆，真是用對待法律條款的鑽研精神來對待多肉了。

藉著室內微弱的光，果不其然，錢恆房裡向陽的窗臺前，也放著一盆盆多肉，可惜有幾盆葉片已經不再飽滿，眼見著也是離死不遠了。

成瑤有些心疼：「這些也快死了耶。」

剛才還號稱隨便養養的錢恆馬上丟下了手上翻找資料的工作，微微皺著眉一臉凝重地走到窗臺前，他看了一眼，才有些鬆了一口氣，然後警告性地瞪了成瑤一眼，繃著臉道：「再詛咒我的多肉，扣妳獎金。」

雖然這麼說，然而這一次，或許是夜色沖淡了平時上下級的涇渭分明，也或許是錢恆剛才臉上那想要努力掩蓋卻仍舊洩露的緊張，成瑤只覺得錢恆的恐嚇一點威懾力也沒有。

她撥弄幾個葉片，那已經萎縮了的葉片便在這輕輕的觸碰下刷拉拉地掉了：「喏，你看，雖然外表看起來還行，但其實已經快……」

成瑤「不行了」三個字還沒說完，錢恆就出聲打斷她：「那怎麼辦？」

他的神情仍舊冷淡，語氣還是寡淡，然而那種佯裝平靜鎮定的姿態下，還是經不住流露出他內心的情緒。

他在緊張。他很緊張。

為了一顆多肉。

成瑤在為這種新鮮的認知而驚奇的同時，也突然惡劣了起來。成瑤也不知道自己是吃了什麼熊心豹子膽，她只覺得這時候自己對面明明緊張卻還為了維持形象死繃著人設的錢恆，讓她有點想逗。

明明很想要，卻要裝的自己毫無在意，問題是，錢恆這個演技，還差了點火候，處處暴露。

成瑤瞇著眼睛笑起來：「想知道怎麼辦嗎？」

錢恆沒說話，他抿著唇看了成瑤一眼：「免除妳兩天的無薪加班。」

成瑤保持微笑，不開口。

錢恆皺了皺眉：「不扣妳這個月的全勤。」

成瑤繼續微笑。

「年底幫妳加薪。」

成瑤還是瞇著眼睛不說話，錢恆比她高很多，她不得不抬頭仰視對方，然而此刻，她竟然生出點睥睨對方的氣勢來。

來啊，來求我啊。

「幫妳試用期打優秀。」

「年終紅包多點。」

「多批准妳一天帶薪假。」

讓我看看你為了多肉底線到底有多低。

「本來只簽了一年合約，我提前和妳續約。」

「帶妳做一個分潤很多的案子。」

不論錢恆提出多麼誘惑的 offer，成瑤只是保持著神祕莫測的笑容不發一言。

錢恆啊錢恆，風水輪流轉今天到我家啊，讓你也嚐嚐這種求著別人卻得不到肯定答覆，內心懸而未決一片忐忑的「快感」啊。

最終果然觸怒了錢恆，他的臉上露出「妳快完了」的表情：「成瑤，妳不要得寸進尺，妳到底想怎樣？」

成瑤差點笑出來，外人要是不知道，絕對想不到錢恆和自己的這番對話僅僅是為了一顆多肉。

心理凌遲錢恆凌遲的差不多了，成瑤也終於準備見好就收，她咳了咳清了清嗓子：「這樣吧，你這幾盆多肉，我帶回房裡養幾天，就能挽救回來了，應該是澆水澆太多，日照又不夠充分，我不像你，每天太忙，我每天都能保證這些多肉能曬到太陽的。」

錢恆狐疑地看著成瑤，似乎在審視她這份保證可靠不可靠。

「你放心吧，為了免除無薪加班、全勤獎、加薪、試用期優秀、年終紅包、提前續約和大案子，我也會努力的！」

「……」

錢恆的表情有些變幻莫測，成瑤卻覺得自己簡直是農奴翻身把家當，得意極了！原來得寸進尺讓錢恆吃癟，這麼爽啊！哈哈哈哈哈！

大概梁靜茹給了自己勇氣，成瑤頓時有些輕飄飄起來：「快，老闆，你不是要跟我講家族信託的東西嗎？」

「……」

錢恆有些咬牙切齒，但情勢變化，此刻自己有求於人，只能不發一言地拿出自己整理的信託資料，在書桌旁找了個位置，真的開始講起來。

「境內信託和銀行一樣，是需要銀監會批准才能設立的，同時也和銀行一樣，受銀監會的監管，要能通過銀監會批准設立，這個要件就讓境內信託的設立門檻很高，而因為監管問題，這些境內信託普遍來說經營理念非常保守……」

夜晚實在靜謐，在這個房間裡，錢恆的每一個語句每一段聲音每一個嘆息的末梢，似乎都被放大了。因為沒有電，成瑤用自己手機的手電筒功能照著錢恆找到的那份資料，兩個人便湊得很近，就著這點岌岌可危的光，講著信託的專業知識。

因為湊得太近了，成瑤只覺得自己彷彿能感知到錢恆的每一次吐息，他那種淡淡的帶了點薄荷味的呼吸，如影隨形般，像是化作實體，縈繞在她的耳邊，鑽進她的皮膚，溫熱的濕潤的。

這個距離，成瑤近到只要微微側頭，就能撞到錢恆的鼻梁，然而沉浸在講解中的錢恆卻渾然不覺，他間或看向資料，間或抬頭掃成瑤一眼。

不得不說，錢恆真的長得實在是太好了，就算每天對著他這張臉，突然如此近距離下，成瑤還是有些心猿意馬，他挺翹的鼻梁就在眼前，平時薄而淡的一雙唇微微輕啟，長長的睫毛伴隨著眨眼的動作跳動著，一雙眼睛裡那種認真的全神貫注尤其招人。

成瑤以前總聽別人說，認真的男人最英俊，直到此刻，她才知道，這是真的。

陷入工作狀態，職業到拒人於千里之外的錢恆，卻反而越發充滿讓人想接近的氣息。或許拒絕的極致，反而是種誘惑。

像是垃圾食品，明知道吃了不健康，然而味道太好了，還是讓人忍不住想吃。

這樣認真、全情投入地給自己講解著專業知識的錢恆，真的是非常英俊，英俊到成瑤下意識不敢直視，輕輕側開頭。

結果自己剛避開了錢恆的視線，就遭到對方的發難。

「成瑤，妳在聽嗎？」

成瑤有些慌亂地抬頭，自己眼前就是錢恆放大的臉，她突然覺得緊張，下意識起身想要往後退，卻不小心被黑暗裡腳邊的雜物絆了一跤。

伴隨著腳踝扭到的疼痛，成瑤忍不住低低地叫了一聲。

成瑤試圖站起來，然而因為摔的角度問題，一下子竟然沒直接站起來，她扶著錢恆床的邊緣，試圖用力，結果就這簡單的動作，又換來腳踝鑽心的疼痛。

錢恆因為她這個插曲，也中斷了信託法的講解，他站起身看向成瑤。

剛才那一摔，成瑤的手機不知道摔哪去了，一時之間，兩人之間便是黑暗，雖有窗外微弱月光，然而錢恆背光站著，成瑤也看不清他臉上此刻的表情。

「站得起來嗎？」

雖然看不清臉，但是錢恆的聲音仍舊冷冷淡淡的，成瑤痛得齜牙咧嘴，心裡大罵錢恆，你就不知道來扶我一下嗎？

「站不起來！」成瑤努力了幾次，還是失敗，牽動了傷口，又忍不住啊啊呀呀地叫痛起來。

錢恆似乎忍無可忍：「妳能別叫了嗎？堅強點！像個男人一樣！」

我……我他媽不是男人啊！

成瑤氣到眼淚都要掉下來了：「你是法西斯嗎？我……」

她的話還沒說完，結果錢恆俯下身，一言不發地抱起她，然後毫不費力地把她放到床上。

成瑤傻了。

我剛經歷了什麼？老闆抱……抱了我？我是誰？我在哪？我要幹什麼？

成瑤一時之間震驚過度，抬頭愣愣地盯著錢恆，她聲帶疑惑地喊道：「老闆？」

「不是妳說站不起來？」錢恆側開了頭，語氣有些莫名的惡劣，「成瑤，我警告妳，不要再挑戰我的底線了。」

欸？我怎麼挑戰你的底線了？

「還有，以後別那麼叫。」錢恆冷冷地警告道：「尤其不要在男人面前這麼叫。」

「為什麼啊？」

「煩。」

「……」

似乎怕成瑤重蹈覆轍般，過了片刻，錢恆又鄭重地再次強調了一遍：「真的很煩。」

「……」

「欸？我的手機呢？」

黑暗中，成瑤終於想起自己的手機，剛才那一摔，也不知道手機掉到哪裡去被什麼東西蓋著呢，連手電筒功能的光都看不到了。一時之間，房裡黑漆漆的，還真的很難找。

「老闆，你能打個電話給我嗎？」

摸索了半天，最終，成瑤還是向一言不發的錢恆求救。

錢恆沒理她，但好歹掏出自己的手機，撥通了電話。

熟悉的鈴聲在錢恆腳邊的一堆雜物裡響了起來，成瑤鬆了口氣，錢恆見手機離自己近，便直接彎下腰去撿……

成瑤本來還一派放鬆，見錢恆這個動作，突然想到什麼，她極力掙扎著想要站起來自己撿，卻礙於扭傷導致動作遲鈍，而就在這個當口，錢恆已經把她的手機撿了起來，他下意識拿起來，對著手機亮起的螢幕看了一眼……

前方死亡警報！前方死亡警報！

這個剎那，成瑤只覺得自己的腦海裡閃過這麼幾行大字，覺得大事不妙大勢已去

果不其然，錢恆看了手機螢幕　眼就停了下來，他微微瞇了瞇眼睛，臉上露出危險的表情，他冷冷笑了一聲，把手機螢幕伸到成瑤面前。

「解釋一下。」

錢恆的手機還沒有掛斷，成瑤的手機因此還在震動著。

她望著手機螢幕上「臭傻子」那三個字，只覺得這個場景，自己能直接表演一個三秒內心肌梗塞當場去世……

「我……」成瑤結結巴巴道，「這是我對老闆的愛稱，只有對親密的人才這麼備註的，你看，『傻子』兩個字裡，其實你仔細品品，有沒有覺得帶了一種淡淡的寵溺和無奈？加上一個『臭』字，更是帶了點無可代替的情緒，明著雖然是『臭』，但內心其實是『香』啊，比如你看，很多爸媽叫自己的孩子『臭寶寶』，對吧，一個『臭』字，凝聚了多少在心口難開的愛啊……」

錢恆面無表情道：「那妳對妳親密的爸媽也這麼愛稱？」

「……」

「還是妳愛我愛到無法自拔了？」

「……」

饒是成瑤平時插科打諢隨意鬼扯，這一刻她也有些詞窮，給自己老闆手機號碼備註成「臭傻子」，這怎麼洗白？確實無法洗白啊！

氣氛一度有些尷尬，好在最終錢恆終於開了口。這一次他的情緒顯然平復了下來，沒有剛才對自己說話那種氣到快升天的感覺了。

「妳出去吧。」

「欸？」

錢恆冷哼一聲：「信託法也講的差不多了，妳不出去還想賴在我房裡幹什麼？」

不行啊！我不走！電還沒來！我說什麼也不回去！

雖然聊別的話題錢恆一定還是會趕人，但聊專業的東西，他似乎很投入！

成瑤於是道：「老闆！漫漫長夜無心睡眠，信託法講完了，不如我們講講保險法對家庭財富傳承的影響？聊聊現在的家族保單？還有家事保險糾紛裡的一些辦案難點？」

「不要，妳出去。」

結果這次成瑤錯估了錢恆的想法，他竟然毫不猶豫地拒絕成瑤。

「那我們聊聊繼承法實踐裡的困境？」

「成瑤。」錢恆抿了抿唇，「回去，睡覺。」

「老闆，離你要搬走的日子越來越近了，我沐浴你光芒的時間也越來越少了，我……我想今晚能不能睡在你房裡？」成瑤硬著頭皮，「我睡地上就行了，能多和老闆共呼吸同一份空氣，對我都是一種榮幸……」

錢恆雙手抱胸：「說人話。」

這是油鹽不進了……

成瑤猶自掙扎：「老闆……我今晚真的，特別想睡你房裡的地板上，算命的說我有血光之災，必須睡在你的地板上才能化解……」

錢恆笑了，露出森然白牙：「成瑤，妳憑什麼覺得我會允許妳睡在我房裡的地板上？

哦，就憑妳給我備註『臭傻子』的這份情？」

「……」

也不知道是不是成瑤錯覺，錢恆把「這份情」三個字說的一字一頓，頗有些咬牙切齒的意味……

對此，成瑤只能繼續急中生智：「我腳扭傷了……走不了了……」

「需要我扛麻袋一樣把妳扛出去嗎？」

錢恆倚在牆邊，開始解自己衣服的袖口，頗有大幹一場，一把扛起成瑤把她扔出去的架勢。

對於自己一個人面對無邊的黑暗實在恐懼，成瑤急切之下完全忘記面子這回事，她噗通一聲撲倒在錢恆腳邊，一把抱住對方的小腿。

「我不走！」

錢恆也愣住了，沒想到成瑤竟然真的能這麼毫無顧忌地抱大腿，還是字面意義上真實的抱大腿。

他抬起腿試圖擺脫成瑤，然而又顧忌著成瑤腿傷，不敢用力，這麼膠著，被成瑤越黏越緊。

「成瑤！」錢恆咬牙切齒，「妳再這樣，我明天就告妳性騷擾！」

「你告吧，性騷擾能立案成功的比例本來就少，因為舉證困難，反正你想告我，也沒證據。」

成瑤一邊反駁錢恆，一邊平生第一次覺得，學法律，關鍵時刻，還真的挺有用！

對於同樣知道法律操作的成瑤，錢恆簡直快氣炸了，他一字一頓道：「妳、起、來！」

「我不！我要睡在地板上！」

錢恆看著抱著自己腿的那顆毛茸茸的腦袋，只覺得頭痛。

「老闆，你別趕我走，我說實話！」成瑤欲哭無淚，「我今晚看了恐怖片，我怕黑，求求你了！我會安靜地待在房間裡，就像不存在一樣，我怕鬼啊，我不要一個人回房間！我願意無薪加班五天，來換取睡在地板上的權利！真的，老闆，求求你了！」

其實說出這個真實理由的時候，成瑤就已經做好了被錢恆打包扔出房間的準備，然而令她意外的是，錢恆不僅沒扔她，還真的停了下來。

「妳怕鬼？」

「怕啊！難道你不怕嗎？」

錢恆的聲音很不屑：「不做虧心事，怕什麼鬼敲門。」

這不是做什麼虧心事的問題好不好！

成瑤恨不得在內心咆哮，錢恆自然不怕，因為錢恆這種鬼見愁鬼見了他鬼恐怕都怕啊！

「以後少看鬼片。」錢恆的聲音仍舊波瀾不驚，就像是在評價今晚的晚餐好不好吃那麼平常，「行了，妳起來吧，我要睡了，妳睡左邊這塊地板上。」

欸？等等……

錢恆看了傻愣愣的成瑤一眼，挑了挑眉，神情卻有些些微的不自然：「都已經滿足妳想睡地板的夙願了，妳還想得寸進尺？」

成瑤還有些不敢置信：「真、真的讓我睡地板啊？」

「難道妳還想睡床上？」錢恆轉開頭，「臥榻之側豈容他人鼾睡，妳沒聽過？誰給妳的勇氣讓妳想和我睡一起？」

「……」成瑤抓了抓頭，「我不是這個意思，就電視劇裡，這種情形下，不都男的主動讓出自己的床，讓女的睡嗎？」

「早點睡，妳想的這些情節夢裡都有。」

「……」

不管如何，在成瑤的堅持不懈下，她終於成功過五關斬六將，得到了睡在老闆房間地板上的寶貴（？）機會。

可惜這麼一番折騰下，成瑤澈底醒了。

她躺在地板上的被子上，翻來覆去睡不著了。

而床上，錢恆似乎也在輾轉反側……

成瑤試探性地叫了聲：「老闆？」

「幹嘛？」

果不其然，錢恆也沒睡，不知道是不是夜晚的錯覺，他的聲音帶了點無可奈何。

成瑤清了清嗓子：「既然都睡不著，要不我們來聊聊天吧，一起住這麼久，好像也沒好好聊過。你不是讓我享受和你聊天日進斗金的感覺嗎？我想最後享受一下……」

錢恆頓了很久，才開了口，他的聲音聽起來有點乾巴巴的，然而竟然並沒有拒絕，只是帶了些微不自然：「聊什麼？」

「聊聊你這些年律師從業的心得和感受？我有時候真的挺想知道的，像你們這樣的成功律師，是不是也曾經和我們這些小新人有過一樣的困境？都是怎麼克服的？」

成瑤問完，才覺得有些不妥，錢恆這些年的從業心得和體會，就算是分享了，對自己恐怕也沒什麼參考價值，自己的能力和他的能力，恐怕遇到的困境完全不一樣。

錢恆沉默了很久。久到成瑤以為他睡著的時候，她終於聽到他的聲音——

「執業之初，也挺難熬的。」

欸？成瑤一下子來了精神了，她從地板上爬起來，豎起頭看向錢恆。這個答案實在太讓人意外了。在成瑤心目中，錢恆彷彿生來就如此強大，彷彿從沒有受過困境……

「我當律師，家裡是反對的。」

嗯……所以是類似「做不好律師就要回家繼承家業」的這種煩惱嗎……成瑤想，果然階級不同，連煩惱都不同……

「我父母為了逼我就範，給了我經濟制裁，我剛畢業，一分錢也沒有，我哥想偷偷接濟我，但那時候的我可能腦子也不太好，竟然為了爭一口氣，拒絕了。」錢恆說到這裡，語氣裡彷彿還帶了點惋惜，「結果只能淪落到住地下室，路邊攤都吃不起。有次吃了路邊攤，結果急性腸胃炎上吐下瀉了一個星期，正逢好不容易接到個客戶，可客戶又在另一個區，一邊肚子痛一邊還要來回跑去送資料、溝通，就為了挽留這麼一個律師費只有五千塊的客戶，大冷天，風裡來雨裡去……」

成瑤：！

錢恆竟然還有這種故事？這麼落魄？聽起來怎麼這麼不真實？

「但聽包銳說，老闆你好像從職業最初開始就非常光鮮亮麗啊？」

錢恆笑了笑，語氣十分淡然，就像不是在講自己的事：「那是我裝的好。幸好沒被我爸爸經濟制裁的時候提前買了套最貴的西裝。」

「其實過的快捉襟見肘了，但是每天都穿之前早買好的西裝，不論什麼天氣，不論見什麼樣的客戶，我都西裝示人，保持最完美的狀態。律師要呈現的是最職業和專業的姿態。並且不論多困難，別人輕視你沒關係，你自己一定要重視你自己。因為如果連你自己都不能尊重自己，能指望誰尊重你？」

「可惜當時我跟著的帶教律師，為此看我很不順眼，覺得我成天西裝革履，是家裡有錢的小開，當律師是為了耍帥玩票，成天給我穿小鞋，故意攔截客戶提供給我的重要資訊，或者隱瞞一些事實和證據，讓我為此差點輸掉好幾個訴訟。」

成瑤十分意外，她完全想像不到，錢恆竟然遇過這種事。

「這是一家大事務所，名字我不想再提，規模很大，也有很多分支機構。我滿懷憧憬進去，卻發現很多律師把精力分散到內鬥裡，辦公室政治浸透了工作。很多資深律師，把精力放在拉幫結派和打壓異己上，而不是想著怎麼提高業務能力和專業水準。」錢恆的聲音平靜，「那時候我就發誓，不要再進入這種公司化運作的大事務所了，與其變成這種律師，不如自己創立一個精品化的小型事務所，人員精簡，但足夠團結，團隊有凝聚力，指哪打哪，能把每個人的專業能力發揮到極限。」

成瑤突然意識到，所以這是為什麼君恆內部氣氛總是這麼好的原因。這是同事之間除了插科打諢卻從沒有爾虞我詐的原因。這是錢恆從來毫無保留地把專業知識分享給自己，甚至願意花時間從法理的層面提點自己的原因。

因為錢恆就是這樣一個人，專業而坦蕩，雖然嘴上從不饒人，但內心比任何人都乾淨澄澈純粹。

「現在君恆的這個團隊，都是我們篩選下的結果，那些沒有真才實學，又不想努力，心裡有邪門歪道的人，早就被我們開除了。」

這樣的工作氣氛是成瑤喜歡君恆的重要原因之一，而原來這種公司文化也非偶然，也是錢恆有意維護的結果。

說到底，不論是專業能力的提升還是所裡良好的氣氛，成瑤該感謝的人，都是錢恆。

因為有錢恆這樣的人，才提供了這樣一個安全、乾淨、有序的成長環境，讓她能走出白星萌案件的打擊和沮喪，能夠看到每一個同事身上的優點，能在互相切磋中奮起直追，能心無旁騖地不用處理複雜的人際，而能把所有精力撲到專業的進步上。

「那，當初那個排擠你的帶教律師，現在怎麼樣了？你後來有再和他在法庭上見面然後把他打的落花流水嗎？」

「他？」錢恆鼻孔裡冷哼了一聲，「早就沒見到了，這種成天鑽營排擠新人本身沒本事的，怎麼可能在大浪淘沙裡活下來？何況他的眼光，實在太差了。」

成瑤一時之間也十分義憤填膺，順帶決定來一記大的馬屁：「就是！誰叫他當初小看錢 Par！像錢 Par 這種人，明眼人只要一眼就知道是人中龍鳳早晚出頭的！他是為自己樹敵呢！」

「倒不是這個眼光。」錢恆的語氣充滿了不滿，「他是瞎嗎？我這種氣質和談吐，怎麼可能是普通富家小開家庭能養出來的？竟然覺得我是只是普通小開，簡直不能忍。」

「……」

都說夜晚是人內心最脆弱最不設防的時候，大約黑暗的氣氛，讓人有敞開心扉的欲望，而合住這麼久，這確實是成瑤第一次知道錢恆早年的經歷。

以往在成瑤的心裡，錢恆是高高在上生而精英的老闆，雖然知道他的優秀，但正因為太優秀了，讓人生出點只可遠觀不可親近的距離感。

可今晚這樣一番話，雖然講的是早年也曾狼狽的經歷，然而成瑤內心卻覺得這些經歷一點都沒減損錢恆在自己心裡的形象，反而讓人生出點想要靠近的欲望。

像是突然鮮活了起來，立體了起來，煙火了起來。

原來就算是錢恆，也曾經在從業最初經歷過不公、挫折和迷茫。原來自己經歷的一切，他也都體會過。

雖然隔著時空的距離，但沒來由的，成瑤就覺得，自己像是一顆小行星，本來和錢恆有著各自的軌道，然而在某個瞬間，兩人是交匯的，有共鳴的。

不知怎麼的，成瑤突然鼓起傾訴的勇氣：「其實，在上一個事務所，實習第一年的時候，我哭過很多次，想過很多次要不就算了，不做律師了，回家考公務員吧。」

「太累了。雖然我跟了個帶教律師，但他從不管我，安排給我的都是行政類的工作，甚至把我當成他的私人助理，他買情人節禮物、訂花給老婆，都讓我去辦，參與案子也只能參與到皮毛，只負責列印文件，幫忙把手寫文件打字錄入成電子檔。很多關鍵的會議我也沒資格參加……但每次和男客戶吃飯，卻都會叫上我，每次都要喝酒，聽著他們開著一些不怎麼樣的玩笑和黃色笑話。」成瑤深吸一口氣，「其實也很忙，但忙的很迷茫，讓我覺得自己在做的這些事有什麼意義？一個月薪水只有兩千塊，每個月都靠家裡倒貼著接濟才能在A市繼續下去，但根本看不到未來的希望。」

雖然事情已經過去了，但再次回想起來，成瑤內心仍舊覺得酸澀難過，尤其被動陪飯局這件事，成瑤就連最好的朋友秦沁也沒有說，她覺得難堪和尷尬，然而此刻，她也不知道為什麼，就這麼大方地告訴了錢恆。

大概錢恆實在有一種力量，讓人覺得在他過分出挑的外表還有得理不饒人的毒舌之下，他的內心，是可靠的、安全的，是可以讓人依賴的。

可惜成瑤的悲慘遭遇似乎一點也沒讓錢恆動容，他不僅沒安慰，還語氣惡劣道：「妳是白痴嗎？這種事情不會拒絕？妳到底是陪酒的還是律師？」

「……」

「什麼名字？」

面對錢恆突然的發問，成瑤有些茫然：「啊？」

「妳之前事務所帶教律師的名字。」

「姚峰。」

「做什麼方面的？」

「繼承法方面的。」

「好。」

好什麼好？成瑤有些丈二和尚摸不著頭腦。

然而就在成瑤準備追問的時候，錢恆已經轉換了話題。

「現在呢？」

「什麼？」

錢恆咳了咳，他的聲音聽起來有些不自然：「現在，還哭嗎？」

成瑤愣了愣，才意識到他問的是什麼，她先是搖了搖頭，然後意識到對方看不到自己的動作：「不了。」說完，她又補充了一句，「只有白星萌那時候哭過……」

「嗯。」

就在成瑤以為這個話題已經結束的時候，錢恆帶了微涼質感的聲音又一次響了起來。

「忍一忍執業最開始的兩年，別哭，都是這麼過來的。」

欸？

「想哭的時候，我買巧克力給妳。」

嗯？

「正常的那種巧克力。」

哦……

成瑤一直沒有回答表態，錢恆卻有些自亂陣腳，他狀若不經意地補充了一句，「算了，要是還想哭，那就哭吧。」

自顧自說了這麼幾句話，沒得到成瑤的回覆，錢恆終於有些惱羞成怒起來，他惡狠狠道：「我說了這麼多，妳聽到了嗎？」

「聽、聽到了！」

「好……」

「下次想哭，必須跟我申請，我批准了才可以哭。」

「妳敢背著我哭，把妳年終獎金都扣了。」

「有什麼壓力或者困難，提前和我溝通，或者和包銳、譚穎他們說都可以，不要自己一個人哭。」

嗯……雖然錢恆的風格一如既往的強權主義霸權政治，然而就這樣被霸權支配，感覺也還不賴？

成瑤心想，我該不會在五毒教待久了已經毒入骨髓了吧？

然而今夜難得的機會，成瑤還是很好奇：「老闆，那你那時候，有沒有迷茫過啊？」

「連續一週每天加班到半夜四點，每天只能睡四個小時的時候，也有。」錢恆似乎翻了個身，他的聲音離成瑤更近了些，「睡眠不足久了，整個人很煩躁，不知道自己為什麼要過這種日子，明明家裡什麼也不缺。」

「後來呢？」

「後來和我爸吵了一架，覺得人要對自己的人生有絕對的掌控力，不用受任何擺布，還是得自己有資本和能力。」

想不到家財萬貫的錢恆，原來還有這麼勵志的故事……

短暫的沉默後，錢恆又開了口：「妳為什麼要當律師？」

「我？」成瑤頓了頓，才道：「為了幫我姐姐討回公道。」

「鄧明？」

「你知道？」

「嗯。」

說到鄧明，成瑤突然也有些沮喪：「我是不是無法超過他了？上次白星萌的事，最後竟然被他撿了現成的便宜。我太沒用了。」

「超過我是不可能的，超過他沒問題。」錢恆的聲音仍舊冷冷淡淡的，像是拒人於千里之外，「妳這個資質雖然和我相比差的太遠了，但態度挺端正，還是可以勉強搶救一下的。」

成瑤一瞬間有些哭笑不得，錢恆這傢伙，怎麼這麼彆扭，明明心裡想安慰自己，偏偏總要裝出一副冷淡的嘴臉。好好說話會怎樣！

然而即便他的態度仍舊倨傲冷淡，但成瑤卻覺得，如果這一刻有燈光，錢恆臉上的表情，恐怕是溫柔的。

自己這位劇毒老闆的溫柔，彷彿是沙漠中的仙人掌，驕傲挺拔，帶著拒絕的尖刺，沉默而被動，然而當你乾涸著前來，劃破他的表皮，卻能汲取到珍貴的水分和那帶了太陽餘溫的暖意。

「那就麻煩老闆對我搶救一下了！」

「妳這麼求我，我就勉為其難地搶救妳一下吧。」錢恆果然高貴冷豔道：「再熬個兩年，這兩年裡，我對妳唯一的要求，就是別談戀愛，別結婚，把時間都投入到工作中。」

「欸？還不能談戀愛？」

因為成瑤的這個問題，錢恆的語氣有些不快：「妳還想談戀愛？」他頓了頓，語氣更危險了，「還是說妳已經背著我在談戀愛了？」

什麼叫背著你在談戀愛老哥，怎麼說得像是我背著你出軌似的……

然而不知怎麼的，成瑤下意識否認：「我沒有啊！」她解釋道：「我就是覺得談戀愛也不影響工作啊，可以兩個人一起齊頭並進什麼的。」

錢恆冷哼一聲：「算了吧，現在有幾個男人有這股拼勁的？還齊頭並進？妳想談戀愛也可以，這個男人能優秀到超過我就可以。」

「……」

錢恆想了想，又補充了一句：「算了，超過我的恐怕全宇宙都沒有，那就勉強比我差一點吧。」

「……」

老闆，比你優秀的我不知道有沒有，但比你自我感覺良好的，恐怕真的沒有了啊！按照你這個標準，我恐怕這輩子嫁不掉了啊！

「行了，睡覺吧。」

可惜片刻後，成瑤突然又想起什麼——

「老闆，你睡著了嗎？」

「沒有。」

「你說的那個多發的五萬獎金，到底轉帳了沒啊？」

「我睡著了。」

「……」

如果不要臉有比賽，錢恆無疑已經站在跑道的盡頭。

今晚老闆有救了嗎？

成瑤很想大聲說，沒有！今晚的老闆依舊無藥可救！

這一晚，不知是不是錢恆難得卸下劇毒後的溫和刺激了成瑤，成瑤這一晚睡得尤其香甜。

第二天醒來，她覺得有一種渾身舒爽宛若新生的感覺，床鋪柔軟溫暖，如同睡在羽毛上一樣……

等等？床鋪？柔軟？自己不是應該睡在地板上嗎？

這個剎那，成瑤徹底醒了，她坐起來，才發現自己正大喇喇地睡在自己老闆的床上，四腳朝天的，一個人占據一整張大床。

那麼問題來了……

老闆呢？本來應該睡在大床上的老闆，上哪去了？

成瑤懷著忐忑的心情低頭一看，才發現錢恆正側躺著睡在地板上。

他太高了，地板上的空間讓他完全伸展不開手腳，一百八十多公分的身高不得不微微蜷縮著才勉強能睡下。

這是成瑤第一次看到錢恆睡著的樣子。

錢恆的顏值，確實是很能打的。

他好看的眉舒展著，睫毛纖長，安靜地垂著，下頷的線條優美流暢，頭髮微翹，竟然露出些讓人措手不及的乖巧和無辜，睡衣領口微開，露出一小片胸膛，伴隨著綿長的呼吸微微起伏，那含而不露的氣氛，讓人有點想去解釦子一探究竟……

一萬一晚的等級，CP值想想其實也還是可以的……

成瑤就這麼坐在床上，安靜地看著錢恆的睡臉。

直到錢恆終於悠悠然轉醒，成瑤看著他那雙漂亮的眼睛從惺忪變得清明。

她終於按捺不住感激和激動之情——

「老闆！謝謝你最後把床讓給我，自己睡地板！我會記住這份恩情的！」

可能是昨晚的夜談拉近了彼此的距離吧，成瑤想，錢恆，這位行走的口是心非精，最終還是偷偷摸摸把床讓給自己，展現了紳士氣概。

「我睡到一半，突然有個人摸黑爬上床，捲走我的被子，接著一腳把我從自己的床上踹下來。成瑤，這份恩情，我也會記住的。」

說好的紳士讓床呢？

「不可能！」成瑤下意識極力否認，「我不可能對老闆做出這種禽獸不如的事！」

她否認完，便開始回想昨晚半夜睡著後的情景……

自己好像起來上了個廁所，然後咧？

然後自己好像爬上了床，拉過被子，迷迷糊糊睡覺，可惜床不知為什麼，比平日裡的小，似乎放了個大型抱枕，成瑤習慣睡大字型，便下意識朝那抱枕上給了有力的幾腳……

然後呢？然後伴隨著「咚」的一聲物體沉重落體的聲音，世界安靜了，手腳終於可以自由伸展了……

一邊拼湊著昨晚的記憶，成瑤額頭的汗一邊往下淌，她趕緊俯身，低頭彎腰連連認錯：「我睡忘了，我以為是自己的床……」

結果話說到一半，她就發現錢恆原來怒視著自己的目光突然變得有些奇怪，他非常突然地轉開了目光，然後冷著臉，扔了個枕頭到成瑤身上。

成瑤：？

成瑤下意識地接住枕頭抱在懷裡，然後一臉疑惑地看向錢恆。

這也太小心眼了吧！自己把他踢下床也不是故意的啊！至於拿枕頭砸她嗎？

「出去。」

欸？

結果錢恆彷彿真的生氣了，他仍舊保持著正眼也不想看成瑤的姿勢。說話的語氣裡也帶著微妙的生氣。

從成瑤的角度，只能看到他線條優美、輪廓英俊的側面和緊緊抿著的唇。

成瑤也有些生氣了，自己千真萬確並不是故意的，錢恆還沒玩沒了？她一把丟開枕頭，準備好好和錢恆解釋和辯論一番。

結果本來還安靜側身坐著的錢恆，一見成瑤丟開枕頭，竟然動作迅速地起身，然後拎起自己的被子，在成瑤猝不及防的時候用被子把成瑤裹粽子一樣裹了起來，然後繃著張臉，就這麼一把扛起被子裡的成瑤把她帶到自己房間外，然後丟垃圾似的把她往地上一放，一改往日背脊挺拔的姿勢，竟然一言不發動作略微有些不自然地回了房間，在成瑤的目瞪口呆裡當著她的面甩上了門。

然後沒多久，錢恆房裡傳來了水流的聲音。

這間房子有個好，兩室一廳，每個臥室都自帶一個洗手間，因此成瑤從來不需要尷尬的和錢恆共用衛浴。

只是明明昨晚錢恆洗過澡了，怎麼今天一大早又去洗澡了？沒聽說他有潔癖啊？

成瑤一個人站在錢恆門外，跳著扭了扭，才終於掙脫了被子的束縛，她抓了抓頭回了房間，也準備開始洗漱，雖然時間還早，但今天畢竟要跟著錢恆一起出差去B市呢！第一次出差，想想心裡還有些激動。

只是她剛走進洗手間，抬起頭看了鏡子裡的自己一眼，臉轟的紅了。

自己的睡衣衣襟，第三顆釦子，不知道怎麼回事，竟然好死不死地開了！

開了！開了！

如果是站著不動還好，只是稍一彎腰或者有其餘動作幅度，便生生拱起了一小道縫隙，順著這個開口，就能看到胸口……

因為睡覺，成瑤裡面，自然是什麼也沒有穿的……

但凡掃到一眼，便能看到她裡面隱隱約約的胸線……

這一刻，成瑤只覺得，自己還是死了算了！

她終於是理解了剛才錢恆莫名其妙的行為，人家那是不忍直視啊！

那他大清早洗澡……洗的……也不知道是不是冷水澡……

這大冷天的，也怪可憐的……

成瑤決定自我麻痹自我催眠忘記這一段插曲。好在錢恆也是這麼想的，兩個人，最終還是像模像樣地坐在餐桌上吃了早飯，只是作為後遺症，錢恆連正眼也不願看成瑤。

畢竟要一同出差外地共處兩天，總不能這麼尷尬著。成瑤糾結地左思右想著如何打破這份沉默。

可惜錢恆一直掛著一臉「生人勿進」的表情，板著張臉。

這狀態持續到了機場，結果因為航空管制，原本十一點半能到達B市的飛機誤點了，得下午一點才能抵達B市，錢恆這張臉，就拉得更長了。

上了飛機，錢恆也仍舊繃著張臉。

兩人坐的是商務艙，今天艙裡除了成瑤和錢恆，就沒別人了。

成瑤忍了忍，最終沒憋住：「老闆，你是要和我冷戰嗎？」

錢恆抿了抿唇，沒說話，把手裡飛機上的航空雜誌翻得啪啦啪啦響。

成瑤不喜歡心裡憋著事，此刻被錢恆這麼不冷不熱地對著，她也有些怨氣起來。

「你是在為早上的事生氣嗎？」

「……」

「我又不是故意的。」成瑤有些氣鼓鼓的，她咬了咬嘴唇，「而且這種事，吃虧的是我，我一個受害者都沒說什麼，倒是你覺得冤了。再說了，又不是讓你看了什麼辣眼睛的東西，我的身材我還是很自信的，哪裡有讓你看了長針眼的東西？」

「成瑤！」錢恆啪的一聲放下手中的雜誌，他臉色青紅交錯，但終於正視成瑤，「妳是個律師！注意一下自己的言行！」

「我的言行怎麼了？」成瑤也被激起了戰鬥欲，「我做什麼違法的事了嗎？我有哪裡行為不端了嗎？我不過就是不小心衣服釦子開了，那你可以不看啊！誰讓你看的啊！行為不端的難道不是你嗎？非禮勿視沒聽過嗎？怎麼錯的還是我了？」

錢恆簡直被氣笑了：「我不看我怎麼知道是非禮勿視的東西？」

「你看，你承認看了吧！什麼非禮勿視，我明明記得你看了第一眼以後還回頭看了好幾眼才把枕頭丟我身上的呢！」

錢恆的表情看起來像是快氣炸了：「我承認什麼了？我還沒指控妳蓄意勾引已經格外開恩了！故意半夜找理由睡我房裡，早上開了釦子想引誘我犯錯。妳還得寸進尺上了？」

「什麼蓄意勾引？我也不知道釦子怎麼開了，我還不想給你看呢！」

「那妳想給誰看？妳們這些長得漂亮點的女的，老想著用女性的優勢來走捷徑，這種辦法在我這裡行不通。我帶妳來出差，沒什麼別的心思，只希望妳也安分守己，好好展現專業素養。」

「什麼捷徑？你別血口噴人啊？而且你不是說我長得不怎麼樣的嗎？」

「看習慣了，勉強也還行吧。」

「……」

兩個人就這麼在一路拌嘴中抵達了B市。

雖然兩人還有些餘怒未消，大有再戰幾個小時的衝動，但飛機一落地，就該奔著工作去了，兩個人很默契地收起剛才的情緒。

這次家族信託糾紛的當事人在B市有公司，他從國外臨時回國就是去公司處理事務的，因此錢恆此前和對方約了下午兩點在公司見面。雖已和對方提前溝通過打過招呼飛機誤點，但顧慮到客戶在國內停留的時間有限，錢恆還是不想遲到。

兩個人直接提著行李，連酒店也沒有去，叫了車便直接往客戶公司趕了過去。

這次的客戶唐兵是個身材和臉都保養得當的中年男人，成瑤從事先查閱的資料知道他是B市當地的酒業大亨，作為富商來說，長得算是可圈可點，又注重飲食，並沒有發福，整個人感覺很有精神，一雙眼睛很活絡，只是眉眼間帶了點風流的桃花意味。

「錢律師、成律師，歡迎歡迎。你們之前傳給我的資料清單，我已經準備好了，要不要去二樓的會議室裡你們慢慢看？」

唐兵一邊帶著路，一邊向成瑤和錢恆簡單介紹著自己的公司和此次委託的業務。只是有意無意的，成瑤很明顯地感覺，他那雙活絡的眼睛，不停掃過自己，總是在她身上停留過久。

網路上那些關於他的花邊新聞果然不假。成瑤在內心撇了撇嘴。這位唐總，雖有正妻，然而絲毫不避諱，還有著二房、三房和四房姨太太，這四位太太各自為他開枝散葉生了總共六個孩子，而除此外，他還有各式各樣的私生子傳聞，外加家業又龐大，難怪需要早早規劃家族信託，好避免日後自己子嗣為了爭奪家產而廝殺。

唐兵就這麼帶著他的助理還有錢恆、成瑤一行進了會議室，唐兵找人搬來一摞摞的資料，除了家族信託外，他還希望錢恆能幫他規劃一下企業未來的家族股權架構。

「時間寶貴，我們就直接開始，我來介紹一下，我左邊依次是公司的財務總監、法務總監、人事總監和市場總監，對企業情況有什麼要問的你們可以直接就現場梳理。」

唐兵說完，又特地多看了成瑤一眼，給她一個自認為頗有魅力的笑容，才繼續講正事。

成瑤不太喜歡唐兵這種油膩的做派，但好在進入工作狀態後，他也沒有再作亂，而是變回了精明的商人，和錢恆一來一往溝通著家族企業的股權情況。

不知不覺，就這麼過去了一個小時，成瑤原本在配合查閱著公司的財務情況，可終於，一陣又一陣襲來的饑餓讓她有些忍不住了……

因為航班延遲，又要趕在約定的時間到唐兵的公司，原本能在B市好好吃的午餐一下子就被壓縮沒了，成瑤和錢恆只來得及在飛機上吃了個簡易的飛機餐。那東西根本只能抵一時的饑餓，如今高強度的腦力工作下，成瑤已經餓得前胸貼後背了……

自己尚且如此，錢恆作為一個需要熱量更多的成年男人，恐怕更慘了。

然而成瑤看了錢恆一眼，卻見他仍舊低著頭，審閱著眼前的文件，間或抬頭與幾個公司高層溝通，問的問題條理清晰犀利直接。

他彷彿不會餓一般，專業、精準到可怕。

成瑤不知道錢恆的胃是不是有特殊的抗饑餓功能，但自己真的是餓到快暈倒了，只是大家都在工作，她總不能突然起身說要去買點吃的吧？這簡直太不專業也太尷尬了！更何況唐兵的公司位於B市遠郊，這一片都是工廠區，一路過來的計程車上，成瑤沒見到周邊有什麼小吃店和超市。

「成瑤，剛才包銳聯絡我，妳出去打個電話給他，把他要的資料念給他聽。他要的資料在我包裡，妳拿出去。」

就在成瑤餓到感覺眼冒金星之時，錢恆拿出手機看了一眼，然後終於大發慈悲般地分了點精力看了她一眼，接著冷冷地發號了施令。

成瑤點了點頭，接過了錢恆的包，強忍著胃痛往會議室外走。

她正奇怪最近包銳有什麼案子資料會沒有備份，還要從錢恆這裡念的，她的手機就響了。

成瑤拿起來一看，是一則訊息。錢恆的。

『不用打電話給包銳，包裡有巧克力，妳在外面吃了。』

欸？

成瑤茫然地打開錢恆的公事包，才發現在小隔袋裡，真的有兩大塊黑巧克力。

所以錢恆根本不是因為包銳需要資料而讓自己拿著包出來，而是為了找個合理的理由，讓自己出了會議室趕緊吃點他包裡的巧克力填一下肚子？

雖然一心投入工作中，但是錢恆竟然還能分出點心來關心一下成瑤的胃。明明自己什麼也沒吃，卻還想著下屬，看起來冷冰冰的，竟然提早就在包裡裝好了巧克力。

成瑤知道，錢恆並不愛吃甜食，因此她可以百分之百確定，這兩塊巧克力，並不是錢恆為他自己準備的。

這個認知讓成瑤突然有些手足無措和緊張起來。

她撕開巧克力的包裝，咬了一口，這塊黑巧克力的味道很純粹，帶了淡淡的苦，然而成瑤卻一點也不這麼覺得，她覺得手中這塊巧克力，還真的挺甜的，甚至是她這輩子有史以來吃過最甜的。

成瑤胡亂塞完了巧克力，裝作打完電話一般回了會議室。

對於她的回歸，錢恆連眼皮也沒有抬，還是那副冷酷的模樣，簡直不近人情，要不是有訊息為證，成瑤都要懷疑自己剛才是做夢了。

然而再次坐下後，成瑤總忍不住用餘光看錢恆兩眼。

「我建議將自然人股權逐漸全部過渡成控股公司持股，另外從合理避稅的角度而言，控股公司持股在股權分紅、轉讓還有未分配利潤轉增股本上，都有更大操作空間。」

成瑤一邊聽一邊也跟著錢恆思考著，坐在她身側的男人英俊、冷冽，唇形姣好的嘴裡毫無停頓地吐著專業的詞彙，語速和他的思緒一樣快，眼神專注，表情冷淡，職業到冰冷，然而氣勢卻強到可以碾壓任何人。

然而不知道怎麼的，成瑤越是看著這張側臉，越是覺得心裡有些難以自覺的悸動。

她從沒想過，一個如此冷冰冰的男人，可以這樣吸引人。

成瑤吃了一條巧克力，已經不再有低血糖的徵兆，肚子也舒服很多，然而理應比自己更餓的錢恆，仍舊全程心無旁鶩，用完美到無可挑剔的狀態為唐兵做著股權架構規劃。

成瑤特地為錢恆留著一條巧克力，希望他也能尋個藉口中途出去一趟，然而他沒有。

他就那麼身體挺拔地坐著，氣質疏離，面色冷然，沒有一句廢話。

真的太專業了。

不和錢恆一起出差，真的不知道原來有人可以把律師這份工作做到如此極致。

也是這一刻，成瑤突然有點相信了。錢恆說他此前的十幾個助理最終都愛上了他，確實不是沒有道理。

英俊、多金、執著、敬業、有擔當、強大。

這樣的男人，如果能對你笑一笑，一雙眼睛盯著你，或許確實很有殺傷力吧。

而幾乎是在同時，錢恆突然側過頭，喊了成瑤的名字，他盯著成瑤，笑了一下。

「成瑤，妳看了公司的人事、財務狀況，有什麼需要補充的嗎？」

沉迷於工作的錢恆幾乎是狀態全開，他那個笑容裡，還帶著全情投入工作的暢快和愉悅，有種讓人難以抗拒的魅力，猶如大雪初霽春光乍泄。

現在成瑤可以確定了。

錢恆那樣笑的時候，不是或許很有殺傷力，是確實很有殺傷力。

這一刻，成瑤頭腦有瞬間的空白，她幾乎是靠著強大的意志和本能才能正常的對答，一一指出自己剛才審閱資料中發現的問題。

直到錢恆微微點點頭，她才如釋重負地鬆了口氣。這一次，她總算沒有讓錢恆失望。

一場會議，就這樣持續到下午四點。

唐兵顯然非常滿意，一路將錢恆和成瑤送到公司門口，安排了車：「我先讓司機把兩位送去洲際飯店，我們公司在遠郊，這附近沒什麼酒店，我就訂了市區的，晚上我也一起住那，現在公司還有些事我處理一下，兩位先去酒店休息一下，晚上我請兩位一起吃個飯，然後再討論下家族信託的事。」

錢恆仍舊光鮮亮麗，他和唐兵握了手，才帶著成瑤上了車。

然而汽車駛出十分鐘，唐兵的身影最終消失不見，錢恆剛才完美光鮮的狀態就垮了下來，他隨手扯鬆自己的領帶，輕輕靠在座椅上，臉上露出些微疲憊，也是這時，成瑤才發現，錢恆雖然一張臉仍舊顏值能打，但他的臉色，比起平日，未免有些蒼白了。

「老闆，你沒事吧？」

錢恆緊抿著嘴唇，微微皺著眉，朝成瑤擺了擺手，他的另一隻手正按在自己的胃上。

這下不用他回答了。

幾個小時高強度的工作卻餓著，成瑤也知道了，錢恆很不好。

成瑤馬上從錢恆手中拿過他的包，趕忙從包裡掏出另外一條巧克力，拆了包裝，遞到他嘴邊：「你快吃！」

可惜錢恆輕輕撇開了頭：「老毛病，沒事。」

五個字，雲淡風輕，然而不知道怎麼的，成瑤心裡有些難受。

都說成功的律師胃都不太好，原來是真的。

錢恆，在這之前，到底有多少次，為了工作忘記了吃飯？成瑤雖然只是小康家庭出身，但也沒有體會過饑餓的感覺，她知道自己一定受不了這種連飯也吃不上的苦。她很難想像，巨富家庭出身的錢恆，卻一一熬了下來。

一個有路可退的人，一個明明可以過輕鬆人生的人，到底需要多少毅力和信念，要多堅定和執著，才能走到今天這一步。

錢恆仍舊輕輕靠著座椅，他的一隻手輕輕覆住自己的眼睛，從成瑤的角度，只能看到他挺翹的鼻梁和略微涼薄長相的嘴唇，還有微微隆起、白皙而充滿荷爾蒙的喉結，再往下……

再往下，成瑤突然不敢看了，她有些尷尬地移開視線。

好在今天並不塞車，四十分鐘後，司機就把成瑤和錢恆送到洲際飯店。

錢恆的狀態仍然算不上多好，他只是朝司機頷了下首，簡單致意後就和成瑤在洲際Check in入住了。

「等等晚飯前唐兵應該會聯絡妳，有什麼安排妳來叫我。」兩人的房間就在隔壁，錢恆關照成瑤幾句，然後才進了房間。

雖然車上的小憩讓錢恆的臉色好看了不少，但他那雙皺著的眉並沒有鬆開，想來胃還在不適。

「老闆，要不要叫點吃的給你？」

「我現在什麼也吃不下。」錢恆的語氣有些疲憊，「晚上就家族信託的事還要和客戶開會，出差的工作量就是這麼大，妳也先回去修整一下。」

成瑤點了點頭。

然而回了自己的房間，成瑤還是不放心，晚上唐兵肯定還會宴請，酒店的菜系，總是油多口味重的，根本不適合錢恆這種飽受摧殘的腸胃。尤其餓一頓又飽一頓，恐怕吃完了又要開始胃痛胃脹。

成瑤想了想，便打了酒店餐飲部電話，為錢恆點了一份養胃粥。她不放心，還特地關照了粥裡的食材，再三強調了要放粳米、糯米、紅棗和熟牛肚。要不是洲際餐飲部服務體貼到位，她都想擼起袖子衝到廚房自己做了。

好在酒店的效率也快，沒多久，客房服務就提著一個保溫杯的粥送到成瑤房裡。

成瑤沒多想，馬上送過去給錢恆。

只是成瑤沒想到，錢恆會剛洗好澡。

他拉開門的時候，只穿著浴袍，頭髮還微微滴著水，浴袍的衣襟開的有點大，隨著他走路隱隱綽綽，成瑤隨便瞥兩眼，都能看到他的腹部線條。

竟然沒有一點贅肉，只有一層薄薄的肌肉線條。

合夥人有這種身材，犯法了吧？有點過分啊！

「什麼事？」

成瑤眼神飄忽，支支吾吾道：「我……我……這……這……」

錢恆看了成瑤緋紅的臉色一眼，抿了抿嘴唇，沒說話，只是把自己浴袍拉緊了，拉到什麼也看不到的程度。

成瑤終於感覺思緒清晰了：「我讓酒店準備了養胃粥。」她提了提手裡的保溫杯，「你先喝一點。」

錢恆愣了愣，隨即側開了頭，雖然仍舊言簡意賅，但聲音有些微的變化：「好。」他接過保溫杯，「妳出去吧。」

這是明顯的逐客令了，然而一個真正的律師是不會畏懼強權的！

成瑤不僅沒出門，還往門裡卡了一隻腳，然後擠進錢恆的房裡。

「不行。」她一雙眼睛盯著錢恆，「我不出去。」

錢恆挑了挑眉，有點山雨欲來之勢：「成瑤，妳這是賴上我了？」

「啊？」

錢恆移開了目光，有些不自然：「就因為我早上不小心看了妳兩眼，妳現在是打算賴上我不放手了？」

欸？這都什麼跟什麼啊？

成瑤茫然了片刻，才意識到錢恆說的是什麼。

她一張臉全紅了：「我……我……不是……這……」

錢恆已經恢復了鎮定，他重新轉頭，看向成瑤：「妳指望看妳兩眼就要負責，這種事是不可能的，但公平起見，妳也可以看我幾眼。」他一邊說，一邊就要拉開浴袍的衣襟，「只給妳五分鐘，從此和妳兩不相欠。妳只能看，不能錄影、拍照，留存任何電子影像資料，否則我會以侵犯隱私罪起訴妳。」他想了想，又補充了一句，「只能看，不能摸。」

錢恆！你的腦子！能不能和我們正常人接一下軌！

成瑤一把衝上去趕在錢恆的動作前按住他拉衣襟的手。她想，自己這個動作，夠能明確自己的內心了吧！

我他媽根本不是為了賴上你才來你房間的好嗎！我也不是為了看你胸肌腹肌兩眼才來你房間的好嗎！

成瑤盯著錢恆，用眼神傳遞著自己的想法——我是一個高潔的人！一個品行端正的人！一個品味高雅！一個情趣比品味還高雅的人！我！不是你想的那種人！

錢恆愣了愣，然而看向成瑤的目光更複雜了：「妳是想自己來？」

「……」

成瑤無力地想，老闆，你的思想再這麼危險，我真的要報警了……

一邊這麼想著，成瑤一邊下意識越過錢恆的身體，看向他身後的電話。

誰知成瑤的沉默，換來錢恆的臉色巨變。

他臉色鐵青道：「成瑤，妳不要太過分了。」

成瑤欲哭無淚：「我又幹了什麼？」

「給妳看我上半身還不夠，妳竟然還想看我的下半身？」錢恆咬牙切齒道：「收起妳看向我下半身的色情眼神！給妳兩個字，做夢！」

我不是！我沒有！別亂說啊！

我是看你身後的電話啊！我沒看你下半身啊！

其實成瑤的想法很簡答，她不想出去，單純是擔心按照錢恆任性的性格，她一走以後，這份養胃粥就這麼被他隨手擺著，自己又去開筆電忙著回工作郵件了。

她單純是想留下，看著錢恆喝完了粥，再放心地離開。

只是沒想到錢恆的腦迴路如此清奇……

好在解釋了半天，終於讓錢恆相信自己。

然而等他換好了衣服，面對養胃粥，他果然還是拒絕的。

「我不吃。」

「老闆，這是我特地為你準備的，你吃了行嗎？」

「我現在不餓了。」

「那是你餓過頭了，自然感覺不到餓，但每次這麼餓過頭不吃，胃長此以往就壞了！」

可惜不論成瑤怎麼勸說，錢恆都十分任性，不吃，就是不吃。

成瑤實在沒辦法，只能咬咬牙，使出了殺手鐧：「這樣，你吃的話，我願意放棄今年五天的法定帶薪年假！」

錢恆果然遲疑了。

「還願意無薪加班兩天！」

錢恆動心了。

「延長一個月的打掃服務！」

在這最後一擊之下，錢恆終於屈服了。

他拿起保溫杯，勉為其難地開始吃起來。

可惜大概確實餓太久了，腸胃還處於不舒服的狀態，錢恆吃的很慢，一小口一小口的，吃了很久，才終於吃了大半碗。

成瑤很著急：「這沒多少，還剩下一點吃完吧？」

「不吃。」

為什麼啊祖宗？成瑤想，這不行，我花了這麼大代價讓你喝粥，你還不喝完，這怎麼可以！我就是硬灌也要給你灌下去！

「沒妳做的好吃。」

「……」

不知道為什麼，成瑤剛才那番豪言壯志，瞬間偃旗息鼓了。

「好……好吧……你都這麼說了，那、那就別吃了吧。」

既然老闆也喝了粥，成瑤也沒有再逗留的必要性，她收起保溫杯準備告辭，然而這一次，反而是錢恆叫住了她。

「成瑤。」

「欸？」成瑤停下回頭，等著老闆的吩咐。

錢恆似乎有些尷尬，他抿了抿嘴唇：「沒什麼。妳走吧。」

成瑤茫然地點了點頭，準備轉身繼續走。

「成瑤。」

結果錢恆又叫住了她。

「是和唐兵晚上開會有什麼要準備的嗎？」成瑤努力回憶著，試圖給容易忘事的老闆一點提示，「所有資料都準備了一式三份，資料清單目錄傳到您的電子信箱了，如果還有什麼要增加的，你想起來了再……」

「謝謝。」

結果她的話還沒說完，就被錢恆言簡意賅的兩個字打斷了。

簡單的兩個字，然而錢恆的聲音卻故意輕的彷彿不希望別人聽清似的。

為此，成瑤愣住了，她晃了晃腦袋：「老闆，我剛才是不是幻聽了？」

錢恆惡狠狠地瞪了成瑤一眼：「成瑤，妳不要得寸進尺。」

成瑤：？

「行了，那我再說一遍，謝謝。」錢恆轉開了目光，抬頭望著天花板，聲音高貴冷豔，「聽清了嗎？」

雖然成瑤很想問問，我到底得寸進尺了哪裡？然而此刻的錢恆，就像是一隻充足氣了的氣球，成瑤總覺得自己要是稍有不慎，他恐怕就要爆了！

「聽清了聽清了。」

「那妳大驚小怪什麼？」

成瑤嘀咕道：「我只是有點意外，沒想到老闆您的詞典裡也有『謝謝』這兩個字呀……」

「剛收錄進來的。怎麼？妳有意見？」

「沒有！」

成瑤心想，我敢有意見嗎？

雖然這詞條更新收錄的速度有些慢，但總算是個進步了！

而且不管怎樣，自己硬逼著錢恆喝粥這件事，錢恆至少心裡，是領情的。這個認知，讓成瑤還是挺高興的。

「老闆，既然這樣，是不是我剛才讓你喝粥允諾的取消帶薪年假和多加無薪班、延長打掃衛生時間這些，都不算數了吧？」

結果錢恆不好相與地挑了挑眉，反問道：「為什麼不作數？」他笑笑，「這也算達成口頭合意了，請問這個口頭合約形成的時候，妳有被脅迫嗎？我有欺詐嗎？妳是無民事行為能力人或者限制民事行為能力人嗎？既然都沒有什麼造成合約可撤銷或者無效的要件，完全是妳自己的意思表達，為什麼不算數？」

「……」

成瑤想，我死了。我又一次被老闆氣死了！

不管怎樣，錢恆喝完粥後，成瑤總算一顆心放鬆下來，她回自己房裡簡單整理了下，便接到唐兵的電話。

為了方便起見，用餐的地點就在洲際的西餐廳。

於是晚上六點半，錢恆和成瑤與唐兵再次見面。

許是喝了點熱粥，外加洗了澡休息了一下，錢恆的氣色看起來好了很多，舉手投足間彷彿更加帶有吸引力，他一身名貴西裝，配上完全撐得起美版西裝的身材，英俊冷冽，氣質斐然，幾乎是一進西餐廳，便有若有似無的目光投在他的身上和臉上。

唐兵要是單獨看，也是算富商裡長得能看的了，然而往錢恆旁邊一站，簡直就是草雞和鳳凰的對比，實在是有點慘不忍睹。

不過唐兵似乎對此並不在意，整個宴席，他的情緒相當激昂，說了一堆吹捧的話，然後便是敬酒。可惜錢恆十分不給面子，他直接搖頭拒絕了對方的勸酒。

「晚上就家族信託的事還要溝通，為了工作狀態，不喝酒。」

「這只是紅酒，喝一點吧，美容養顏啊！」唐兵一邊說，一邊看了成瑤一眼，「錢律師不喝就不喝吧，讓小成律師陪我喝幾杯，來來來，小成律師，走一個走一個。」

在上一個事務所時，成瑤沒少參加這類飯局，這種時候，自然是她這樣的助理律師上了。在上個事務所，成瑤簡直恨透了在飯局上喝酒，然而這一次，她幾乎想也沒想，就拿起了酒杯，準備一飲而盡。

錢恆的胃剛好，不能喝酒，但有些時候，也確實不能太不給客戶面子，唐兵畢竟是一個標的額幾個億案件的當事人啊！此時此刻，自己喝酒，恐怕是最以大局為重的表現了。

可惜幾乎是成瑤剛舉起杯子，她的身邊就伸出一隻手，強勢而蠻橫地拿走她的酒杯。

「我不喝，她也不喝。」

唐兵大概是商場上油膩的那一套習慣了，當即笑著調侃，又拿了另一個酒杯塞給成瑤：「錢律師，妳的老闆規矩也太多了，妳看，人家小成律師主動要和我喝的，你也不能干涉人家自由呀？女生嘛，喝個紅酒，挺好的。」唐兵看了成瑤一眼，「要不然我們這樣，民主點，問問小成律師，她自己想不想喝？」

雖然臉上還堆著笑意，但唐兵的舉手投足裡顯然已經暗含著不悅，他這樣身價的成功商人，平日的飯局裡多半是被別人捧著，鮮少有勸酒被拒的，此刻錢恆的行為，他顯然是不爽的。而他剛才那段話的最後一句，又把燙手山芋拋給成瑤。

這種問題，成瑤能怎麼說？她還能說不願意嗎？

結果就在成瑤準備硬著頭皮違背內心說聲願意的時候，錢恆的聲音響了起來：「就算她願意也不行。」他整張臉沉了下來，語氣冰冷，「我的助理律師，不許喝酒。」

唐兵當即臉上有些掛不住：「錢律師，你這樣有點苛刻了吧。」

「我工作就是這個原則，不給任何人破例。」

成瑤用餘光偷偷地看了錢恆一眼，他那張容色逼人的臉上，是倨傲和上位者的威壓。這個世界上，大概永遠只有別人看錢恆臉色，能讓錢恆看臉色的人恐怕還沒有出生吧！

唐兵自然十分尷尬也十分掃興，只約好飯後修整一小時後就去洲際的會議室裡商談案件，然後早早結束了這頓晚餐。

成瑤原本準備在房裡休息一下打個電話給家裡，結果才過了半小時，她就接到唐兵的電話。

『小成律師，能不能來會議室一趟？我有好幾份資料，有點亂，需要稍作整理，會議室也希望妳能幫忙準備一下。』唐兵的聲音滿含歉意，『不好意思，因為臨時回國，很多事來不及準備，有些材料也是剛在酒店裡印的，來不及讓助理整理了。』

成瑤表示理解，拿了手機便趕往會議室。

到了會議室，唐兵果然已經等在那。

「唐總，需要整理的資料給我就行了，我馬上整理。」

唐兵擺了擺手：「資料的事等等再說，現在能不能先麻煩小成律師幫我插一下電腦電源。」他一邊擺弄著電腦，一邊臉上露出苦惱的神色，「等等有些材料要用電腦投影，我腰不太好，彎不太下去。」

成瑤不疑有他，拿起插頭就蹲下身，往會議桌下的插孔插去。可惜電腦的電源線確實有點短，會議桌下的插座又在更裡面，成瑤不得不往裡面更爬進去一點。

「小成律師啊，跟著錢律師工作，很累吧？」

成瑤穿著西裝窄裙有些不好有大幅度動作，她微微移動了下鑽進會議桌下的角度，一邊應付著回答：「跟著錢律師能得到挺多鍛煉的。」

「妳不用瞞著我，我知道，一定是辛苦的，像你們這樣的小律師，就算錢律師接了我這樣的大案子，也分不了多少錢吧？一個月月薪可能就幾千多塊吧。」

唐兵的聲音離成瑤又近了一點，他似乎站到成瑤的身後，這樣讓成瑤有些不舒服，因為她尚維持著撅著屁股鑽在會議桌下的姿勢。

好在終於，電源插好了。

然而就在成瑤準備退出會議桌之時，突然唐兵在她的身後也蹲了下來，然後一隻手輕輕地拍了拍成瑤的屁股。

成瑤頓了頓，心下一驚，下意識想馬上從會議桌下面鑽出來掙脫。然而唐兵畢竟是個強壯的中年男人，他用自己的身軀堵住成瑤的出路。

「小成律師，有沒有人說過，妳的臀型特別漂亮？」伴隨著他的聲音，那隻手重新覆上成瑤的屁股，「我見了妳有一種一見鍾情的感覺，給我初戀的感覺，人這麼漂亮，還乖巧，又機靈，真是特別招人。其實我很長時間沒有這種內心一動的感覺了，我和我老婆早就沒什麼感情了，早就分居了。妳要是願意和我在一起，我馬上離婚……」

成瑤很快就反應過來自己遭遇了職場性騷擾了。唐兵這個人油腔滑調的在私生活方面並不檢點，只是她沒想到，他竟然在工作的會議室裡，都敢這麼有恃無恐地大行騷擾之市，是覺得自己的金錢能搞定一切嗎？還是覺得只要是個女的，都會在金錢面前屈服？

做你的夢去吧！

成瑤忍了忍，心裡百轉千迴，但最終沒有立刻發難，她維持著蹲著的姿勢，一隻手卻偷偷拿出手機，開成了靜音，然後開了錄影功能。

現代社會，維權做事，都要拿得出證據。否則空口白話，就算是受害者，也能被打成

「詐欺」。白星萌案件上成瑤栽了一次，成瑤想，同一個地方，不能跌倒第二次了。

成瑤忍著噁心，佯裝出一副遭遇此事嚇呆了六神無主的模樣，帶著哭腔道：「唐總，求求您了，我……我有男朋友。求求您放過我。」

這迫於強權不敢直接撕破臉皮的微弱反抗，果然進一步激起唐兵的亢奮情緒，他的手撫摸著成瑤，用詞也直白粗鄙起來：「小成律師，妳男朋友一年能有多少收入？妳和他睡是睡，和我睡一樣也是睡。被他搞，搞個幾年，要是分手了，妳這些年的青春損失，一分錢也拿不到；但被我搞，就不一樣了，我們分手後，妳完全不再需要工作了，我會給妳豐厚的補償，房子車子，都不是問題……」

「唐總，求求你，不要再摸我了。」成瑤憋著一股氣，用一種可憐兮兮的語氣繼續道，「你不要對我做那種事，強迫我發生關係，是犯罪的……」

「小成啊，我就這麼說吧。妳別總是拒絕我，妳要是拒絕我，我就要拒絕錢律師了。以妳的專業能力太差為理由，告訴錢律師，這個案子，我不請你們做了。妳自己考慮考慮，如果因為妳，害錢律師少了這麼大收入的一個案子，妳會不會被開除？」

唐兵做這種事不是第一次了，他早就熟練了。

像成瑤這麼年輕的女孩子，職場經驗不豐富，對自己這樣幾個億標的額有權有勢的大客戶也知道得罪不起，遇到這種事，根本害怕無措不知道怎麼辦是好，這是最好下手的對象。

只要自己威逼利誘一下，就算對方再不願意，憑藉著身分權勢上的優勢和男人體力的優勢，就能把對方直接辦了。

成瑤如今的反應，完全在他的預料之內，唐兵帶著掌控一切的微笑，戀戀不捨地放開了自己撫摸成瑤屁股的手，然後拉開自己的褲子拉鍊。

「再說，也別說什麼犯罪不犯罪，我就算把妳上了，妳要去鬧，這種事以後是妳沒臉見人，對我是風流韻事，對妳呢？妳以後還找得到男朋友嗎？何況誰信妳，還不是妳自己不檢點勾引我？」唐兵的聲音裡已帶了難耐的喘息，他聲音得意，熟門熟路，「剛才我已經把會議室的門鎖了，這裡沒有監視器，我們兩個共處一室，到底發生了什麼，根本說不清啊。」

「妳放心吧，我會對妳好的，妳這麼漂亮可愛，讓我好好疼都來不及。妳跟了我，也不用再當律師了，我養著妳，不用這麼辛苦……」

漂亮話和難聽話，都讓唐兵說了，他一下子猶如惡人般用成瑤的前途和事業、工作恐嚇著她，一下子又猶如朋友般推心置腹分析著如果她從了自己的好處，見縫插針地表白自己對她的好感。

多管齊下，像她這樣的年輕女孩，根本毫無反抗之力了。

然而就在他以為一切萬無一失，準備提槍上陣之時，成瑤卻突然轉身，用力給了他一腳，把他狠狠踹開，就像一隻被獵食者追擊的獵物，突然轉身迎戰，拿出了殺手鐧。

也是直到這時，唐兵才看清了成瑤手上正在錄影的手機，他慌亂地想要擋住自己的下半身和臉，然而只是徒勞。

「讓我們來看看唐兵先生是怎麼脫褲子想在會議室裡性侵別人的，看看他是怎麼威脅別人的。」成瑤冷著一張臉，一邊錄影，一邊自己解說著配音，「我們先來給唐兵先生的臉一個特寫，好讓大家都看清楚他的臉，然後呢——」成瑤故意拉長語調，嘲諷地看向唐兵的下身，故意用輕蔑的口氣道：「再讓我們看看唐兵先生的下身，啊，真的太小了啊。」

「……」

果然，這句話一出，唐兵瞬間萎了。

然而成瑤的報復心卻還沒完，她繼續挖苦道：「啊，怎麼更小了呢。」

「……」

唐兵氣紅了眼睛，下意識便想搶奪成瑤的手機，可惜成瑤動作十分靈活，她一個轉身，就跑到會議室門口開了鎖，一下子竄到會議室門外有監視器的區域。

「你搶也沒有用，我手機裡 icloud 自動備份已經把影片同步到雲端了。」

成瑤掃了地位顛倒，此刻變得惶惶不安的唐兵一眼，收好手機，冷冷地道：「唐總，希望你好自為之。第一，你和我們錢 Par 的代理委託協定已經簽署了，想要以我不稱職這個藉口就毀約，你可以試試，尤其我手裡還有這份證據；第二，此後的合作裡，希望你克己守禮，一旦有任何出格的事，這段影片就可能要由法官和線民們一起欣賞了。」

成瑤說完，也懶得理睬唐兵，而是直接離開會議室。

而直到真正走回自己房間，成瑤才卸下了剛才逞強的強勢模樣，有些脫力和緊張起來。

在此之前，她從沒有處理過這樣的事，幾乎是靠著本能幫自己撐了過來，也不知道自己這樣做的對不對。

如果自己已經是獨當一面的成熟律師，唐兵就僅僅是自己的客戶，那成瑤恐怕根本不會採用這種委屈自己的方式，她應該當場就會給唐兵一個耳光，然後拿著這段影片尋求法律對唐兵進行制裁。

然而……然而唐兵是錢恆的客戶呀。

成瑤以前並不是個多麼顧全大局的人，然而此刻，她並不希望因為自己影響到錢恆的工作。

雖然一想到等等還要和唐兵共處一室繼續開會，但孰輕孰重，成瑤是知道的。職場上女性對於一些難堪，在自己足夠羽翼豐滿和強大之前，在自己還不能獨立決定是否接案之前，或許必須忍。

雖然知道自己這樣很軟弱，但面對這種事，剛才的逞強在私下早已無法維持，成瑤心裡委屈，忍不住，還是哭了。

那種被摸時的被冒犯感和噁心感，縈繞在她的心頭，猶如吃了一隻綠頭蒼蠅，就算吐出來，那種吃進去時的心理不適，還是十分強烈，根本忘不掉。

就在她決定洗個冷水臉平靜一下心情的時候，卻聽到了敲門聲。

「成瑤。」

打開門，她的老闆錢恆正站著，手裡拿著一些資料：「這幾份材料……」

錢恆本來正低著頭翻閱著手裡的材料，然後他隨意地抬了頭，一下子突兀地中斷了剛才的話題。

錢恆皺了皺眉：「成瑤？妳怎麼了？」

成瑤低下頭，想要斂去自己臉上的表情，她佯裝淡然道：「沒有啊。沒怎麼啊。」

「抬頭。」

可惜成瑤不僅沒抬頭，還十分不配合地轉開了頭。因為唐兵的事，她臉上多少還有些失態的神情，她不希望錢恆看出什麼端倪。

錢恆沒有說話。

而就在成瑤以為這個話題就此揭過之時，有一隻略帶涼意的手，伸過來強硬地轉過了成瑤的臉。

錢恆就這麼蠻橫地固定住成瑤的下頜，逼迫她看著自己。

「出什麼事了。」

此刻的錢恆離自己太近了，近到成瑤屏住了呼吸，他那雙漂亮的烏黑的眼睛，正直直地盯著她。

成瑤垂下眼睛，抿著嘴唇：「沒有。」然後她轉移話題道：「老闆，我們快準備去開會吧。」

「說吧，說妳為什麼哭了，不說今天這會妳不用去開了。」

「……」

錢恆的聲音和他的行動一樣霸權和強勢，他高大的身軀完全擋住成瑤出去的路。他就這麼一動也不動地看著成瑤，頗有種妳今天不告訴我，就別出這個門了的氣勢。

「成瑤，我說過，妳要是哭，必須跟我申請，我批准才可以哭，敢背著我哭，年終獎金全扣了。」

成瑤有些急了，她終於抬起頭直視錢恆的眼睛：「我……我只是看個電視劇太感人了，看哭了！一時之間哪來得及申請！」

「什麼電視劇，講了什麼情節，什麼電視臺在播，男女主演分別是誰，是哪一句臺詞讓妳哭成這樣？」

錢恆倚靠著門，面無表情道：「說吧，說得出來放過妳。」

「……」

「答錯一個就扣光妳的年終獎金。」

「……」

明明是被恐嚇，然而成瑤一時之間卻完全不覺得害怕，反而意外的有點想笑。自己的老闆，有時候有毒起來，真的像河豚一樣，雖然劇毒，但鼓成一個球，外形一點也不可怕，反而有點可愛。

本來因為唐兵的騷擾，委屈又頹喪的心情，一時之間竟然因為錢恆這番話變得輕鬆了一點。

成瑤抬頭又看了錢恆一眼，尚在斟酌著用詞，就聽到錢恆又開始了威逼恐嚇。

「給妳一分鐘，一分鐘裡不講，就扣妳獎金。」

本來應該遲疑的，然而成瑤也不知道自己怎麼了，突然想要告訴錢恆。

如果是錢恆的話，沒事吧？

此時此刻，她的心中有一種衝動，就算講出來影響到錢恆的工作，因為錢恆這種盯著自己的眼神，成瑤也想要講。

她甚至沒意識到，自己此刻對錢恆的信任甚至有些盲目，然而，她內心裡就是很篤定，告訴錢恆的話，至少他是不會為此對自己有偏見的。

至少他不會覺得自己作為受害人，是有錯過的。不會覺得是自己不夠檢點，才會被人盯上；不會覺得是自己不夠小心，才會被人有可乘之機。

成瑤不知道怎麼的，她就是覺得，如果是錢恆，他不會像網路上那些人一樣，要求自己是一個完美的受害者。不會叫囂著，「為什麼別人沒有被騷擾，只有妳，還不是妳蠢？」

他嘴巴很毒，從來不饒人，但成瑤就是相信，在這些大是大非上，錢恆不會苛責受害人。

「就和唐兵發生了點不愉快。」成瑤最終開了口，她放下了剛才的草木皆兵，開了門，把錢恆迎進房裡。

「他騷擾妳？」

令成瑤有些意外的，錢恆幾乎沒有問，就已經猜到了。

成瑤臉上的神情也驗證了錢恆的猜測，他抿了抿唇：「果然。」錢恆的聲音很冷，「手機給我。」

「欸？」

「他傳騷擾訊息給妳了吧？」錢恆的表情難看，「拿給我，讓我看看他傳了什麼東西。」

「沒……」成瑤略微糾結片刻，終於鼓起了勇氣，「剛才，他說讓我先去會議室幫他準備會議材料和接一下電腦和投影……」

成瑤講述的過程中，錢恆一直很安靜，他沒有打斷成瑤，只是安靜地聽著。錢恆的整張臉隱在陰影裡，成瑤不敢看，也有點害怕看到他的表情。

他會是什麼表情？

成瑤不知道，也突然有點不想知道。

等她艱難地說完唐兵對自己做的那些事，錢恆卻還是沒有任何表態，他仍舊沒有說話，像是什麼也沒聽到一樣。

這個剎那，成瑤突然有些難過，也突然後悔起來。

自己太莽撞了，這些事，不應該和錢恆說的。說了能改變什麼呢？難道說了剛才唐兵對自己的性騷擾就不存在了嗎？時光能倒流嗎？那種噁心的被摸的回憶能夠被消除嗎？

如今說了，除了讓錢恆陷入兩難境地外，確實什麼也做不了。

一邊是被騷擾的下屬，一邊是幾個億標的額的客戶。

成瑤覺得難堪而尷尬，她的臉比剛才被唐兵騷擾時還要紅，低著頭，心裡充斥著沮喪和不知所措：「算了，老闆，是我自己不好，是我自己沒有足夠的自保意識，這種事……你就當沒聽到吧。」

成瑤說完，沉默了很久的錢恆終於開了口，他的臉色大概是因為這尷尬的處境而非常難看，他有些陰沉地盯向成瑤：「留下證據了嗎？」

成瑤愣了愣，才點了點頭：「有，我錄影了。」

「給我。」

雖然是實打實的證據，然而那段影片，不論如何，對成瑤來說，也是相當難堪的回憶，她突然很不希望錢恆看到自己那個樣子，被唐兵騷擾的樣子。

「算了。」成瑤故作雲淡風輕道：「反正也就是被摸了兩下，沒有什麼實質性的損失，而且我現在手裡握有影片，之後的合作裡他肯定不敢輕舉妄動了……」

「給我。」錢恆緊抿著嘴唇，神色十分不好看，「成瑤。」

錢恆雖然平日裡嘴巴挺毒，但成瑤每次都能從他的表情裡看出他的心情，然而這一次，錢恆的氣勢卻十分可怕，讓成瑤也無所適從起來。

她根本抵擋不住錢恆的這種威壓，只好交出手機。

「耳機。」

不知道怎麼的，他還跟成瑤拿了耳機，塞上耳機後，他又看了成瑤一眼：「妳轉過身去，面朝著牆。」

成瑤簡直莫名其妙！這什麼人啊！拿了自己的手機，看著自己錄製的影片，塞著自己的耳機，竟然讓自己面壁！

然而成瑤這樣轉過身後，確實也有好處，就是她自己不用再被動地看一遍影片聽一遍聲音，不用再被動的再次回憶唐兵那點噁心事了。

等了很久，錢恆終於看完了，他陰沉著臉把手機往成瑤懷裡一丟，站起身。

「走吧。」

「嗯？」

錢恆看她一眼：「到和唐兵開會的時間了。」

「哦哦哦。」成瑤有些尷尬，她攏了攏頭髮，跟在錢恆的身後往外走。

前面走著的錢恆非常鎮定，身高腿長，步履穩健，他沒有再看成瑤，只是往前走著，心情彷彿受了影響，又彷彿並沒有受任何影響。

一時之間，成瑤內心複雜而煩亂，她想了一下，才大概覺得自己理解了錢恆的行為。

對於自己下屬被騷擾這種事，他想必是生氣的，然而對於一位重量級客戶，為了一次鹹豬手的行為就撕破臉皮，想來不夠理智不夠專業。尤其錢恆和唐兵已經簽訂了委託代理協定，如果沒能和當事人協商取消，那除非客戶委託的事項違法等法定理由，否則律師是不能擅自拒絕為當事人辯護的。一旦單方面拒絕，當事人可以直接去律協對律師投訴，律協會對律師做出處罰。

冒著自己有可能被律協處罰，丟掉一個幾個億標的額客戶的風險，去為自己出頭？

成瑤想了想，忍不住內心也自嘲起來。

錢恆現在的做法，看來是準備淡化這件事，閉口不談，就這麼自然而然地讓它大事化小小事化了。

成瑤雖然內心失落，然而也不得不承認，這是最理智最雙贏的做法了。

就在她努力做著心理建設之時，她和錢恆已經到了會議室的門口。

錢恆面無表情地推開門，果然，會議室裡唐兵已經滿臉堆笑地候在那裡。

「錢律師、成律師，你們請坐請坐，我這個案……」

然而唐兵的話剛說到一半，自從知道唐兵騷擾成瑤後就保持一言不發狀態的錢恆，直接讓唐兵沒有機會把後面的話說完——

用他的拳頭。

事情發生的太快了，成瑤還沒反應過來，錢恆已經給了唐兵一拳，那出拳的角度和攻擊的部位，即便成瑤對打人這種事一竅不通，也能看出這是相當狠辣毫不留情，幾乎往死裡打的一拳。

然後是第二拳、第三拳……

錢恆語氣充滿陰翳和狠絕，動作卻完全沒停。

「我的人你也敢碰？」

成瑤驚慌地看著錢恆猶如嗜血的魔神一般給了唐兵一拳又一拳，她都擔心錢恆是想當場打死唐兵。

唐兵被錢恆打的臉上立刻掛了彩，鼻子和嘴角都流了血，面對錢恆絕對的武力壓制，他澈底怕了，只能縮成一團，一邊掙扎著反抗，一邊鬼哭狼嚎地呼救。

「十三拳。」錢恆澈底壓制住唐兵，嫌惡地看了自己手上沾到的血跡一眼。

即便是這麼血腥暴力的場景，錢恆竟然仍舊十分優雅，他英俊白皙的臉上被濺到了幾點血跡，朝成瑤看了一眼：「衛生紙。」

成瑤幾乎是福至心靈般趕緊掏出餐巾紙：「老闆，給！」

錢恆修長而骨節分明的手指接過紙巾，漫不經心地擦乾自己臉上的血跡，然後同樣漫不經心地扔在唐兵的身上，像把垃圾丟到同為垃圾的地方去一樣，錢恆一點也沒掩蓋自己臉上的輕蔑和鄙夷。

然而即便這種時候，他仍舊鎮定、冷靜，要是現在門外進來個外人，根本看不出剛才的錢恆發狠暴打了唐兵。

真的太帥了！真是太暢快了！

成瑤內心簡直激動到五體投地，這一刻，她只差直接喊出來了——我！成瑤！這輩子，是自願加入五毒神教的！為教主，我願意肝腦塗地！為五毒神教，我願意奉獻青春！我要永遠侍奉教主錢恆左右！

而比起錢恆的冷靜和自持，唐兵的狀態只能用慘不忍睹來形容了。

他躺倒在地上，鼻青臉腫，一張臉上糊著鼻涕眼淚還有血，嘴裡卻還在罵著沒停歇：「錢恆，你打我是要付出代價的，我馬上報警！現代社會我就不信還不講法了！」

錢恆連理都懶得理他，好像多看他一眼就會長針眼似的，他踢了唐兵一腳，語氣帶著冷冷的嘲諷：「和我講法治社會，就憑你？」

「事到如今還不知道為什麼挨揍？你摸了她多少下？十三下。」

講到這裡，錢恆彷彿又想起什麼似的，他轉頭看了成瑤一眼，目光沉沉：「他是哪隻手摸妳的？」

錢恆平日裡總是冷靜自持的，他的臉上表情多數時候十分寡淡，常常漫不經心，還帶著與身俱來的貴氣和驕矜，像是這低級的世界根本配不上他高級的興趣。

然而此刻，他的臉上是生動的，帶了凶悍的意味。

成瑤原本一直想像不出來，帶了更多表情的錢恆，會是什麼樣的，會比他常年冷冰冰的樣子好看些嗎？

她現在看到了，也確定地知道了。

好看。

因為成瑤的愣神，錢恆又問了一遍。

「他哪隻手摸妳的？」

他的聲音沉著冷靜，讓成瑤沒來由的覺得安心。

她被蠱惑了，下意識回道：「右手，但是左……」

成瑤的聲音還沒落，呀嚓一聲脆響和響徹雲霄的慘叫，錢恆生生卸掉唐兵的右手臂……

「但是什麼？」

成瑤堪堪咽下了那句「但是好像左手也摸了」，她飛快地搖了搖頭：「沒有但是了！」

唐兵原本以為錢恆作為律師，總算會顧忌法律，不敢真的怎樣，結果現在看到錢恆這個狠辣的樣子，一句話也不敢講了，他努力地蜷縮起來，像是想要降低自己的存在感，他此刻模樣狼狽，右手自肩膀下都棉軟無力的，臉上表情扭曲，顯然在忍著脫臼的痛。

之前成瑤只知道五毒教教主擅長用毒，沒想到人家武力值也這麼爆表，平時還是隱藏實力了……真是輕易不出手，出手必傷人……成瑤內心感慨地想，果然能登上教主之位的男人，不是一般人！剛才錢恆那凶狠的一面，那氣勢，那殺氣，那手起刀落般的狠準穩，成瑤差點就要跪下高喊「五毒神教，一統江湖」了。

如今成瑤被這個完全不按劇情的發展澈底鎮住，她根本沒空去想有的沒的，只是上前小心翼翼地拉了拉錢恆的袖子：「老闆，那個，不要衝動！趕緊回想一下故意傷害罪的量刑標準冷靜一下……」

錢恆仍舊雲淡風輕，他優雅地挽了挽袖子：「嗯，我知道。」他連眼皮都沒有抬，「連輕傷也構不成，我有分寸。」

「……」

錢恆相當冷靜，這種情況下還淡然普法道：「最多只違法《治安管理處罰條例》，『毆打他人的，或者故意傷害他人身體的，處五日以上十日以下拘留，並處兩百元以上五百元以下罰款；情節較輕的，處五日以下拘留或者五百元以下罰款。』」

他輕飄飄地瞟了成瑤一眼：「違反《治安處罰條例》，不會被律協吊銷執照。」

「……」

可真是運籌帷幄決勝千里了！

如此縝密的思考，成瑤佩服的同時，突然有點絕望，她覺得，自己怕是短期內當不上合夥人了，自己這個視野和考慮問題的角度，離錢恆這種劇毒人士，實在是相差甚遠。

「成瑤，我這輩子還沒出現過自己無法善後的事。」錢恆皺了皺眉，語氣有些不滿，「妳能不能好好學一下法律？」

「嗯……」

錢恆瞪了成瑤一眼，一臉「懶得理妳」的嫌棄，然後他轉過臉，面向唐兵走了兩步。

唐兵以為錢恆又要痛毆他，嚇得瑟瑟發抖，趕緊跪地求饒：「錢律師，你饒了我吧。」他一邊說，一邊用另一隻完好的手用力甩著自己耳光，「是我鬼迷心竅，是我癩蛤蟆想吃天鵝肉，竟然想和錢律師搶人。」唐兵就差沒痛哭流涕了，「我不知道成律師是你的女朋友，是我有眼無珠，你放心，我……我絕對不會去鬧事，你、你打我完全是合情合理合法的，是我自己做錯了事，我該打！該打！」

錢恆懶得糾正唐兵的誤解，他嫌惡地掃了他一眼，然後轉頭對成瑤道：「成瑤，給我一張空白的A4紙。再給我一支筆。」

錢恆拿過紙，自然沒再打唐兵，他冷漠而居高臨下地看著唐兵，把紙和筆扔在唐兵面前：「簽吧。」

唐兵惟命是從地拿起筆，戰戰兢兢問道：「簽、簽什麼？」

「簽你的名字。」錢恆語氣仍舊冷冷的，「你的業務我不做了，簽名，解除委託協議。」

紙還是空白的，然而唐兵怎麼敢反抗，他顫抖地簽完了字，遞給錢恆。

結果錢恆並沒有接，他不鹹不淡地看了唐兵一眼：「再按個指紋。」

「印泥……印泥有嗎？」

「用你的血就行了。」

錢恆的語氣理所當然，就像在談論今天的天氣好不好一樣稀鬆平常。

唐兵畏畏縮縮地抹了自己的鼻血按下手印，錢恆才收了紙，然後隨手遞給成瑤：「回去寫一份委託代理解除合約，然後存檔。」

「成瑤，走了。」

然而成瑤想了想，卻停了下來，她走到唐兵面前，忍著噁心警告道：「你別忘了，我拍了影片，你要是對錢律師有什麼小動作……」

「走了。」

成瑤的話還沒說完，就被錢恆不容分說地拉走了。

錢恆在轉身的最後，看向唐兵，冷冷道：「想去告我就去告。」

大哥，誰敢告你啊，能告得贏嗎？不可能啊……

直到走出會議室，走回酒店客房，成瑤才意識到，自己此刻仍舊被錢恆拉著，隔著衣袖口，他就這麼握著成瑤的手腕。

明明並沒有皮膚接觸，然而成瑤一瞬間卻覺得從被錢恆握著的那截手腕開始，整個人彷彿起了火。

錢恆沒說話，只是不容分說地把成瑤拉進自己的房間。

唐兵雖然人品不端，但出手闊綽，幫錢恆和成瑤訂的都是商務套房。

剛才事發突然，成瑤光顧著震驚了，如今站在錢恆房裡的會客廳裡，她才終於後知後覺有些緊張和忐忑起來。

成瑤絞了絞手指，看了錢恆一眼，輕聲道了謝：「老闆，謝謝你。」

可惜這句道謝顯然完全沒有取悅到錢恆，他坐在沙發上，身姿筆挺，面無表情：「妳還當我是老闆？」

成瑤一時之間有些茫然和無措。

「如果我不問，這件事妳是不是根本不打算告訴我？」錢恆的聲音十分平靜，然而越是平靜，成瑤卻覺得越危險，猶如暴風雨前的海面，越是安靜平和，就越讓人毛骨悚然。

成瑤咬了咬嘴唇：「我怕告訴你了讓你難辦，我不知道你……」

「妳還深明大義上了？」錢恆瞥了成瑤一眼，「為了工作勇於犧牲？為什麼不主動來和我說？」

成瑤有些難堪：「我就是……就是之前，在上一個事務所，跟著帶教律師出去陪飯局，雖然沒遇過唐兵這麼明目張膽的人渣，但被騷擾，也是有過的。客戶喝多了酒，又都是些中年男人，不是嘴上要討點便宜就是會在肢體接觸上揩油。那時候我主動告訴帶教律師了，可他只是笑笑，讓我別在意，他們也只是開玩笑，客戶是上帝，我們要服務好，何況他們也沒犯什麼原則性的錯誤……」成瑤低下頭，「他叫我忍忍。」

成瑤的樣子可憐兮兮的，她垂頭喪氣地坐在錢恆面前，錢恆幾乎可以想像的出第一次遇到這種事，她是怎麼憤怒又無措地跑去當時的帶教律師面前尋求幫助，然後是怎麼失望地發現自己的帶教律師並不會保護自己，最後只能打碎牙齒和血吞，硬生生地咬牙對那些油膩中年男人的語言和行為騷擾忍耐下來。

這麼一想，錢恆突然有點不想再訓她了。

「妳不用忍。」

「嗯？」

錢恆抿了抿唇：「以前那套規矩，不論跟誰學的，在我這裡，都行不通。成瑤，在我這裡，任何時候，妳都不用忍。」

「遇到有人騷擾妳，打得過，就直接給我一個耳光甩過去，不用顧忌對方的臉面，也不用顧忌是幾個億幾十個億還是幾百個億的客戶。」

「那如果打不過呢……」

「打不過，妳告訴我，我幫妳打。」

錢恆說這話的時候面色平淡，就像是在談論諸如天氣之類無關痛癢的話題一般，然而成瑤卻沒來由的心裡一動。

不知道為什麼，錢恆越是如此平常，卻反而越顯得動人了。

而錢恆自己卻還不自知，他繼續教訓著成瑤：「除了這些仗著自己有幾個錢就性騷擾別人的客戶，妳以後還會遇到各式各樣的極品，比如覺得自己作為客戶是上帝的人，付了點律師費就覺得能差遣妳做任何事，恨不得要求妳二十四小時待命，以為全宇宙妳只服務他一個人，他一個要求妳就必須一分鐘內執行，他一個問題妳就必須一分鐘內回饋。這些人，都不要慣著，不要忍。」

「做律師最好的一點，就是我們能對接很多很多客戶，不像在公司一樣妳只伺候這一家老闆，任何妳不滿意的客戶，妳可以拒絕，並且也不會為此失業。因為市場很大，妳總能找到別的客戶。」錢恆盯著成瑤的眼睛，「妳所要做的就是磨煉好自己的專業水準，這樣妳就永遠不需要看別人臉色吃飯。因為只有妳選擇客戶，而不是客戶選擇妳。」

成瑤用力地點了點頭：「嗯！」

「也別老想著什麼顧全大局。」錢恆的聲音很嚴厲，「我錢恆難道需要下屬犧牲色相來挽留客戶？」

下意識的，成瑤就忙不迭道歉起來：「對……對不起。」她有些羞愧，「是我處理不周。」

「妳不是處理不周，妳是對我不信任。」錢恆並沒有打算輕易放過成瑤，他犀利地戳破了成瑤此前的心態，「妳覺得我和妳之前的帶教律師是一樣的，在下屬的自尊和錢面前，會選擇錢。」

錢恆這樣點撥，成瑤才確實意識過來，自己此前怕告訴錢恆，會讓錢恆陷入兩難的尷尬境地，這麼考量的前提，確實是在潛意識裡認為錢恆會為這個案子的標的額而糾結。

「君子愛財，取之有道。我錢恆不會賺這種錢。」

「謝謝。」成瑤真心實意的感激道：「不過我都留下了證據，其實你不打他也沒事，我們事後走法律流程就行了。」

「妳自己就是律師，就算鐵板釘釘的性騷擾慣犯，有證據的情況下，法律會給出什麼程度的制裁，妳難道不知道嗎？」錢恆掃了成瑤一眼，「妳花費了巨大的精力和時間去起訴，一遍遍地忍著噁心再回憶這件事，最後發現唐兵只受到了不痛不癢的處罰。」

「只有達到猥褻程度的性騷擾才算是構成犯罪，他這種程度，加上到時候重金聘請的辯護律師，妳自己覺得會有什麼樣的判決結果？妳心裡的憤怒和委屈能平息？」

成瑤此刻只覺得臉紅到要炸了，她覺得羞愧和內疚極了，她沒有能夠第一時間信任錢恆，錢恆卻在明知道這一點後，還能幫她用這麼解氣的方式討回公道。

「成瑤，妳可以相信我。」

就在成瑤內心慌亂一片的時候，錢恆卻突然俯下身，湊到她的面前，認真地盯著她的眼睛，一字一頓地如此說道。

「任何時候，遇到這種情況，我都會保護妳。」

這是簡單的一句話，甚至沒什麼修辭，然而成瑤只覺得心裡轟的一聲，通往自己心裡那扇緊閉著不讓人進入的鐵門，在這句話面前驟然倒塌不堪一擊。

就像是有什麼東西，輕輕地撞開了成瑤內心最柔軟的部位，在她的心田裡撒了一把種子，有什麼東西開始萌發了。

第六章　性感老闆，線上護短

心悸、感動、信賴還帶著安全感。

沒有哪一刻，成瑤比現在更加自豪過，能進入君恆，能成為錢恆的助理律師，她覺得無比的驕傲。

此刻她偷偷看向錢恆，心裡竟然升騰起一種微妙又隱祕的快感。

別人都不瞭解錢恆的好，只有自己知道。

別人都有眼無珠，只有自己發現了錢恆這塊瑰寶。而這種不被大眾認可的好，反而讓成瑤有種「只有我慧眼識珠能獨占他這份好」的錯覺。雖然說起來不適合，但成瑤在自己都沒意識到的時候，已經把錢恆圈地自萌起來了。

錢恆卻不知道成瑤內心的彎彎繞繞，他又帶了點警示意味地掃了成瑤一眼：「以後妳不許單獨見不熟悉的男人。」

成瑤：？

錢恆側開了頭，動作有些不自然，過了片刻，才又轉回視線，惡狠狠地瞪了成瑤一眼：「聽到了嗎？」

成瑤一時之間也傻了：「這是所裡的新規定嗎？為什麼不能單獨見異性？雖然唐兵這個事確實是讓我心有餘悸，但也不能因噎廢食就直接都不見男人啊？而且大部分男性，還是比較有界限感，對我都挺禮貌溫和的……」

「不。」錢恆皺了皺眉，輕啟薄唇，「男人虛偽狡詐，對妳有禮貌溫和，是對妳有所圖。」

老闆，你不就是男人嗎？

成瑤還沒問出口，果然就聽到錢恆理所當然地說道——

「除了我。」

「……」

老闆，同樣作為男人，你這樣內鬥攻擊男同胞，真的好嗎？

就在成瑤內心充滿吐槽之際，錢恆卻補充了一句。

「所裡別人可以單獨見異性，但妳，還是算了。」

錢恆瞥了成瑤一眼，有些不自然，作為一個律師，成瑤確實太漂亮了，吳君說她不自知自己的容貌，尚不知道打扮，不會引起所裡重大爭風吃醋，然而錢恆現在覺得，吳君還是看走了眼。

成瑤確實仍舊對自己的容貌懵懂著，然而有著如此豔麗的臉蛋，卻真的打從心底裡沒有想要靠著美貌走捷徑或者恃靚行凶，這份不自知的單純，某些時候卻讓她反而更加有吸引力了。

錢恆不知怎麼的，腦海裡又閃過那個早晨成瑤隱約露出的胸線。他其實內心也知道，成瑤並不是有意的，但越是無意，有些時候卻越是有誘惑力。因為除了漂亮之外，還天真，還單純。

紅顏禍水。錢恆生氣地想，果然是紅顏禍水。

然而眼前的紅顏禍水本人卻對錢恆的情緒毫無察覺，她還在努力地糾正著錢恆的偏見：「老闆，你真的把別人都想的太壞了，雖然這世界上確實有唐兵這樣的，但大部分人還是好的……」

「行吧，那妳單獨去見哪個不熟的男人，提前先和我報備吧。」

「欸！好的好的！」成瑤激動道：「那什麼樣的算熟，什麼樣的算不熟呢？」

錢恆沉吟了下，做出犧牲的樣子：「這樣吧，妳把妳和對方大概有什麼交集互動簡單和我說下，我幫妳判斷就是了。雖然我的時間很貴，但我也不希望自己的下屬遇到這種事。」

成瑤思想單純，經過剛才唐兵一事，還帶著對錢恆的無限感激，對錢恆竟然願意花時間為自己把關這種事，簡直是千恩萬謝。

她甚至根本沒意識到，自己一個獨立女性，見個不熟的男人為什麼還要報備啊？這簡直就像是個無奈的女朋友每次出門見異性都要向自己吃醋又獨占欲強的男朋友報備似的！

「還有，以後不要擅自做決定。」

「啊？」

「妳拍那段影片的時候，有考慮過危險嗎？」錢恆捏了捏眉心，很頭痛的樣子，「妳有沒有想過，如果唐兵這個人，就是一點廉恥心也沒有，就算妳拍下影片，他一點也不顧忌，對妳勢在必得，那怎麼辦？妳和他的體力懸殊，他要是鎖上了會議室門想對妳做點什麼，妳根本擋不住。」

「不會不顧忌的……影片我可以公開放網路上的，現在輿論對這種很敏感，Me too 不是熱度挺高的嗎……而且我想，要是我直接逃跑，那他事後不認，我一點證據也沒有，不就白被騷擾了？只能像吞個蒼蠅似的自己咽下這口氣，而且他這些手段都駕輕就熟的，明顯不是第一次這麼幹了，他肯定會繼續對下個女生這麼下手，萬一人家沒跑掉呢？我就想給他個教訓。」

「那如果他直接利用體力優勢制住妳，不僅對妳做了什麼，還搶走妳的手機刪掉影片？甚至反過來拍了一段不雅影片威脅，妳怎麼辦？」

成瑤呆住了，直到這時，她才有些後怕起來。

錢恆說的沒錯，自己的運氣好在唐兵一時之間遭遇成瑤的反抗而傻住了，一旦遇到更窮凶極惡的人，成瑤的下場，恐怕就不是這麼好了。

「成瑤，任何時候，自保都是第一。關鍵時刻不要在意什麼證據和別人。」

「可沒證據，我就算來找你告狀，怕你也不信我呢……」

「我信。」

「那沒證據，空口無憑，你就算信我也不能做什麼。」

錢恆低下頭，抿了抿唇：「沒證據我也幫妳打他。行了嗎？」

行了行了。

雖然錢恆附帶著瞪了自己一眼，但成瑤內心竟然覺得有些美滋滋的。背後有錢恆撐腰，還有什麼好怕的？

只是面對錢恆的力挺，成瑤一時之間又有些內疚起來：「對不起老闆，我知道你為了幫我討回公道，教訓了唐兵拒絕了這個案子，但如果我更謹慎一點，而不是……」

結果話還沒說完，就被錢恆打斷了：「成瑤，妳能不能不要自我感覺良好。」

成瑤：？

錢恆一臉寫滿了不耐煩：「我不接唐兵這個案子，單純只是因為我自己看他不順眼，和妳一點關係都沒有，妳不要往自己臉上貼金了。」

「那，那你至少是因為我才打了他……」

「我打他是因為他欠打，和妳也沒有關係。我早就想打他了。」

「欸？為什麼啊？」

錢恆果然又恢復一貫的惡劣語氣：「他上廁所的時候，老是盯著我看。」

成瑤：！

錢恆語氣有些不自然：「妳知道有些男的，很幼稚，只要上廁所，就忍不住偷看旁邊的人比大小。」

比……比大小？

錢恆不滿道：「真不知道這有什麼好比的？不自量力。」

等……等等……老闆！你能不能不要這麼一臉平靜地說這種話題！

成瑤一時之間，只覺得自己聽到什麼不該聽到的話。然而確實，雖然心知錢恆完全是因為自己才打了唐兵，但錢恆這話題轉折的，完全吸引走成瑤的注意力，搞得她都忘記自己本來在關注什麼……

「總之，不是為了妳才不接這個客戶，才打他的。」錢恆又看了成瑤一眼，彷彿生怕她不知道似的，再次強調道：「妳別亂自作多情有什麼心理負擔。」

「嗯……」

只是……

成瑤想了想，覺得這個問題一定得問：「老闆，你是專門去學過什麼防身術嗎？打架的姿勢，好像很專業的樣子，我上次聽包銳說，像我們這些做家事律師的，很容易被懷恨在心的對方當事人毆打報復，你是為了防止這種事所以工作後學了點技術自保嗎？」

「不是工作後學的。」

「欸？」

「我從小學開始就學散打了。」

成瑤：？

錢恆有些苦惱的樣子：「可能是我太優秀了，從小學起就遭受了校園霸凌。」

成瑤驚了，如今如此要風得風要雨得雨的錢恆，竟然在小學時遭遇霸凌？

這他媽有點慘了啊！

成瑤禁不住有些心軟，都說從小的心理傷害和陰影會尾隨一個人一輩子，極大地影響和改變那個人的性格，這一刻，成瑤立即在心裡原諒了錢恆一直以來的毒舌。

她想，原來，這一切，都是有原因的啊！

可憐的錢恆，以前一定也是一個可愛活潑單純的小男孩，結果硬生生在校園霸凌中一步步變成了如今的五毒教教主……

成瑤內心充滿了對錢恆的同情，連看向他的目光，也不自覺更溫柔憐愛了幾分。

「老闆，如果我能穿越回過去，我一定會保護你的！」

錢恆有些意外：「為什麼要保護我？」

「你不是被霸凌欺負了嗎？那你是不是小學就受過傷？」

「哦，妳說這個啊，那確實。」錢恆點了點頭，「一開始學藝不精，還有些小的擦傷什麼要去醫院消毒下。但是每次都要給那些人錢。」

成瑤真實的震驚了，這是什麼極品的小學生啊，把錢恆打傷了竟然不放過他跟他要錢，就因為他家裡有錢嗎？這麼欺負他！簡直是道德淪喪啊！

「這個給妳。」

然而就在成瑤還沉浸在校園霸凌裡的時候，錢恆卻十分突兀地又一次轉換了話題，他言簡意賅地說了這四個字，然後丟了一盒東西給成瑤。

成瑤打開一看，一盒別針？

「老闆，這是？」

錢恆瞥她一眼：「以後注意著裝。」

注意著裝？

成瑤看了自己的西裝一眼，自己不是挺注意的嗎？而且這一盒別針，和注意著裝又有什麼關係？

見成瑤仍舊一臉茫然，錢恆終於露出了忍無可忍的表情：「以後，別胸口，衣服裡面。」

成瑤愣了愣，才意識到錢恆的意思，她下意識看了胸口一眼，衣服挺服帖的挺好的……

「嗯，現在沒問題，但以後，隨時以防萬一。」錢恆轉開了視線，板著臉道：「我不希望再出現什麼胸口衣服釦子崩了的情況。」

「……」

錢恆絲毫不理會成瑤的尷尬，大言不慚道：「妳要知道，像我這樣品行高潔的人畢竟是少數，妳要是又遇到唐兵那種人，妳這種行為，不就是蓄意勾引了嗎？」

「……」

這一刻，成瑤只想，我收回剛才自願加入五毒教的入教申請還來得及嗎？

「行了，走吧，回去睡覺。」

「嗯？好……」

錢恆的思考猶如龍捲風，成瑤只覺得自己剛堪堪跟上他的節奏，結果對方就把她趕回房間了。

而臨走時，成瑤下意識打開手機，律師的職業本能使然，什麼證據都想著再多備份一份以防丟失，她點進相簿裡，想要把剛才拍攝的那段影片上傳到雲端。

可是——

「我的證據影片呢？」成瑤急了，「怎麼沒有了？我明明錄好的，就在手機裡啊，手機也沒摔到或者進水，也沒有當機，怎麼莫名其妙就沒了？」

雖然唐兵忌憚著成瑤手裡的影片，或許不會找錢恆麻煩，但萬一呢？萬一他真的找起麻煩來，至少成瑤手裡這段影片能說明錢恆是為了維護自己才動手的，至少能在輿論上搶占先機，可如今……

「我刪了。」

成瑤一臉茫然，什麼鬼？錢恆手抖不小心刪掉了關鍵影片證據嗎？

「那怎麼辦？現在我們手裡就沒有能限制唐兵的籌碼了！」

然而對於成瑤的緊張，錢恆卻仍舊一派雲淡風輕，他挑了挑眉：「我會犯這種低級錯誤？」錢恆哼笑道：「剛才用妳的手機，把影片傳給我自己備份過了。」

「欸？」成瑤依次點開自己幾個社交帳號，都沒有發現將影片傳給錢恆的痕跡。

「不用找，我也刪除傳送記錄了。」

「為什麼啊？」

「不希望妳看第二次。」錢恆望向不遠處的牆壁，「這種東西，沒有必要回憶第二次，忘了吧。證據我這邊備份著就行了，後續我會處理的，妳不用擔心。唐兵這樣的人，我不會讓他繼續逍遙法外對下個女性下手的。」

「但這樣做，唐兵會不會對你不利？」

錢恆笑笑：「那又怎樣？男人本來就應該有所擔當。對我不利總比對妳不利好。」一時之間，成瑤的正義感也被點燃了：「那需不需要我一起參與，在必要的時候現身說法作為證人和受害人指證他？畢竟我是當事人……」

「不，妳別參與。」錢恆的聲音有點不自然，他清了清嗓子：「不是說這種事，再看一次影片容易有二次傷害嗎？妳要是留下心理陰影了，這就算是工傷，我可不想花錢幫妳找心理醫生疏導。」

成瑤愣了愣，才意識到，錢恆刻意刪掉自己手機的影片，甚至細緻到連傳送記錄都刪掉，只是為了防止自己這個受害人，再次看到影片而回憶起這段不愉快的回憶。

雖然嘴上說著怕自己工傷了花錢，但其實成瑤知道，錢恆是為了自己好。口是心非。

好好說話會怎樣啊？活該這麼多年單身，這實力，單著你不冤啊！

「另外，今晚把這本書看完。」

成瑤目瞪口呆地看著錢恆丟了一本厚厚的充滿彩色插圖的硬皮書給自己，她翻開一看，竟然是一本世界名畫圖集。

「看了影響身心健康的髒東西，應該看一些高雅藝術洗洗眼睛。」錢恆抿了抿唇，

「看完了明早和我討論西方美術史。」

「……」

雖然看了唐兵的下半身是很傷眼，但是看西方美術史也很痛苦啊！而且這書是哪來的啊？

不過因為和唐兵撕破了臉皮，這案子的合作，自然是不用再談了。錢恆本來在B市為唐兵預留了兩天出差的時間，這下直接空出一天。本打算改簽機票回A市，可惜最近因為正值A市開了AI人工智慧大會，飛機票竟然一票難求，根本改簽不上。

無奈之下，錢恆便只能和成瑤一起滯留在B市多待一天。

因為此前特地為了這一天能全心處理唐兵的案子，錢恆連續高強度熬夜了幾天處理完別的工作，如今這天，沒了唐兵的事，倒真的突然空了下來。

「在B市，妳有特別想去的地方嗎？」

早上在洲際自助餐廳用餐的時候，優雅用餐的錢恆，突然對成瑤拋出橄欖枝。

「嗯？」

錢恆喝了口咖啡，輕飄飄地看了成瑤一眼：「到目前為止，我今天的行程還空著。」

So？

「所以我可以勉為其難地陪妳去個地方。」錢恆轉開頭，避開成瑤的視線，他咳了咳，「另外，我可以答應給妳一個要求。」

「什麼要求？」

錢恆的目光繼續望著不遠處，就是不看向成瑤，不知道是不是洲際飯店的室內空調溫度太高，錢恆的耳朵竟然有些微紅，他再次咳了咳：「任何要求都可以，只要不要太得寸進尺，我還是可以勉為其難滿足妳。妳就算想對我私人提一些要求，我也不是不能考慮的……」

說到這裡，錢恆又一次咳了咳：「妳不要多想，我這次願意犧牲自己的時間陪妳，算是對妳的遭遇的補償。」

成瑤的眼睛亮了亮：「什麼地方都可以嗎？」

錢恆清了清嗓子，有些不自然地點了點頭：「嗯。」

「太好了！」成瑤有些不好意思地笑起來，「我確實有個地方非常想去。」

成瑤這樣的反應，完全在錢恆的預料之中，他覺得自己不用問都能知道成瑤要去哪。B市作為古都，歷來有許多名勝古跡。皇陵、博物館，幾個藝術家故居和展覽，還有一條民國風情小街，成瑤想去的，絕對就在其中。

錢恆雖不是第一次來B市出差，但幾次來都忙於工作，這些景點自己一個也沒去。他想了想，覺得這幾個景點尚且能勉強符合自己的格調，陪成瑤去一下，也不是不可以。

「說吧，妳想去哪裡？」他笑笑，「我會全程報銷費用。」

成瑤果然興奮得快從椅子上跳起來了，她雙眼黑亮：「我要去一年一度的嘉年華！」

錢恆以為自己沒聽清：「什麼？」

嘉年華？這是什麼東西？

成瑤好心解釋道：「嘉年華！B市一年一度的活動呀！每年這個時候，B市海灘附近都會臨時搭建一個嘉年華遊樂場呀！據說雲霄飛車很刺激！最棒的是那個海上摩天輪，就搭建在沙灘上，可以俯瞰整片海灘，黃昏的時候去還能在摩天輪上欣賞落日，超漂亮的！我看別人遊記攻略裡的照片都生火好久了！這週是最後一週了，之後就要拆除了！」

錢恆語氣艱難地確認道：「也就是說，這就是個遊樂場？」

成瑤點了點頭：「差不多吧！」

「那不行。」剛才還說著想去哪裡都可以的錢恆，一點也沒有心理負擔地反悔了，「遊樂場太不符合我的格調了，不去。我行使自己的一票否決權。」

成瑤氣笑了：「明明是你自己剛剛承諾的，說我想去哪都行，你們男人說話就這麼不算數？」

本以為這話下去，錢恆最起碼也會不好意思，結果對方竟然毫無波瀾，錢恆眼皮都沒抬一下：「我剛才說了什麼？我什麼都沒說。」

「……」

在成瑤的目瞪口呆裡，錢恆繼續道：「妳說我承諾妳想去哪都可以，這種事，妳有證據嗎？」

錢恆啊錢恆，你厚顏無恥，就別怪我無情無義了。

成瑤二話不說，掏出手機，開了擴音。

『所以我可以勉為其難地陪妳去個地方。』

錢恆：「……」

『任何要求都可以，只要不……』

手機裡，是錢恆毫不失真的聲音……

成瑤等著錄音放完，才學錢恆平日裡欠扁的樣子微微一笑：「要證據是嗎？」她看向錢恆，「幸好我早有準備，證據，給你。」

「……」

風水輪流轉，今天終於輪到成瑤揚眉吐氣，她擺出邪魅一笑的姿勢：「老闆，你還有什麼話要說嗎？」

「……」

錢恆這輩子沒吃過這種憋，往日裡只有他拿著證據打臉別人，他從沒想過，有朝一日，自己竟然還有被人當面用證據如此啪啪啪打臉的時候。

「成瑤，妳翅膀硬了。我不記得自己什麼時候教過妳和我聊天也要錄音了。」

成瑤不怕死地笑笑：「老師領進門，修行靠個人嘛，啊哈哈哈哈。」

錢恆面無表情道：「說吧，妳還有什麼也錄音了？」

成瑤一時得意，忍不住道：「昨晚我也錄音了，本來指望聽到你說為了補償我，給我一大筆錢的，這樣錄下來，可以日後當做證據跟你要這筆錢，誰想到沒說啊……」

「……」錢恆咬牙切齒道：「妳這些錄音的取得，都沒有經過我這個當事人的同意，是沒有……」

成瑤笑起來：「老闆，你別嚇唬我啦，我早研究過這種未經一方當事人同意的錄音證據效力了。《最高人民法院關於民事訴訟證據的若干規定》裡寫了，合法取得的私自的錄音證據，法院應當確認其證明力。只要錄音的時候沒有侵犯他人合法權益，沒有違反法律的禁止性規定，即便是偷錄的證據，也是合法的，就是能被法庭採納的，我這個錄音，完全合法有效。」成瑤嘿嘿補充道：「而且我特地還查了下法院判例呢，都證明我這樣做完全沒問題。」

眼前的少女狡黠而靈動，眨著一雙黑亮的眼睛，像是一隻偷雞得逞的狐狸，錢恆簡直氣得發抖，成瑤啊成瑤，妳真是出息了，青出於藍而勝於藍，竟然想著騎到我頭上了？

往日裡，面對自己的發難，成瑤幾乎是毫無反抗能力，完全在專業知識和處理問題方式上被自己輕鬆吊打的，錢恆沒想到，不知什麼時候開始，眼前的小菜雞，竟然也慢慢在自己眼皮底下偷偷地成長起來，不僅做什麼事都留一手想著留證據，還懂得提前調查驗證這證據是否有效力了。翅膀還長硬了敢和自己公然對著幹了。

好，很好，非常好。

錢恆在心裡一連說了三個好字，心裡正盤算著怎麼收拾成瑤，然而不經意抬頭看向成瑤的一眼，讓他突然忘了自己剛才在想什麼。

某個瞬間，他不得不承認，眼前自信又狡黠的成瑤，比她平日裡更漂亮，好像整個人都在發光一樣。

「另外，那晚你答應我，把你的多肉救活了，就給我免除無薪加班、全勤獎、加薪、試用期優秀、年終紅包、提前續約和大案子這些，我也都錄音了！」

「……」

「既然這樣，那就這麼愉快地決定了！」成瑤晃了晃自己的手機，「吃好早飯後，我們就去海邊嘉年華啦！」

錢恆抿緊了嘴唇，臉上寫滿生無可戀。

成瑤卻絲毫沒覺察到他這種情緒，竟然還不怕死地抬頭問道：「對了，老闆，對你這種情況，我其實有藥。」成瑤說完，熱情地從自己包裡掏了掏，掏出一小包東西，遞給錢恆，「金嗓子喉糖，你值得擁有！我看你剛才又是咳又是清嗓子的，哈哈哈。」

「……」

錢恆有些咬牙切齒：「我的嗓子很好。」

他沒有哪一次比現在更後悔招了這麼個助理律師，原來她也知道自己剛才又是咳又是清嗓子啊？難道看不出這是自己對她的暗示嗎？都說了提任何要求都可以，就算私人性質的也行了，結果竟然是去遊樂場？

錢恆覺得，自己要氣死了。

等錢恆跟著成瑤不情不願到了嘉午華現場的時候，臉上的生無可戀更劇烈了。

這在海灘邊臨時搭建起來的遊樂場，充滿了嘈雜的人聲和擁擠的人群，除了卿卿我我的大學情侶外，還有帶著孩子的年輕父母，但占最多數的還是國高中處於曖昧朦朧狀態的小男孩、小女孩。

整片沙灘上，幾乎沒有能安靜的一個人好好站著的地方，錢恆剛在一個相對空的沙地上站了一下，身邊就飛竄過幾個你追我趕打著沙仗的小孩，揚起的飛沙隨著風的助力撒了錢恆一褲腿。

來B市出差，錢恆只帶了正裝，此刻這穿著在這片海灘上怎麼都覺得格格不入，然而同樣也穿著正裝的成瑤卻一點沒讓人覺得突兀。

錢恆順著目光看去，成瑤此刻正歡喜地朝著海岸線跑去，她把黑色的細高跟鞋提在手裡，光著腳追逐著海浪，她的頭髮被海風吹散了，髮絲飄散，黑色的髮更襯得她一張臉雪白，她此刻正笑著，感受著海浪打在她腿上的觸覺，嘴唇是玫瑰色的，她的背後是朝陽還有波光粼粼的海面，照的她整個人像是沐浴在光芒中。

在來這嘉年華的路上，她和錢恆吐露了自己為什麼這麼想來海邊臨時遊樂場的原因。

她沒見過海。

海風很大，海浪也很大，然而成瑤站在海邊，一點也不在意海水打濕自己的裙子，她追著海，追著海上掠過的海鳥，眼睛明亮，一張臉上寫滿了毫不掩飾的興奮，像個第一次見海的小孩子，不斷在海灘上印下自己的腳印，然後樂此不疲地看著海水把它們沖刷走。

錢恆心想，自己這個助理律師，可真是沒見過世面。

錢恆雖然平時很忙，但青少年時期，自己全家每年冬天都會去海邊度假，他們從來不會選擇B市這種品質並不怎樣的海灘的，去的都是馬爾地夫、大溪地，最不濟也是塞班、巴厘島。

去過了那些國外的海灘，再來看眼前B市的這片海灘，簡直無法入眼，沙太粗，海也不夠清，海四周也沒有什麼景致，簡直是負分滾出的等級。

然而錢恆又看了為這麼一片海就活蹦亂跳活像是中了五百萬彩券的成瑤一眼，覺得雖然不太想承認，但自己這個助理律師沒見過世面的樣子，竟然還挺可愛的。

「老闆！這邊！」

沒見過世面的助理律師朝自己揮了揮手，一張臉上全是興奮。

等錢恆走到她的身邊，才發現她正蹲著專心致志地看著沙灘上什麼東西。錢恆低頭，才發現成瑤視線所及之處，是一隻不知道什麼時候爬在沙灘上的寄居蟹。成瑤正用一種對待珍稀動物般的神情膜拜般地看著這隻寄居蟹慢悠悠地爬。

錢恆想，真的是……沒見過世面！

然而也不知道怎麼搞的，自己的視線，竟然忍不住去看這個沒見過世面的助理律師，錢恆簡直想不通，可能是自己的世界裡從沒有出現過這種品種吧。

錢恆就這樣看著成瑤跟著寄居蟹走離自己一小段距離，那隻寄居蟹已經離開了，可成瑤也不知道從哪裡撿來了樹枝，還蹲在海灘上畫著什麼。

「好不容易來這裡，要留個紀念！」過了片刻，成瑤終於從沙灘上抬起視線，她看向錢恆，「老闆，我們來個『到此一遊』的照片吧！」

幾乎沒給錢恆拒絕的時間，成瑤拉過海灘邊走過的一個年輕男生：「能不能麻煩你幫我們拍張照？」

那男生有些意外，看成瑤一眼，便有些臉紅，聲音也有些結巴起來：「好……好的，沒問題。」

錢恆光顧著注意那男生了，不知不覺就被成瑤拉到她剛才比劃的那片沙灘前。

「好了，就是這裡。」

錢恆這才下意識看了腳下的沙灘一眼。

這一看，他差點氣笑了。

沙灘上橫亙著一行歪歪扭扭的大字——錢恆、成瑤到此一遊。

還真的是「到此一遊」照……

在這行字的附近，還放著一堆貝殼，看起來這就是剛才成瑤蹲著那麼久找到的「戰利品」了。

小男生朝成瑤笑起來：「可以拍了嗎？」

「可以了可以了！」

小男生拿起手機拍了幾張，然後看了看效果，繼而又舉起了手機：「妳男朋友表情太嚴肅了，笑一下！然後靠近點！」

沒給兩個人澄清的時間，這個熱情的小男生直接跑了過來，親自指導起姿勢，他大大咧咧地拉起錢恆的手，讓他的手挽住成瑤的腰：「你要這樣摟著你女朋友呀！」

錢恆的手在他的牽引下，輕輕觸到成瑤的腰側，他立刻抽回了手，下意識地道歉：「對不起。」

成瑤心無旁騖地笑了笑：「沒事啦。」然後她湊近錢恆，對著那男生揮了揮手又說了什麼。

然而錢恆已經聽不清成瑤到底說了什麼了，成瑤靠自己太近了，近到自己能聞到她桃子味的洗髮精，那種過分甜美的氣味。

有點好聞。

可惜就在錢恆準備繼續分辨那桃子味裡是不是還有別的味道時，那味道就消失了。

成瑤幾乎是蹦跳著跑到那小男生那裡拿回自己的手機看了看照片，道了謝，又臉帶歡喜地跑了回來。

「老闆，你的表情還是太嚴肅了啊，像是要去參加什麼國際會議似的。」成瑤一邊說著，一邊拿出手機想跟錢恆分享這個照片，結果她的話還沒說完，成瑤突然叫了一聲，「我的貝殼！」

一個海浪打來，眼看著就要把這些堆在沙灘上的貝殼捲走。這個浪實在有點強勁，成瑤本意想去搶救自己好不容易搜集到的貝殼，卻不料剛抓起貝殼，就被高高的浪花追趕著只能手忙腳亂地往回跑。

雖然她跑的挺快，可快不過浪，那浪花沖上了沙灘，激起的水花打濕了成瑤。

錢恆終於忍不住了：「妳是白痴嗎？」

成瑤有些狼狽，然而卻露齒一笑，她攤開手心，非常得意：「你看，我都搶救回來了。」

她的手心上是一把並不怎麼樣的貝殼，顏色有些暗淡，有些殘破，並不漂亮。

她的頭髮上帶著浪花的水珠，然而笑得單純又毫無陰霾，像是一支沾了露水盛開的玫瑰。

錢恆轉開視線，他脫下外套，當頭罩著扔給成瑤。

「欸？」

「穿上。」

成瑤提著錢恆的外套，一臉茫然：「可是老闆，我不冷啊。」她眨了眨眼睛，才恍然大悟道：「是不是你嫌熱，但是不想自己拿著？所以給我拿？」

「……白痴。」

這一次錢恆幾乎是咬牙切齒。

他望向不遠處的海面：「妳上衣的白襯衫濕了，太透。」

成瑤看了自己一眼，紅了臉，然後立刻從善如流地穿上錢恆的外套。

那穿在錢恆身上大小正好的外套，成瑤穿來，彷彿偷穿了大人衣服的小孩，她整個人像是陷進衣服裡，顯得年紀更小了。

穿上衣服，成瑤又恢復了活潑：「老闆，我們去那邊看看吧！」

她踮著腳尖探頭探腦地看向不遠處的嘉年華遊戲攤位，眼中充滿了渴望，錢恆沒說話，但亦步亦趨跟上成瑤蹦蹦跳跳的腳步。

一到了那些遊戲和小紀念品的攤位前，成瑤有些眼花繚亂之感，她目不暇給地拍著照挑揀著小禮品，一回頭，才發現自己的老闆不見了。

難道嫌棄這地方太無聊所以掉頭就走了？

成瑤放下手中的小東西，轉身想回頭找錢恆，結果剛走了沒幾步，就見錢恆竟然在不遠處一個小攤邊挑選著什麼，成瑤走近了，才發現他已經挑完付錢了。

這嘉年華上竟然還有能入得了五毒教教主錢恆法眼的東西？

「美女，這是給妳的找零。」

就在這時，成瑤被自己面前小禮品攤位店主叫住，她回頭收了零錢，再轉過身，錢恆已經不見了。

成瑤帶著好奇，走到錢恆剛離開的攤子前看了一眼，那竟然是一個賣貝殼的小攤，雖然攤子不起眼，但上面的貝殼卻都很漂亮，不少非常少見，形狀各式各樣的都有，有幾個挺夢幻的。

成瑤越看越喜歡，可惜數量有限，顯然錢恆剛才挑走了一大半，成瑤只能就著自己老闆的「殘羹冷炙」又挑了幾個合眼緣的貝殼。

結果等她買完貝殼走到另一個賣飾品的小攤上，剛才莫名消失不見的錢恆，倒是迤迤然地出現了。

成瑤正想開口控訴錢恆先自己一步把好看的貝殼都挑走了，就見錢恆丟了一袋東西給她。

那是一個破破爛爛的塑膠袋，像是從海灘上隨便撿來的。

成瑤滿懷疑惑地打開了塑膠袋——裡面是貝殼，各式各樣的，漂亮的貝殼。

成瑤眼尖，一眼認出了有好幾個就是剛才錢恆在那個貝殼小攤買的，但顯然，他又不知道在哪個別的貝殼攤再買了點，此刻成瑤提著這塑膠袋，竟然覺得有些沉甸甸的。

「老闆？」

錢恆卻看也沒看成瑤，只是惜字如金地蹦出了兩個字：「給妳。」

欸？

成瑤愣了愣，才意識過來，她看著這些漂亮的貝殼，忍不住笑起來：「謝……」

結果她的謝謝還沒說完，就被錢恆高貴冷豔地打斷了。

「妳自己剛才撿的算什麼貝殼？那麼醜，也好意思叫貝殼。」

不管怎麼說，成瑤還是很高興：「謝謝老闆買這麼多貝殼給我！」

錢恆瞥了成瑤手中的塑膠袋一眼，立刻否認：「不是買的。」

成瑤：？

錢恆轉開視線，在成瑤驚愕的視線裡臉部紅心不跳鎮定自若道：「我剛才海灘隨手撿的。」

嗯？睜眼說瞎話原來是這樣的？

成瑤滿心震驚，一時之間忘記要戳穿錢恆。

錢恆卻渾然不覺繼續高貴冷豔道：「大家都是人，這人和人的差別，真是很大，妳看看妳撿的，再看看我撿的。那麼醜的貝殼都撿，成瑤，妳真是太沒見過世面了。簡直令我失望！」

成瑤微妙地看著錢恆：「嗯……」

「以後不要為這麼醜的幾個破貝殼就衝到海邊去，萬一海浪大被捲走怎麼辦？」錢恆瞪了成瑤一眼，顯然還沒訓斥完畢，他冷冷道：「而且海灘邊最危險的還不是這種海浪，這些海浪大部分人還知道防備，最危險的是離岸流，根本不知不覺就被捲進海裡了。」

錢恆的話自然句句帶毒，然而成瑤卻已經對他的劇毒免疫了。

錢恆像是一隻河豚，而成瑤已經習慣了怎麼去處理那些帶毒的內臟，她像是個老練的廚師，能夠熟練地去除那些帶毒的部分，然後烹飪出鮮美的河豚湯。

雖然一派高貴冷豔的模樣，然而錢恆是在關心自己。

雖然對自己一臉嫌棄，然而錢恆特地買了貝殼。

雖然爆罵自己在唐兵一事上的處理，然而錢恆其實是擔心自己受傷害。

雖然不情不願，然而錢恆還是陪自己來了嘉年華……

成瑤看著手上的塑膠袋，不知道怎麼的就很想笑，賣貝殼的小攤自然都有自己店鋪Logo的包裝袋，錢恆為了不讓成瑤發現，也不知道從哪找來了這個這麼破爛的塑膠袋掩人耳目。

以他愛乾淨的老闆病，這可真是難為他了。

此時此刻，成瑤腦海裡只冒出這樣一行字——男默女淚，知名業界大拿竟為撒謊在海灘瘋狂撿垃圾袋……

想著想著，成瑤撲哧一聲就笑了出來。

錢恆自然莫名其妙，他皺了皺眉：「妳笑什麼？我在訓妳，妳還笑？」

看著錢恆那一本正經口是心非的模樣，成瑤卻怎麼也忍不住，想要緊緊抿著嘴唇，卻還是不自覺的嘴角上揚：「我……我剛才可能海風太冷，一下子把我嘴邊神經吹傷了，現在嘴角一陣陣抽搐呢！」成瑤也學著錢恆的樣子，睜眼說瞎話道：「老闆，我不是笑，我是嘴角抽筋了！」

「……」

不管怎麼說，錢恆沒有再追究成瑤在他訓話時「嬉皮笑臉」，兩個人在這一路小攤飯裡穿梭著晃蕩了下，便來到了嘉年華的小遊戲區，錢恆自然對這些幼稚的遊戲目不斜視，想要快速穿過，可成瑤卻被一個小遊戲吸引住注意力，她站在那遊戲攤面前挪不動腿了。

那是一個簡單的雙人合作打地鼠遊戲，遊戲並不難，一共四組一起參加比賽，準確率最高速度最快的那組獲勝。

「老闆，陪我玩這個吧！」

錢恆當機立斷無情地拒絕：「不行。」

「為什麼啊？」

「太幼稚了，不符合我事務所合夥人的身分。」

「……」

成瑤很想問，你一個事務所合夥人怎麼了？難道你是事務所合夥人你就不用吃飯喝水拉屎撒尿嗎？還是說尊貴的你拉屎撒尿這種不符合身分的事能外包啊？

但成瑤敢這麼直接嗆老闆嗎？必須不敢。

好在成瑤也有殺手鐧：「老闆，你說的，今天我提什麼要求，你都會答應。那我的要求就是你陪我玩這個打地鼠，而且必須贏！」成瑤晃了晃手機，「你別忘了，我有錄音證據的啊。」

可惜錢恆這傢伙一點契約精神也沒有，他冷笑一聲，然後無情地把成瑤從打地鼠的遊戲攤前就要拽走。

成瑤簡直氣急敗壞：「你背信棄義！你違約！你作為一個法律人，知法犯法，違背口頭協議！」

「我有錢，我願意違約賠償。」錢恆臉不紅心不跳地不講信用道：「何況妳應該感謝我這種違背契約的人，要不是有我這樣知法犯法的人，妳以為妳哪裡來的工作崗位？要是人人都守法了，妳就失業了。」

「……」

這是哪門子的強詞奪理！

「換個別的要求，都滿足妳。」

成瑤只能苦苦哀求：「可我就想要這個！」她看了遊戲攤位前的獎品一眼，「我就想要這個超大型皮卡丘玩偶啊！」

錢恆這才注意到遊戲攤位上擺放的幾隻巨型皮卡丘，這幾隻皮卡丘不同於平日裡的皮卡丘造型，戴著噴火龍的頭套，看起來確實挺可愛。

「回去我買十隻給妳。」

「買不到的！」成瑤傷心道：「這個型號的噴火龍皮卡丘在國內是限量發行的，網路上根本買不到正版，都是那些品質很差的盜版……」

對於說服錢恆，成瑤已經絕望了，她這位尊貴的老闆，對於自己的形象幾乎是兩百萬分的注意，能紆尊來這種嘉年華已經是奇跡了，想讓他陪自己玩這種幼稚的遊戲，恐怕是僅次於彗星撞地球的機率。

雖然內心依依不捨，但成瑤也接受了這種設定，她又望了那隻巨型皮卡丘幾眼，然後才邁開步伐往前走。

結果倒是她的老闆冷冷地喊住她：「妳去哪？」錢恆言簡意賅地下指令，「回來。」

「回來幹嘛？」

成瑤心裡挺委屈，不是你不讓我待著嗎？怎麼還不讓我走了？難道要我痛苦地得不到還看著眼紅心碎嗎？

「回來打地鼠。」

成瑤一時間有些茫然，她幻聽了嗎？回來打地鼠？

錢恆皺了皺眉：「給妳十秒鐘過來打地鼠，逾期這個合約作廢。」

錢恆的表情看起來有些不耐煩，然而不知是不是太陽有點大，曬的他有點熱，成瑤發現，錢恆的耳朵微微有些泛紅。

成瑤愣了愣，也顧不上其他了，趕緊跑了回來：「我來！我來！」

嘉年華人流量大，打地鼠遊戲吸引不少情侶，成瑤趕緊跟著錢恆排進了隊伍裡，等了片刻便輪到他們。

四對雙人組合，就這麼開始打地鼠比拼。

成瑤對玩這種遊戲駕輕就熟，打地鼠時簡直是神級操作，狠準穩，可惜錢恆就稱得上是豬隊友了，顯然因為從前沒玩過這種遊戲，錢恆對突然冒出頭的「地鼠」總是措手不及，等他反應過來，「地鼠」都溜了！

第一次沒打中的時候，成瑤還礙於錢恆的老闆身分，不敢說什麼，但隨著遊戲深入，錢恆一次又一次打錯或者錯失的時候，成瑤終於坐不住了。

她一邊忙著打著自己這邊的地鼠，一邊不斷用餘光監督著錢恆。

結果越監督越氣。

「左二！左二！左二啊！你在看什麼地方？好好打遊戲，不要分心！」

「右邊！右邊那邊！我靠！你吃早飯了嗎？你是怎麼回事？那個都打不中？」

對於不斷錯過的地鼠，成瑤簡直想要咆哮：「中間那個！中間！打中間！你的手眼協調性呢？你這個打地鼠的水準，連小學生都不如啊！如果用打地鼠來測智力，你這個水準，絕對是弱智無疑了！」

一場比賽，除了前半場成瑤尚有理智端著，下半場她澈底忘記了錢恆的身分，咆哮了起來放飛了自我。

直到這一局不出預料的輸了，成瑤才恍然想起來，今天和自己一起打遊戲的，可不是秦沁這類損友，而是……而是她黑著臉的老闆……

電子競技沒有愛情，打地鼠也同樣沒有同事情……

錢恆緊緊抿著嘴唇，一張英俊的臉上，寫滿了山雨欲來。

成瑤結結巴巴：「不是，老闆，我不是那個意思，你聽我解釋……」

錢恆沒說話，只是惡狠狠地看著旁邊那對贏得這場遊戲勝利正在抱走大隻皮卡丘的情侶。

然後他終於分了點目光給成瑤，錢恆咬牙切齒道：「再來。」

成瑤：？

成瑤還沒反應過來，就被錢恆重新拽進了打地鼠遊戲的隊伍裡。

雖然很感動老闆越戰越勇的鬥志，但很可惜，新的一局，錢恆雖然進步了些，可還是不敵一起參賽的一對高中情侶，敗了。

成瑤看著那對高中生又抱走一隻皮卡丘，羨慕到不行，然而此刻她的內心已經平靜了下來。錢恆能陪著她打兩局打地鼠，她已經非常感激。錢恆就算這個時候拖她走，她也毫無怨言了。

然而沒想到，錢恆不僅沒拖她走，反而是把她拉住了。

「我錢恆的字典裡沒有輸這個詞。」她的老闆擰了擰眉心，「再來！」

可惜很多事，光有戰鬥的態度是不夠的……錢恆又輸了一局……

「繼續！」

可惜錢恆是屬於越挫越勇型的，明知山有虎偏向虎山行。

成瑤萬萬沒想到，最後，竟然變成了自己陪錢恆打地鼠……

或許萬事萬物都是質量守恆的，錢恆在法律專業方面幾乎遇神殺神遇佛殺佛，可到底人無完人，他在這種小遊戲方面，竟然是白痴！

然而這位白痴朋友倒是很堅強，成瑤分出心看了身邊的錢恆一眼，見他正一臉猶如面對疑難雜案時如臨大敵的嚴肅表情，努力地敲擊著不斷冒出頭的地鼠，可惜手眼不太協調，顧上左邊的就忘記右邊。

平日裡成天高貴冷豔無往不勝的錢恆，竟然在打地鼠面前，露出了深深的絕望、挫敗和無助……

又一局結束，毫無懸念的，錢恆和成瑤這一組，又輸了。

「老闆，要不然算了吧……」

按照錢恆這樣子，再打個十局，恐怕也贏不了，還不如早點放棄。

結果錢恆十分堅持：「不行，必須贏。」他瞪了成瑤一眼，「我用妳的年終獎金命令你，必須陪我贏了才行。」

成瑤簡直想咆哮，老哥，我的年終獎金到底得罪你哪裡了？

成瑤忍了忍，終於忍不住：「老闆，律協聯誼會那次，你還記得你坐在船頭是怎麼說的嗎？」

「什麼？」

「你說，有時候真想體會一下輸的感覺。」成瑤破釜沉舟道：「你看，你現在不是體會到了嗎？難得有機會體會一把輸，你就不要糾結著想贏了，雖然輸是很沒面子，但這就是人生，有時候放棄掙扎，是一種美德！」

「成瑤，那我要扣妳年終獎金的時候，妳放棄掙扎了嗎？」

「……」

錢恆冷哼一聲：「再來。」

大概因為錢恆的目標是贏，隨著一局一局遊戲的開始，他絲毫沒有沉浸在遊戲中的感覺，反而有一種攻克升學考模擬題幹翻考試的態度。

一共打了二十八局。

在第二十九局的時候，因為同組參賽的都是弱雞，錢恆終於喜提冠軍。

「兩位，這是你們的獎品皮卡丘。謝謝惠顧，祝你們今天玩得開心哦。」打地鼠遊戲攤的服務生非常貼心地把皮卡丘拿給錢恆。

成瑤對這意外之喜有些手粗無措起來，她沒想到，雖然過程曲折了點，但自己竟然真的拿到這個皮卡丘了。

偏執了這麼久，然而錢恆對終於贏得比賽卻表現的十分淡然，並沒有太多興奮的感覺，反而是看到這個巨大的皮卡丘，他臉上露出了鬆了口氣終於達成了的表情。只是成瑤再仔細一看，錢恆又恢復成平日裡的高冷撲克臉，讓成瑤禁不住懷疑剛才自己是不是產生了錯覺。

面對服務生抱著的大型皮卡丘，錢恆卻雙手插在褲袋裡，微微抬了抬下巴：「給她。」

這操作，讓服務生愣愣地開了口：「先生，這個皮卡丘很大也挺重的，還是您幫您女朋友提著比較適合。」

錢恆面無表情道：「我不是她男朋友。」

服務生顯然誤解了，她微微笑了下，對錢恆擠眉弄眼輕聲道：「那這個皮卡丘更要你來提了，會男友力爆表的！你要是這麼一路提著帶她玩下來，回去就變成你女朋友了！」

「……」

成瑤很想吶喊，喂，這位服務生，我還年輕，我還沒耳背，我都聽到了啊！

「小彭，快過來幫忙！」

「欸！好的！」

就在成瑤準備澄清之際，服務生就被同事匆忙叫走了，她離開前又對錢恆笑了笑，然後不容分說地就把大皮卡丘塞進他的懷裡。

錢恆一臉性冷淡精英樣，皺著個眉捧著皮卡丘，這反差實在有點大，配上他身高腿長顏正的外表，竟然意外的挺戳人，別說周遭那些年輕女孩，就連成瑤都忍不住多看錢恆好幾眼。

但偷看歸偷看，成瑤還是很識相的，讓教主幫自己抱皮卡丘？自己是嫌命太長嗎？

「謝謝老闆！老闆辛苦了！老闆我自己來拿！」

成瑤一邊說一邊把錢恆手裡的皮卡丘往自己懷裡帶，然而她沒料到，如服務生所言，這皮卡丘非常重，幾乎是剛抱進懷裡，成瑤就因為懷中的重量措手不及地趔趄了兩步。她只能重新提了口氣，然後憋著力氣，把懷中的皮卡丘緊了緊。然而這隻皮卡丘實在太大了，成瑤這時才發現自己的手臂根本不夠長到能環抱住它，毛茸茸的皮卡丘在她的懷裡不斷隨著步伐往下掉，每走幾步，成瑤就不得不停下重新整一整皮卡丘的位置，抱緊。饒是這樣，這沉甸甸的重量，也讓她有些吃力。

然而就在她停下又一次休息的時候，有一雙手過來輕而易舉地抄走她懷裡的皮卡丘。

錢恆高大的身軀站在她的面前，他太高了，這隻幾乎把成瑤完全遮蓋住的皮卡丘，抱在錢恆手裡，竟然襯得有些嬌小……

氣質完全和皮卡丘完全不符的錢恆，就這麼一隻手輕鬆地提著大皮卡丘，一張臉上仍舊英俊而面無表情，他瞥了成瑤一眼，然後垂下目光。

「皮卡丘是我贏的。是我贏了的證據和紀念品。」錢恆並沒有看成瑤，聲音在海風和海浪聲中變得有些虛幻，除了耳尖有些發紅，他竟然理直氣壯大言不慚地對成瑤道：「所以歸我了。」

成瑤：？

就這樣，在成瑤的目瞪口呆中，錢恆一隻手插在西褲口袋裡，一隻手就這麼抱著成瑤心愛的皮卡丘氣定神閒地走了……了……

搶走別人的皮卡丘，都這麼理直氣壯的？這他媽是搶劫罪啊！

而且明明剛才還顧忌著形象，服務生把皮卡丘丟懷裡時澈底黑臉的錢恆，怎麼突然對皮卡丘燃起了愛意？這是什麼急轉彎一般的劇情啊！

成瑤此刻望著錢恆抱著皮卡丘那穩健的身姿，想起自己垂涎已久的皮卡丘，心裡只絕望閃過一句話——你為什麼瘋狂打轉向，留我一個人在原地哭暈！

不管怎麼說，因為被錢恆橫刀奪愛搶走了皮卡丘，成瑤倒反而走路輕鬆了起來，她一路走一路玩，錢恆就一路抱著皮卡丘繃著張臉跟在她的身後。

「老闆，我去下廁所！」

成瑤和錢恆打過招呼後就飛奔去嘉年華的廁所，然而女廁所排隊實在太長了，等成瑤出來，才發現錢恆不在原地了。

好在因為抱著個大隻皮卡丘，錢恆相當顯眼，成瑤四處一轉，立刻在不遠處樹蔭下一個休息區定位到對方。

休息區有挺多人，已經沒有空座位了，然而站著的空間還有很多，但此刻的錢恆竟然不是一個人，他的身邊還站了個高中模樣的小男生。錢恆維持著單手抱皮卡丘的姿勢，正表情冷酷地和對方說著什麼。

成瑤想要走過去，卻被休息區其餘穿來穿去的人擋住了，但這個距離，足夠她聽清他們的對話了。

「哥哥，求求你了，你能不能把這個皮卡丘賣給我。多少錢都可以的。」那個高中小男生長得挺可愛，一張臉上寫滿了懇求，「打地鼠遊戲那邊的勝利獎品已經送完了，沒有別的皮卡丘了，可我喜歡的女生特別想要這個皮卡丘，一聽說沒有了，她都快哭了。」

「能不能求求你，把這個皮卡丘賣給我吧，真的感激不盡了！」小男生討好道：「真的，哥哥，你長得又高又帥，我一看你就特別面善，覺得我們很有緣，你一定是個好心人，一定會……」

可惜小男孩準備繼續措辭恭維之際，錢恆冷冷地吐出了兩個字。

「不行。」

小男孩愣了愣，看了不遠處正一臉期待地看著他的女孩一眼，鼓起勇氣再接再厲道：「哥哥，真的，如果你能讓給我，你就等於是我和我女朋友的大媒人了，我們一定對你感激不盡，以後結了婚請你喝喜酒，我們要不要留個聯絡方式……」

看得出來，小男孩的心裡一直記掛著自己喜歡的女孩，雖然行為有些稚嫩，但眼神和言辭確實都很誠懇。

少年情懷總是詩。就算是對這隻皮卡丘有很深執念的成瑤，捫心自問，面對這種場景，或許也不好意思就此拒絕，很可能會忍痛割愛，成全一對小情侶的誕生。

可惜錢恆從來不按套路出牌。

他冷冷地掃了小男生一眼：「你高幾了？」

「高三了。」

「哦。那你模擬考幾分？」

小男生完全摸不清錢恆的套路，愣愣地回答了一個數字。

成瑤看著錢恆臉上熟悉的表情，就知道這位小男生將要遭受怎樣無情的暴風雨……

果然──

「你模擬考這個分數，別說大學，連大專都上不了，你還想著談戀愛？你要買的不是皮卡丘，而是模擬試題。」錢恆冷哼一聲，根本不給小男生爭辯的機會，「別和我說要珍惜現在的青春，抓住機會在一起，不要錯過這種話。是，你現在是能在一起，但是你最高學歷高中，畢業就是失業，買不起房買不起車買不了包，去不了高檔餐廳也沒辦法購物，就算弄一個真的皮卡丘給她，除了充電能幹嘛？能吃嗎？她會和你在一起？」

「……」

錢恆無情地總結道：「好好念書。」

小男生都快被打擊哭了，他臉上寫滿了失望和挫敗，垂頭喪氣地準備往回走。

然而就在這時，錢恆叫住他。

「這個給你。」

小男孩轉頭，有些愕然地看向錢恆手裡的一張卡券。

錢恆有些不自然：「這個，洲際酒店的自助晚餐券，雙人的，你拿去。」

「為、為什麼？」

「請你那個小女朋友一起去吃。」錢恆抿了抿唇，「總之，皮卡丘不能給你。」

「好好讀書是必須的，如果能好好讀書，那喜歡的女生，也不是不能現在追。」錢恆想了想，又補充了一句，「一定要好好讀書，知道嗎？」

那男孩子的眼睛一下子亮了起來，他彷彿看到了希望般又一次看了錢恆手裡的皮卡丘一眼：「謝謝哥哥！我會好好讀書的，但是這個皮卡丘，真的不能給我嗎？」

「想也別想。」錢恆冷冷道：「因為我也要送給別人。」

小男孩挺大膽：「送給誰呀？是漂亮的姐姐嗎？」

成瑤本以為錢恆不會回答的，然而他對小孩子，雖然仍舊那副冷淡的模樣，但竟然是十分有耐心的。

他回答了。

「嗯，挺漂亮的。」

成瑤豎起了耳朵。

有情況！難道錢恆戀愛了？難道五毒神教，要迎來新的教主夫人了？快問！快繼續問！

小男孩彷彿聽到了成瑤內心的呼喊，他繼續道：「身材好嗎？」

錢恆哼了聲：「很好。」

「那她人怎麼樣？」

「是個白痴。」

「……」

「你喜歡她嗎？」

「不喜歡。」

「……」

這之後，錢恆和小男生還說了些什麼，然而因為距離外加周邊人聊天的聲音交雜，成瑤沒再聽清了。

然而光是這些有限的資訊，已經足夠令成瑤震驚了。

雖然錢恆嘴上不承認，但一路抱著個皮卡丘心心念念要送人，這不就是對對方有點意思嗎？

劇毒如錢恆，竟然有喜歡的人了！

這……這……這是重大號外，這是五毒教裡最勁爆的消息！

她下意識點開了聊天群組，找到只有包銳、譚穎和自己三個人的「富貴榮華組合」，發表了自己的最新發現——

『驚天八卦！錢Par有了心儀對象！』

成瑤幾乎剛傳完訊息，錢恆就回頭看到了她，不知道什麼時候，他身邊的小男生已經走了，只留下錢恆繼續一個人抱著大皮卡丘。

成瑤佯裝什麼都不知道的模樣狗腿道：「欸，老闆，女廁所人太多了，我剛出來，接下來我們去哪裡？」

錢恆冷冷道：「去吃飯。」

等成瑤終於吃完飯有空再打開聊天群組的時候，才發現自己剛才這麼一則簡單的訊息，這三個人的組群，竟然已經炸出了三十個人的效果。

包銳：『我的天啊我的天啊我的天啊，我竟然活著看到這一天了，我簡直老淚縱橫熱淚盈眶涕淚交加，就像是老父親要嫁兒子了啊！』

譚穎：『快！八卦！說！是誰？我們認識嗎？多大了？什麼背景？什麼學歷？家裡有

錢嗎？長得怎麼樣？錢 Par 的未來丈母娘難相處嗎？』

包銳：『等等，你們說會不會是我們的哪個客戶？』

譚穎：『這不行啊，我們律師不能和自己的客戶發生這種事啊，太違背職業道德了！而且我們的客戶女的基本都是已婚的啊！想不到錢 Par 竟然如此刺激！已婚少婦和禁欲律師！啊啊啊啊！我的腦海裡飆車超速，我不行了，警察叔叔救我！』

包銳：『不不，等一下，先別激動，冷靜一下，首先，要確定一下，是男的還是女的？我總覺得不一定是女客戶……』

譚穎：『如果是男客戶的話，我覺得上次那個保險糾紛案的當事人王凱瑞挺可疑的啊，至少他對我們錢 Par 肯定有點意思，我見他好幾次盯著錢 Par 挺翹的屁股看出神了！』

包銳：『不是吧，我還以為他喜歡我呢？他也盯著我挺翹的屁股色瞇瞇地看了好久呢！』

譚穎：『你的屁股哪裡挺翹了？你和錢 Par 的屁股比就是平板電腦！』

包銳：『好啊，被我抓到了，原來妳老是盯著我和錢 Par 的屁股看！』

譚穎：『別歪樓，先關注錢 Par 好嗎？我們錢 Par，終於動凡心了，對象到底是誰？竟然能打動錢 Par，想必也不是等閒之輩！』

包銳：『成瑤？成瑤人呢？八卦說一半，太不道德了！』

後面兩個人還洋洋灑灑聊了一堆，成瑤來不及看，只能趁著錢恆不注意，飛速地回了幾句。

成瑤：『漂亮！身材好！但是應該不太聰明！』

包銳：『傻白甜啊？』

譚穎：『原來我沒被錢Par看上，是因為我太聰明了！傷感！』

包銳：『為什麼說不太聰明？妳見到人了？』

成瑤：『沒見到，但是錢Par說她是個白痴！』

譚穎：『這不作數……在錢Par眼裡，百分之九十九的人都是白痴……』

包銳：『我倒是覺得，漂亮身材好，卻選擇和我們這麼劇毒的錢Par在一起，可能真的是白痴。』

成瑤看到這裡，也忍不住笑了起來。

確實，在錢恆眼裡，恐怕大部分人不是弱雞就是白痴，自己不是也剛被罵白痴嗎？

其實剛才成瑤的心情並不是如此輕鬆的，聽到錢恆有心儀的人了，成瑤一時之間不知怎麼的，心裡百感交集，又是驚愕，又是迷茫，還有一絲道不明說不清的複雜情緒。

「妳在聊什麼？笑成這樣？」

然而就在成瑤思緒紛飛之際，錢恆卻冷冷地喚回了她的注意力。

從吃飯開始，錢恆就發現了，成瑤心不在焉，她吃著吃著，就看手機一眼，那螢幕上不斷閃過訊息提示。看得出來，成瑤十分想去看，但礙於自己在場，她只好硬生生忍住了。然而一吃完飯，她果然就迫不及待地拿起手機。

雖然飯後看手機再正常不過，但錢恆不知道為什麼，非常不滿。他想，在自己這樣優秀的人面前，成瑤竟然膽敢這麼大張旗鼓地心不在焉？誰批准的？

錢恆移開目光，裝作不經意般問道：「是客戶嗎？」

成瑤卻一點也不知道錢恆微妙的心思，她放下手機，解釋道：「不是客戶，就是和包銳還有譚穎隨便聊幾句。」

「哦。」

錢恆說完，也沒再過問，低頭拿起手機，也開始傳什麼東西。

結果沒過多久，「富貴榮華組合」的群組裡，就傳來了包銳和譚穎同時的哀嚎——

包銳：『媽啊！蒼天！錢Par剛才突然對我說，「你的工作量可能不夠飽和」，然後安排了一堆事！最近我們辦公大樓附近那個CBD剛開了間新的酒吧，我本來今晚要去的！現在只能加班！』

譚穎：『我也遭到了錢Par的炮火攻擊……血槽空了！潛了，掰掰！』

這之後，群組裡果然恢復安靜……

成瑤抬頭看了此刻雲淡風輕的錢恆一眼，頓時只想瑟瑟發抖，老闆心海底針，也不知道包銳和譚穎怎麼觸到了錢恆的逆鱗，難道就因為自己提起他們的名字嗎……

成瑤看了眼前的正襟危坐的錢恆一眼，他的樣子一如既往的端莊威嚴，只可惜因為身邊擺著個超大的皮卡丘，這喜劇般的反差效果實在是讓人有些捧腹。

吃完了飯，成瑤準備去玩此次嘉年華她最期待的部分——海上摩天輪！

此次嘉年華的宣傳噱頭就是這個海上摩天輪，採用的是全透明三百六十度無死角的景觀轎廂，可以俯瞰整個B市的海景。

這個設施果然人氣很高，排隊隊伍人頭攢動，成瑤拉著錢恆排到了隊尾。

「妳喜歡這種設施？」錢恆望著長長的隊伍，臉上露出了匪夷所思無法理解的表情，「就為了這麼無聊地坐上去轉一圈就下來，要排這麼久的隊？雖然沒我貴，但妳可是個律師，妳的時間就這麼不值錢？」

「可人這一輩子，本來就有很多時間是虛度的啊。」成瑤有些不服氣，「誰能保證自己每分鐘都在賺錢？何況人生本來就有很多開心的時刻，就是這樣無所事事的啊。不然你現在回想一下，就這一週吧，這一週裡你印象最深刻的一個時刻是什麼時候？難道是你賺錢工作的時候嗎？」

面對這個問題，錢恆也有一瞬間的愣神，他下意識認真地回想了下，發現這一週以來自己印象最深的時刻，真的不是任何工作的時刻。

而是……而是一些細碎且毫無意義的瞬間。

成瑤望著那隻大皮卡丘眼睛裡放光的時候、成瑤被唐兵騷擾而神色憤怒的時候、成瑤眼淚汪汪感激自己的時候，還有此時此刻，成瑤一雙圓溜溜的黑眼睛認真盯著自己的時候……

錢恆見鬼似地看了眼前的成瑤一眼，覺得自己可能是被海風吹壞了腦子。

成瑤渾然不覺，她看了眼前的隊伍一眼：「欸欸，快到我們了！」

成瑤迫不及待地鑽進了全透明的摩天輪轎廂，錢恆雖然一臉心不甘情不願，但最終還是帶著他的大皮卡丘一起上了摩天輪。

隨著摩天輪緩緩上升，成瑤幾乎整個人都貼到了透明的轎廂上去，這是她第一次以這樣的視角看海，滿心歡喜溢於言表。

她看看外邊，又看看錢恆，十分興奮：「其實這是我第一次坐摩天輪！」

真是……竟然連摩天輪都沒坐過，錢恆都有些同情成瑤了：「妳工作之前，都在幹什麼？遊樂場都沒去過嗎？」

「我在認真讀書嘛。」成瑤笑笑，「你知道我姐姐成惜的呀，她成績很好，我不如她聰明，考試一直都是中上，我爸媽習慣拿我姐姐當對照物，覺得我成績挺差的，在考試成績達到我姐姐那個水準之前，我都是不能出去玩的。」

雖然成瑤語氣非常輕鬆，言語之間也沒有對父母和成惜的抱怨，但錢恆沒來由的覺得她以前是難過過的。

身邊有一個永遠比自己優秀的姐姐，有永遠不自覺就將兩人對比的父母，成瑤的青春期，或許並不怎麼快樂恣意。

這麼一想，突然覺得成瑤對這麼簡陋的嘉年華都如此激動，也就可以理解了。

「下次所裡員旅，去大阪。」

對這突然轉變的話題，成瑤有點茫然：「欸？」

錢恆抿了抿唇，撇開視線看向透視轎廂外的海景：「大阪有環球影城。」

「嗯？」

「環球影城比這個嘉年華好玩。」錢恆頓了頓，又補充了一句，「好玩很多。」

成瑤一聽比嘉年華還好玩的環球影城，眼睛忍不住亮了：「真的嗎？下次員旅！我聽包銳說每年五月的時候員旅，但是今年我入職的時候已經錯過了，所以是要等到明年了嗎？」

錢恆用手輕掩著嘴，咳了咳：「今年收益還不錯，正在考慮再加一次員工旅遊。」

要不是在摩天輪裡，成瑤差點高興地跳起來了。這是什麼神仙事務所啊！竟然因為收益高，一年能有兩次員旅！還能去國外！

不過成瑤又想起了什麼：「可是老闆，大阪環球影城，你說好玩，是因為已經去過了嗎？如果你已經去過了，又要你去一次的話，會不會有點無聊？要不然換地方也行？」成瑤有些不好意思，「不用為了我沒見過世面就去的。」

「妳想多了。」錢恆繼續看向透視轎廂外的海景，臉色淡然地冷冷道：「是因為包銳一直喊著想去，都喊了幾年了。今年他工作成績很不錯，我想著是時候獎勵他一下了。」

成瑤這麼一聽，也安心下來。

錢恆作為首富的兒子，從小別人還在市內旅遊的時候他就開始了國外旅遊。他去過大阪環球影城，一點也不意外，如果是哪裡他沒去過，那才是叫人跌破眼鏡。但雖然他去過了，君恆資深老員工包銳還沒去過，那決定去大阪環球影城，成瑤也就覺得理所當然了。畢竟包銳可是五毒教的大護法！

雖然錢恆只說了考慮再加一次員旅，但成瑤已經興奮地嘰嘰喳喳說了一堆，日本怎麼樣，是不是真的超級乾淨，所有人都超級講秩序做什麼事都排隊嗎，日本的和菓子是不是特別好吃，日本的米其林是不是特別多，日本哪些景點特別好玩，奈良的鹿是不是特別可愛，日本的牛郎是不是收費很貴……

成瑤一連問了N個問題，直把錢恆問得皺了眉頭。

「成瑤，再問扣妳薪水。」錢恆冷冷地瞥了成瑤一眼，示意對方安靜。

成瑤只好識相地閉上了嘴，然而最初的興奮激動稍稍冷靜，她看向透視轎廂外，才發現摩天輪此刻已經升高到半空中。而也是這時，成瑤才感覺自己有些頭暈目眩……

透明轎廂越升越高，而成瑤的這種噁心頭暈的感覺也越來越明顯了。全透視的玻璃面，讓人能更方便地觀賞海景，然而也讓人能更直觀的感受到在高空的真實感。

成瑤並不是沒有去過高層公寓，然而每次去的時候她並不會刻意站在窗邊往樓下望，所以從來不知道自己面對如此高的距離，竟然會產生這樣劇烈的不良反應。

摩天輪的轉動雖然緩慢，但還是一點點升高了，成瑤幾乎不敢去看轎廂外面，然而剛才映入眼簾的那種高空感，還是讓她有一些窒息。她覺得自己彷彿站在高聳的懸崖邊，隨時面臨著墜落深淵屍骨無存。

在歡天喜地上這個摩天輪之前，成瑤怎麼都沒料到，自己懼高。

然而現在說什麼也沒用了，上都上了，不論怎樣都要等摩天輪轉完一圈才能下去了。

平日裡沒坐過摩天輪的成瑤一直幻想能在摩天輪裡慢悠悠地看窗外景致，然而現在的每一秒，她不僅不覺得是享受，反而分秒受罪。

即便努力轉移注意力，不去看透視轎廂外的高空，不去俯視那些變得很低矮的地面建築，可成瑤還是害怕，她下意識的用手緊緊攥著自己的裙子，表情恐懼而如臨大敵。

在摩天輪裡的每一分每一秒，變得極為漫長。

而錢恆，自剛才起，他突然接到一個客戶的電話，因為摩天輪裡訊號不好，他不得不起身站到成瑤身側接聽。

成瑤此刻早已經沒有任何閒暇去關注錢恆的動靜，她忙著做心理建設，明明想閉上眼，然而顧忌著和老闆在一起，直接閉上眼實在是太不禮貌了。

就在她糾結掙扎又眩暈之際，她的身後，響起錢恆的聲音。

「閉上眼睛。」

「欸？」

錢恆皺了皺眉，看了成瑤那張慘白慘白的臉一眼，不得不直接下了命令：「閉上。」

這一次，成瑤終於從善如流地閉上了眼。然而自己身在高空的認知，以及剛才映入腦海中的高空印象和恐懼，還是盤旋在成瑤的心中。

「日本的話，通常旅遊會選擇的兩個地區不是關東就是關西。我比較喜歡關西，因為京都、大阪、神戶、奈良，這些有日本古典韻味的城市都在關西一帶。」

「京都是我非常喜歡的城市，古樸，不一定要去熱門景點。京都就算是路上，都有很多小神社，光是從外邊看就非常有意境。當然這些小神社也不能隨便進，因為很多當地人會在小神社裡舉辦婚禮或者祭祀之類的活動，在不瞭解的情況下肆意闖進去不太禮貌。」

錢恆講起這些來，語氣還是一如既往冷冰冰的，一點不像是在和人分享或者交流，反而像是有板有眼的介紹，然而成瑤卻沒來由的覺得他的聲音十分溫暖。

明明剛才還對成瑤這些問題嗤之以鼻不屑一顧，現在竟然如此細緻地講起來。

「日本尤其是京都有非常多的米其林餐廳，大部分米其林三星甚至二星餐廳都非常紅，很多需要提前三個月預訂才有可能有席位。去日本的話，懷石料理確實有必要嘗試，另外神戶牛肉也是很讓人讚不絕口的。」

而也正因為他不斷的講解，成瑤被恰如其分的分散掉了剛才掙扎在恐高裡的情緒。

「奈良的鹿很親人，但是一旦妳帶著鹿仙貝，那些鹿就很容易變得很凶，妳要先餵飽它們才行，去奈良最好的時間是櫻花季。櫻花開的時候，春日大社的兩側全是像雲霞一樣的櫻花……」

雖然閉著眼，即使錢恆的講解其實並沒有太多描述性的形容，然而一如他往日風格般言簡意賅的幾句話，不知怎麼的，成瑤的眼前卻鋪展開了春日櫻花漫天遮蓋住前路的畫面。她忘記自己正身處在高空的摩天輪裡，腦海裡完全被錢恆的話帶著走入日本的春天裡。

不得不說，錢恆的記憶力真的是極好的，成瑤剛才沒頭沒腦胡亂問的一連串問題，他竟然在那麼短的時間裡都悉數記下了，如今就按照這順序給成瑤一一解答。

如同錢恆回答任何客戶的法律諮詢一般，他回答成瑤這些關於日本的小兒科問題，自然也全程流暢無間斷。

只是這種流暢，在某個問題上突然卡住了……

「至於日本的牛郎……」錢恆頓住了，然後成瑤聽到他微微提高了聲音，興師問罪道，「成瑤，妳一天到晚都在想什麼黃色東西？」

「沒……沒，我沒有啊……」成瑤趕緊解釋，「不是都說日本好多牛郎賣藝不賣身嗎？我就……我就有點好奇想問問你知不知道……感覺你什麼都懂的樣子。」

「我怎麼會知道？」錢恆鼻孔裡出氣憤憤道：「我這麼品行高潔的一個人，怎麼會瞭解牛郎的行情？」

「我讓妳開賓利妳就給我開時速十公里，腦袋裡倒是車速挺快？還牛郎？怎麼？妳問我瞭解到了行情，要是便宜妳還要去消費一下？」錢恆冷哼道：「年輕人，思想不要那麼危險，少想點這種不健康的事。要是去日本員旅妳被我發現去日本的風俗一條街晃蕩，妳就完蛋了。」

「……」

而因為話題的帶偏，接下來的時間裡，錢恆對成瑤進行了長達十分鐘的心理健康教育。

「行了，回去以後寫份檢討報告。」

最終，霸權主義老闆錢恆就這麼言簡意賅地下了指令。

就在成瑤內心腹誹之際，錢恆冷冷的聲音又一次響了起來。

「睜眼吧。」

成瑤睜開眼，這才發現，不知不覺間，摩天輪已經回到地面，她竟然已經在高空中旋轉了一圈。而本以為會很漫長痛苦的恐高之旅，也因為關注著錢恆的話，直接被忽略了，就這麼安安穩穩地回到了地面。

成瑤這下終於可以睜眼看到自己老闆臉上的神色了。

錢恆抿著嘴唇，好看的眉形微微皺著，他也看向了成瑤。

因為工作原因，平日裡經常需要面對客戶的諮詢，在法庭上也需要對對方代理人的辯護詞進行反駁，常常要進行的是法律普及和解釋的工作。因而在工作以外，錢恆對一切科普性質的講解，都非常反感。讓一個人不論工作還是生活中都從事同樣的事，不論那個人是誰，都是會厭倦的。

錢恆自己也沒想通，為什麼在摩天輪上跟成瑤講了那麼久日本和日本的景點，他想了想，覺得自己大概可能確實是想去日本旅遊了。

了。

嗯，那就再加一次員旅，去日本吧。

如此愉快地決定好後，錢恆才提著大皮卡丘，在成瑤的目瞪口呆中，雲淡風輕地走了。

最後，成瑤終於把這個海灘臨時嘉年華大部分遊樂設施都一一遊玩拔了草，而錢恆雖然一路抱著皮卡丘帶著嫌棄的表情，但最終也還是不情不願地和成瑤一起玩了一輪。

只是他對這皮卡丘未免太上心了點，不管成瑤怎麼主動請纓，他也一絲一毫沒有放開，這麼重這麼大毛茸茸的一隻玩偶，就這麼一路抱著不鬆手，甚至為了怕托運把皮卡丘壓壞了弄髒了，錢恆竟然還單獨為這皮卡丘買了個超大號的新行李箱……

這不禁讓成瑤看著自己久經風霜的行李箱感慨，自己活得粗糙，感覺竟然還不如這個皮卡丘。做人不如做玩偶……

但不論怎麼說，當飛往A市的飛機起飛，成瑤坐在靠窗的位子，看向窗外越發變小的B市，只覺得這一行十分圓滿。

即便有唐兵這可老鼠屎般的存在，但第一次看海；雖然懼高，第一次恐怕也是人生最後一次坐高空海景摩天輪；盡興地打了地鼠；吃了各種各樣的小吃；為老闆贏得一隻限量發行的皮卡丘……

飛機起飛時，錢恆更是為她帶來了一個好消息。

白星萌一案，君恆勝訴了，法院查明了事實真相，下了判決，白星萌必須按照合約繼續支付君恆律師費，消除對君恆聲譽造成的影響，並進行賠償；同時，包銳代理的成瑤被網友網路暴力誹謗侵權一案，也出了訴訟結果，帶頭肉搜和辱罵的幾個網友，不僅需要公開賠禮道歉，還需要各自按照情節嚴重程度向成瑤支付五千到三萬不等的賠償金。

「正義可能會遲到，但不會缺席。」錢恆微微笑了，「這句話雖然我一直覺得很老土，但很有道理。」

成瑤的內心也充滿了激動和感恩，她想了想：「當初白星萌向我們潑了那麼髒水，現在法院的判決事實勝於雄辯，等生效後，我們是不是就能直接用官方帳號公開，狠狠打一打她的臉？讓大家看看，當初到底是誰說了謊。」

「再等等。」錢恆卻並不急，「再等一個星期公開，會有驚喜。」

成瑤雖然並不明白，但她想，錢恆說的話，一定有道理！

不管怎麼說，如今這個結局，她已經十分滿足。

是的，正義可能會遲到，但不會缺席。舉起法律武器，用正當的手法維護自己，終將能還原出事情的真相。

今天是週五，飛機到達A市已經是傍晚。

成瑤一下飛機打開手機，就被李夢婷的訊息灌爆了。

『瑤瑤！瑤瑤！晚上有空嗎？來約飯吧！』

『妳電話打不通，就留言了！有空一定要來一起吃飯啊！哈哈哈！有個勁爆消息要告訴妳！』

『喂喂喂，妳怎麼還不回我啊？算了，我先告訴妳吧，哈哈哈，我結婚啦！』

『怎麼說結婚都沒把妳炸出來！』

『但是我沒騙妳啊啊啊，我真的和耗子結婚啦！』

成瑤愣了愣，一時之間有些百感交集，既替李夢婷高興，又有些朋友要被男人搶走了的微微失落感，然而她心裡還是祝福的，一手提著行李走路，一手便拿起手機回覆。

『出差回來剛下飛機，實在是太驚喜了！祝福妳和耗子！晚上當然要約！要吃一頓貴的！讓搶走妳的耗子出出血！』

因為專注著回訊息，成瑤走路都注意，一不小心撞上走在自己前面突然停下的錢恆。

錢恆瞥了成瑤：「妳走路能不能好好走。」

成瑤忙不迭地道歉。

「給我。」

「欸？」

錢恆沒好氣道：「行李給我拿，免得妳又不好好走路整個人連帶行李一起撞我身上。」

成瑤還沒反應過來，手裡就一鬆，錢恆已經不容分說地把她的行李拉走了。

此刻的錢恆因為已經把皮卡丘塞進新買的行李箱，整個人又恢復成高貴冷豔難以接近的狀態。成瑤就亦步亦趨地跟在老闆的身後，一邊和李夢婷約著晚上吃飯的時間地點。

結果沒走多久，錢恆又一次停下了。

他好看的眉微微皺著，狀若不經意道：「鑑於妳贏下皮卡丘有功，今晚我也不是不可以請妳吃個飯，嘉延中心廣場那邊有一家非常不錯的日料……」

「不用了不用了。」

錢恆大發慈悲地笑了笑：「沒關係，對我來說，這不算破費，妳不用有心理負擔。」

「不不，老闆。」成瑤指了指手機，「我晚上和朋友約好了。」

「哦。」錢恆看向不遠處的一盆綠植，語氣自然道，「顧北青？」

成瑤心無旁騖道：「不是他，是大學同學。」

「哦。」錢恆也不知道怎麼的，像是愛上了那盆綠植一樣，繼續目不轉睛地看著，一邊隨意般地對成瑤道：「剛發生了唐兵那種事，不要以為是大學同學就掉以輕心，尤其不要喝酒……」

「沒關係，是我以前的室友還有她男朋友。」成瑤笑起來，「她結婚啦！」

「哦。」

雖然仍舊是單音節的一個「哦」，然而成瑤卻沒來由的覺得，錢恆這一次的「哦」彷彿比前面兩個「哦」心情好一點……

然而成瑤抬頭看向錢恆，他那張臉上仍舊是面無表情的鎮定自若，看不出任何情緒波動，直讓成瑤懷疑自己是錯覺。

倒是他剛才老盯著那盆綠植的目光讓成瑤有些在意：「老闆，這個是發財樹，你這麼喜歡，要不然我買一棵給你？」

可惜成瑤的好心並沒有得到錢恆的表彰，錢恆只是挑了挑眉，瞥了她一眼：「我還需要用發財樹發財嗎？」

「……」

好的，告辭，成瑤心想，是自己多慮了！

和錢恆分道揚鑣後，成瑤直接去李夢婷約好的餐館。

說來很巧，錢恆大發慈悲想帶自己去吃的是日料，李夢婷和張浩約的也是一家日料。

環境不錯，有包廂，私密性也很好。

李夢婷已經在包廂裡等了，一見成瑤，就笑著朝她揮手。

她沒怎麼變，氣色很好，只是大概生活太滋潤幸福，有些明顯的變胖了。

「耗子還在加班，晚點來，我們先聊。」李夢婷點完菜，抬頭看向成瑤，認真道：「瑤瑤，感覺妳現在氣質不太一樣了。」

成瑤喝著日式煎茶，有些莫名道：「什麼？」

「就妳剛才穿著職業西裝和細高跟鞋朝我走來的時候，我都愣了愣，突然之間好像感覺自己和妳已經不是同個世界的人了。」李夢婷想了想，「妳現在就像是美劇裡那種職業精英，感覺像是蛻變了。」

成瑤失笑：「妳才過了多久沒見我，我就蛻變了？妳以為我是毛毛蟲啊？是完全變態還是不完全變態？」

李夢婷抓了抓頭：「我也不知道怎麼形容，就那種感覺，好像妳已經不是那種剛出校園剛進社會的青澀感覺了，妳剛才走進來，覺得妳整個人看起來很有底氣，特別自信那種樣子！」

「行了行了，妳別埋汰我了。」成瑤也笑，「不過最近幾個月，學到的東西確實比以前一年都多，我老闆挺肯帶我的，工作能力也強。」

「妳老闆不是那個業界毒瘤？」

「他人其實挺好的。」

眼前的李夢婷顯然一臉不相信，她畢竟也是法學院畢業的，雖然沒有在法律圈從業，但多少聽過錢恆的名聲。

成瑤笑笑，覺得一時間也解釋不清，只直接轉移了話題：「算了，不說我，說說妳呀，怎麼決定結婚的？耗子是怎麼求婚的？妳有沒有好好端端架子再答應他？」

「求什麼婚？」李夢婷也笑了，「我和他都交往多少年了，還求婚啊。就覺得他工作也穩定了，我們前不久也一起買了婚房了，時機合適，水到渠成就結婚登記了唄。」

成瑤有些意外，她總覺得，大部分人一生只有一次婚姻，這麼難得寶貴的事，怎麼可以沒有求婚？就算只是一種走流程的儀式，那也是多少人少女時期就開始期待的事啊。

只是她看了眼前滿臉幸福的李夢婷一眼，沒有再說什麼。

罷了，冷暖自知，只要在一段感情裡幸福快樂，求不求婚也確實沒什麼。

「我和耗子已經在籌備喜酒的事了，預計下個月就會辦。辦在A市了，我們老家都太遠了，太不方便了。」李夢婷笑笑，「到時候準備請你們幾個要好的同學還有耗子的同事一起參加，準備好接我的紅色炸彈啊。」

歷來結婚辦喜酒這種事，最起碼要籌備個大半年的。成瑤平時也時不時會和李夢婷聊聊，然而之前李夢婷可從沒有透露過結婚這件事，如今竟然領登記了，連喜酒也要在下個月辦了。總覺得這麼匆匆忙忙的，不像是平時李夢婷的風格……

成瑤又看了眼前穿著寬鬆臉也明顯圓潤了的李夢婷一眼，突然靈光一現道：「妳是不是？」成瑤一邊說，一邊在自己肚子前比劃了下。

李夢婷有些害羞地看了成瑤一眼：「妳的眼睛也太毒了吧？」她抿嘴笑了出來，「本來還想騙騙妳的。因為秏子說我這樣坐著遮著肚子其實看不太出來。只覺得稍微比以前胖點而已。」

「來來來，站起來讓我瞧瞧。」

李夢婷這才扶著肚子站了起來，成瑤這才發現，沒了桌子座位的遮掩，李夢婷這肚子如果仔細觀察確實有些微微凸起了。

「幾個月了？」

「三個月。」李夢婷摸著肚子，幸福地笑了笑，「是雙胞胎。」

成瑤佯裝出一臉慘澹的神情：「妳都要當媽了，而我連男朋友都沒有……」

李夢婷也笑：「去去去，以後妳還是未婚美少女，我就是已婚婦女了。」

兩個人好久不見，說說笑笑，講講以前的同學，又聊了聊周遭的八卦，這一晃竟然就過去了大半個小時，而也是這時，張浩才姍姍來遲。

他笑著和成瑤打了個招呼，也落了座。

他落座後，除了偶爾搭幾句話，並沒有怎麼加入成瑤和李夢婷的聊天，然而他卻十分關注李夢婷，她的水還沒喝完，他就已經幫她滿上新的；水一旦冷了，一定要先換了溫的才讓李夢婷喝。茶水咖啡這類對孕婦不好的，他更是攔著任性的李夢婷，不讓她碰。隨著菜一個個上來，張浩自己沒怎麼顧著吃，倒是不停幫李夢婷夾菜，叮囑這叮囑那的。十足的模範老公模樣。

這倒是讓成瑤相當意外了。

成瑤認識張浩也挺久了，張浩是學電機的，大學時是個木訥的男生。比起人來，更喜歡和電腦打交道，呆頭呆腦的，只有李夢婷覺得他為人實在看到他身上的閃光點。

就算之前兩人談了很久的戀愛，他個性裡的木訥好像也沒有被調教好。以往和李夢婷還在合租時，成瑤幾乎每天得聽到李夢婷對張浩的吐槽和抱怨。

「張浩這傢伙一點也不知道照顧別人。」

「張浩一點都不會疼人。」

「我都說了我沒吃午飯，他就在附近，也不知道給我叫個外賣。」

「我感冒嗓子都說不出話了，他只讓我多喝熱水，也不知道來看看我或者帶我去醫院！」

成瑤回想一下李夢婷的那些話，再對比著眼前這個「煥然一新」的張浩，心下也有些忍俊不禁。

大概結了婚當上了準爸爸，外加在職場上歷練過，可終於把張浩這榆木疙瘩敲開竅了。

李夢婷顯然也覺察到成瑤的目光，她推了推張浩，然後笑著向成瑤解釋：「耗子最近這個月畫風突變，可會照顧人了，我在家裡現在簡直什麼也不用幹。」她想了想，又補充了句，「工作上也很優秀，他最近又升職了，可惜薪水是漲了但事情也多了，常常下班了還要繼續工作，回家還要繼續幹活，有時候我都沒機會和他說上幾句話。」

雖然一下子突然變得這麼體貼的張浩讓成瑤有一種難以接受的違和感，但看著李夢婷沉浸在幸福中的模樣，成瑤也衷心地替她感到高興。能為了李夢婷甚至改變了自己一貫的處事作風，想必張浩是真的很愛她。

最後的聊天，都是李夢婷和成瑤在說，張浩偶爾看一下手機，間或照顧下李夢婷，總之三人很融洽。

臨走的時候，張浩更是站起來，挽了李夢婷的手，護住她的肚子，拿起自己的大衣幫她披上了，還親了親她的額頭，笑著對她說了什麼。

成瑤看著兩個人互相攙扶著遠去的背影，突然覺得有一點被治癒。

自己自從進入君恆以來，不論是自己經手的，還是聽同事們討論的，都是那些為了財產或者利益撕破臉皮大打出手的事，有些醜惡到讓人懷疑人性。雖然這些當事人，各個都不缺錢，然而成瑤卻覺得，就算坐擁幾個億，也不如眼下李夢婷和張浩這種在人間煙火中互相牽手的溫情。

人可以不富有，但有一個愛著你你也愛著的歸宿，是比什麼都珍貴的財富。

成瑤在各種感慨中回了家，結果在自己的房門口看到了那隻之前錢恆幾乎形影不離都不讓自己碰一下的皮卡丘。

這是怎麼了？難道要讓自己洗一下？還是讓自己去人肉快遞給要送的女生？

成瑤帶著疑惑，抱著皮卡丘敲了錢恆的房門。

「老闆？」

結果錢恆開了門，看了皮卡丘一眼，面無表情道：「給妳了。」

「啊？」

「不想要了。」

成瑤想了想，試探道：「我以為你要送人，送給那種長得漂亮身材好的女生⋯⋯」

錢恆警覺地看向成瑤：「妳聽到了？」

「沒有沒有，我什麼也沒有聽到！」

「哦，只是我當時隨口編的理由。」錢恆抿著嘴唇，「總要有個理由拒絕那個小孩。」錢恆換上一臉嫌棄，「而且我要送怎麼會送這種東西給人？現在我只是不要了才給妳。不要因為這個皮卡丘是黃色的，妳又有什麼亂七八糟的黃色聯想。」

「……」

成瑤忍不住嘀咕：「現在突然說不要就不要了，你為什麼一路那麼愛不釋手把它抱回來啊……」

錢恆移開目光，低頭看向自己手中的書：「我現在想想，我馬上就要搬走了，帶著這個東西搬來搬去很不方便，何況這個大黃色的東西，和我的別墅格調十分不襯。」

說起這個搬走，倒是提醒了成瑤：「對了，老闆，那你什麼時候搬走啊？」

這只是稀鬆平常的一句話，然而錢恆的反應卻是直接炸了，他危險地挑了挑眉：「怎麼？難道我一個合法支付租金的租客，什麼時候搬走還要向妳報備？」

「……」

成瑤碰了一鼻子灰，回自己房間的路上還在嘀咕，這都什麼跟什麼啊，不是錢恆自己說的嗎？不是說自己是迫於無奈臨時才住這種和自己格調不符的房子，只要董敏案一解決自己的別墅一翻修好就會立刻搬走嗎？

董敏此前因為董山的案子確實又多次上門來騷擾過，成瑤也都不遺餘力地幫錢恆阻擋了，可如今董山案澈底塵埃落定，董敏也跟著她媽蔣文秀出國遊學去了，這一時間不會回國，也不存在會繼續糾纏錢恆的事啊。

至於錢恆那個在翻修的別墅，成瑤記得上次一兩個禮拜前就聽到他在和承包翻修的工程團隊打電話確認現場驗收時間呢。

成瑤想來想去沒想明白，只能玩著手機，不過好歹最終陰差陽錯，自己竟然得到了心愛的限量版皮卡丘玩偶，也算是運氣挺好。

她看了擺在床頭的大隻皮卡丘一眼，忍不住有些高興的同時，突然靈光一現——

她知道錢恆今天心情差的原因了！他！被！拒！絕！了！

明明那麼在意這隻皮卡丘，心心念念一路呵護著帶回來要送人的，事到臨頭卻隨手丟給自己，並且態度惡劣地矢口否認要送人，也直接不承認在海灘說的那番話。面對搬家的問題也顯得非常煩躁。

這是為什麼？

這還不是因為錢恆一片真心餵了狗嗎！

這皮卡丘，肯定一回來就拿去獻寶了，可惜對方不要啊！

這可真是我本將心照明月，奈何明月照溝渠啊！

成瑤幾乎是立刻把這個重大發現第一個分享給「富貴榮華組合」。

『高能預警！最近錢 Par 心情很差，也許或許極有可能是失戀了！請大家小心行事，不要惹怒錢 Par！錢 Par 出行，繞道而行！』

譚穎和包銳照例飛速地冒了出來，又進行一輪驚嘆號咆哮體。

這兩位五毒教教徒顯然對教主的終身大事毫無同情心，除了慘無人道的哈哈哈之外，就是幸災樂禍……

同事愛，在君恆，不存在的。

出差回來後，成瑤休整了下，便再次投入到工作中。

她有很明顯的感覺，自從董山案後，錢恆對她放手了很多，很多案子，他只會簡單的把控下，詳細如何操作，都完全地交給了她。

每一個案子，成瑤都跌跌撞撞地做著，然而她發現，自己上手直接操作，就算中間走過彎路，因為這種寶貴的實踐經驗，每一次也收穫良多。而讓她更為安心的是，即便偶爾辦案方向錯了，錢恆總能如救世主一般的出現，把成瑤毫不費力地提到正確的方向上來。

同時，錢恆幾乎每次都讓她能和包銳搭檔，包銳雖然平時插科打諢多，然而關鍵時刻非常可靠，做事專業妥帖，而他與錢恆不一樣的地方也讓成瑤學到很多。

與客戶溝通中，面對客戶不合理的要求，錢恆每次都是毫不留情地直接拒絕；而包銳卻每次都能游刃有餘圓滑又不失技巧地讓客戶改變主意，順著他的意思來。

成瑤自問沒有錢恆的能力，因此也沒有錢恆的底氣這樣毫不留情的拒絕，因此包銳更為柔和的方式，讓她更是獲益良多。

而成瑤同時發現，錢恆安排給自己案子，也都不是隨機的，他非常仔細地篩選了成瑤沒有經手過的類別，也旁敲側擊提點著成瑤和包銳多學習。

自董山案後，成瑤感覺自己每天像是一塊吸水的海綿，不斷貪戀地吸取著知識和經驗。

就在她又一次配合包銳完成一個撫養權糾紛案件，準備摩拳擦掌迎接自己爸媽這週日來A市參加高中同學聚會時，成瑤接到了李夢婷的電話。

然而這一次，李夢婷卻不是笑著來邀請自己參加她在A市的喜酒的，電話裡，她情緒崩潰，哭到差點背過氣去。

『耗子說不想和我過了。』李夢婷聲音哽咽，『他現在鐵了心，叫我把孩子也打了。

瑤瑤，我不知道自己能怎麼辦了。』

成瑤簡直愣住了，張浩不是為了李夢婷甚至改變了自己嗎？怎麼現在突然這樣了？

『妳是個孕婦，情緒別波動太大，對孩子不好。』成瑤努力穩住自己的聲音，安撫道，『妳在哪裡，我們見面說。』

成瑤是在一間甜點店找到李夢婷的，她的肚子更加大了，已經從各個角度能非常明顯的看出是個孕婦，兩隻眼睛紅腫的和桃子一樣，臉色慘白，形容憔悴，連成瑤看了都有些心疼。

「到底怎麼了？」

李夢婷抽抽噎噎的：「不是上次和妳說了，我們準備在A市簡單辦一次喜酒請這邊的朋友同事嗎？我昨晚和耗子提起這事，結果他又推脫了，這種事已經發生好幾次了，可我早就和我A市的同學朋友講了，怎麼能說不辦就不辦了？再加上他最近半個月來一直加班，有時候半夜我中途醒來，他人都還沒回來，我就覺得他只在意他的工作，根本不關心我和孩子，和他吵了起來。」

李夢婷說到這裡，又流下眼淚：「我本來就想聽聽他認個錯哄哄我，然後把A市辦喜酒的事定下來就行了，可他卻反過來發了火，罵我成天家裡一分錢不賺，花著他的錢還要煩，他罵我別以為自己懷著孩子就能吆喝了。他說，他受不了我，不要一起過了。甚至不顧我有孩子，把我推倒了，還砸了家裡好多東西。」

成瑤等李夢婷情緒漸漸穩定，才開始跟她分析：「妳先想想，兩個人吵架，是不是妳確實也有錯？比如最近耗子是不是工作確實很忙，壓力確實很大？而結婚以後尤其是生孩子之前，要置辦的花費也多，他也會有些焦頭爛額，妳不能只想著讓他哄著妳關心妳，感情是互相的，妳是不是平時對他的關心也不夠？比如妳在家裡，幫他準備早飯晚飯嗎？」

李夢婷愣了愣，她大概沒想到成瑤沒有一味幫著自己說話一起痛罵張浩，卻是犀利地指出自己存不存在問題。

李夢婷這個表情，成瑤一下子就回味了過來：「我不是不幫妳，而是現在一味順著妳的心思罵張浩是渣男，攛掇妳趕緊和他掰掰，這能解決問題嗎？更何況，雖然他這次肯定有錯，但張浩真的要被定性成渣男嗎？還是確實妳也存在一些問題？上次我看他對妳還是很照顧的，照例說突然這麼轉變不應該啊。」

李夢婷咬了咬嘴唇：「我……我懷孕了啊。」她說道：「難道要孕婦大著肚子忙裡忙外做飯嗎？」

成瑤看了李夢婷一眼：「那妳懷孕了以後待在家裡都在幹什麼？」

「就看看劇看看小說放鬆下心情啊。」

行了，這不就是問題癥結所在嗎？

成瑤吃了口布朗尼蛋糕：「孕婦不應該成為一種特權，能看劇看小說，卻突然十指不能沾陽春水了。準備早飯晚飯也只是一種心意，未必要妳去大油大煙的炒菜，只是偶爾下碗麵蒸個包子這種，難道也不行了嗎？」

「妳的婚姻妳做主，妳要是覺得張浩這麼做是不能挽救了，或者還有別的事觸犯了妳的原則和底線，妳想要去墮胎離婚，我陪妳去；妳要是覺得確實自己也有問題，張浩人還是不錯想繼續過下去的，那好好找他談談。」

社會和生活裡兩性關係確實還沒那麼平等，職場也好，別的方面也好，多少有很多情況下男性更占據優勢，所以不知不覺中，形成一種輿論。

兩性關係裡，尤其婚姻關係裡，一旦男人有什麼錯誤，放到大眾關注的目光裡，這個錯誤就會被不斷放大，最後輿論完全就往「不要在垃圾桶裡找老公」或者「不婚不育保平安」的方向發展了，這個男人也自然而然被打成了渣男。

然而很多時候，可能只是男人連續加班回家帶了情緒的一句話，可能只是男人忙到忘記了妻子的生日，也可能只是夫妻間缺乏溝通導致的爭吵和誤解。

有錯，但罪不至死。

當朋友遭遇感情問題，在不是原則性問題的情況下，一味幫腔實際上是變相的煽風點火，讓對方完全陷入「我沒錯，錯的都是他」的錯覺，對解決問題不僅沒用，還添亂。婚姻沒有那麼美好，但也沒有那麼差勁。婚姻不是童話，婚姻需要的是經營。你種什麼樣的種子，就結什麼樣的果。

「如果妳現在直接在心裡把張浩打成渣男，用敵對的情緒去對待他，他也會感受出來，那麼你們兩個人之間的關係只會變成惡性循環，就沒有緩和的可能性了。」成瑤的語氣十分冷靜，「只是妳要想清楚，不緩和是不是妳想要的最終結果？我知道孕婦容易情緒波動大，但妳是個媽媽了，更要對自己和孩子負責，而不是任性賭氣。」

剛才還腦海一片混亂只顧著悲秋傷春的李夢婷，這一下也終於在成瑤冷靜的分析下清醒了過來。

李夢婷看著眼前還穿著職業西裝的成瑤，突然有一瞬間心裡閃過羨慕。

這麼幾個月來，成瑤真的蛻變了很多，以前的她，這種時候只能安慰自己陪著自己一起六神無主，然而現在的她，卻遇事沉著冷靜，理智而穩重。

李夢婷突然有些自卑，自己變成哭哭啼啼無用的孕婦，而在同樣的時間裡，成瑤卻一步步努力，變成現在的她。這一刻，李夢婷突然有點理解張浩吵架時眼裡對自己的嫌棄。

張浩工作上確實非常認真，每一天他都在進步著，而自己畢業後原地踏步，不知不覺間，已經和他拉開了太大的差距。畢業時同樣起跑線的兩人，如今已經不在同一高度的平臺上了。在家宅居的這段時間，不僅交際圈縮小了，李夢婷覺得，自己連眼界也變窄了。

不知道為什麼，她突然就有點後悔把自己這些事告訴成瑤了，李夢婷覺得自己和如今優秀的成瑤對比起來，好像更卑微更丟人了。

「我知道了，謝謝妳瑤瑤，我……我想我自己確實也有錯，我會回去好好和耗子談談的。」

「嗯。」成瑤拍了拍李夢婷的手，安慰道：「有什麼事隨時聯絡我。別擔心，事情總會解決的。」

成瑤想了想，還是善意地補充了一句：「當然，妳最近也留意他一下，為什麼會突然……」

成瑤剛說到這裡，李夢婷就打斷了他：「妳是說耗子有可能有什麼情況嗎？」她表情篤定，臉上終於露出點笑，「這不可能啦，雖然他這次態度是突然很差，但他肯定不會做對不起我的事，他那麼木訥，也不高也不帥也不富，除了我，誰會喜歡他啊！」

臨時從所裡出了趟門安慰了下李夢婷，再回到所裡，成瑤才發現，自己雖然只離開了兩小時，但君恆所裡已經是天翻地覆的變化了。

幾乎所有人都聚集在大辦公區，嘰嘰喳喳熱烈地討論著什麼。

這個場景，成瑤一看，就知道錢恆不在。

她忍不住好奇，湊近一看，才發現大家裡三層外三層圍著的中心，赫然是一臉神祕的包銳。

「我包銳敢打包票！千真萬確！錢Par電話裡就是那麼說的！」

譚穎忍不住感慨：「想不到錢Par竟然也有今天啊。」

「那包律師你知不知道錢Par週六約在哪裡吃飯啊？我好想假裝偶遇啊。」

包銳瞪了王璐一眼：「妳還想偶遇？是嫌自己命不夠長？而且我冒著生命危險偷聽到了關鍵資訊，還要我連人家在哪裡約都聽清楚，是準備讓我去送死啊！」

成瑤聽得一頭霧水，忍不住發問：「怎麼了？」

譚穎激動地抓住成瑤的手：「錢Par！這週六！要去相親！」

成瑤：？

包銳驕傲道：「我今天太睏了，躲在會議室裡午睡，前幾天會議室裡不是剛搬了一個新的君恆宣傳文宣立牌過去嗎？我就躲在那後面擺了個折疊椅子躺著，結果沒想到，錢Par竟然進會議室啊打電話啊！我一不小心聽到了！他爸媽週六幫他約了個女的相親，說不去就斷絕父子關係了！」

「錢Par怎麼可能在意這種威脅？」成瑤覺得自己的關注點也都被五毒教帶歪了，

「何況這裡有個邏輯不通，錢 Par 放著自己的辦公室不用，為什麼要到會議室裡打電話？我對你這個版本的真實性存疑。」

「好問題！」包銳拍手道，「選手成瑤，加十分！」他叉腰笑道：「錢 Par 的辦公室裡空調壞了，中午的時候正好找師傅來搶修，聲音吵，所以他轉戰去會議室。至於妳說的斷絕父子關係，錢 Par 確實無所畏懼，但他爸媽說了，如果他這次拒絕去相親，他媽準備雇十幾個人去人民公園相親角貼相親廣告，他的相親圖冊和履歷據說都印好了，還寫了他手機號碼呢！準備讓那些單身女性呼死他！」

「……」

這果然……錢恆能長成今天這樣，也是家庭教育薰陶的成果吧……

「不過妳說錢 Par 之前不是剛失戀了嗎？」譚穎想了想，「所以會不會心灰意冷之下也就接受了包辦相親和包辦婚姻？」她微微一笑神祕地對成瑤道：「妳可能有所不知，週六這次，可是我們錢 Par 的相親出道首秀 debut 啊！我突然有一種老母親般的擔心。」

包銳揶揄道：「還 debut？又不是素人下海拍 AV？而且與其擔心我們錢 Par，妳不如擔心和他相親的女孩吧。」

「不一定啊，你看錢 Par 最近確實動了凡心了，雖然自己看上的那個沒成，但說不定這次這個相親的能一見鍾情呢。畢竟總有一兩個瞎的啊！」

「……」

譚穎和包銳又拉拉雜雜插科打諢了半天，而成瑤卻有些心不在焉。

錢恒要去相親了？錢恒？相親？

不知道為什麼，成瑤心裡竟然有一種被欺騙被背叛的感覺。

自己為君恆做牛做馬，為老闆做飯做菜，自己還是條單身狗，憑什麼錢恒可以去相親？！誰允許他脫單？

我，成瑤，實名反對！

相親？讓他相親！我祝他相親遇到烏龍，澈底搞砸了才好！

「不過我還聽說了另一個勁爆消息！」包銳很快轉移話題，語氣得意道：「我聽行政朱姐說了，今年！我們君恆！會有第二次員旅！」

「哇！這麼棒！」

「天啊！我要讚美錢 Par！希望錢 Par 相親首秀完美落幕！心情大好之下再資金支援第三次員旅！」

「欸？那員旅去哪裡啊？」

說起這個，包銳有點沮喪：「去日本！又去日本！為什麼是日本！據說錢 Par 還說大阪環球影城這個景點必須去！」

成瑤愣了愣，她看向包銳，插了一嘴：「你不是想去日本嗎？錢 Par 出差時候可是和我說，因為你想去日本，尤其是大阪環球影城，他覺得你今年成績很好，為了獎勵你才選擇這個第二次員旅去日本的啊！」

包銳愣了愣，隨即臉上露出了扭捏害羞的表情：「真的嗎？」他一臉又愛又恨，「原來我在錢 Par 心中占據這麼重要的地位，原來這第二次員旅是為了我而破例的。」他激動道：「我一時之間竟然覺得自己像個左右君王做出昏庸決定的紅顏禍水啊！只可惜我是男人！只可惜我已經結婚了！唉！」

「……」

包銳，你這話語裡真實的惋惜到底是怎麼回事？

「只是錢 Par 一定是太日理萬機了！他根本記錯了好嗎！」包銳惋惜道：「我陪我老婆都去五次日本了！日本我去到不想再去了！環球影城也陪我老婆二刷過了！」他嘀咕道：「要不然這樣吧，我下次找個機會，暗示一下錢 Par，其實我想去的是泰國？既然是為了獎勵我才去日本，那只要機票還沒訂，錢 Par 一定願意改地方的！尤其泰國消費比日本低多了！去個普吉島之類的，更省錢！」

雖然普吉島自己也沒去過，但不知道為什麼，成瑤更想去看看錢恆形容的日本，她心裡有些惋惜地想，既然包銳去過了，那恐怕這次員工旅遊，是要改地方了。

包銳還在猶自激情澎湃：「說實話，錢 Par 出差回來後，連續丟了五個標的額只有三四百萬左右的案子給我，我心裡是拒絕的。但現在想想，這裡面一定蘊含著錢 Par 的深意！」

譚穎有些好奇：「才三四百萬的標的額啊？什麼方向的案子啊？」

「都是繼承法方面的。」包銳抓了抓頭，「而且不知道是不是巧合，對方客戶的辯護律師都是同一個人。」

譚穎隨口問道：「誰啊？」

「叫姚峰。」包銳有些不解，「我聽都沒聽過，要不是我在圈內打聽了下確保他和錢 Par 沒交集，我還以為這人欠錢 Par 五百萬呢。不過聽說這人人品不怎麼樣就是了。」

「怎麼說？」

包銳摸了摸下巴：「錢 Par 對我說，這五個案子不准輸，輸了我今年年終獎就沒了。而且不僅要贏，還要贏得讓對方一點面子沒有，讓我盡情放飛自我，得罪對方也沒事，最好狠狠羞辱對方，把自己的負面情緒全部發洩到對方身上……」包銳說到這裡，突然靈光一現，他一拍大腿，語氣激動，「我知道了！我知道錢 Par 為什麼讓我接這種案子了！」

成瑤下意識縮了縮腦袋，這一刻，她的心裡糅雜著感動和酸澀。原來錢恆都記著，他那句「好的」，原來是這個意思。

雖然這行為聽起來簡直幼稚，好像自己罩的人被人欺負了，就派手下別的打手把對方欺負回來。但成瑤卻內心竟然覺得十分受用。

成瑤以前遭到騷擾被姚峰敷衍的時候，曾經用「善惡終有報」來安慰自己，但現在才發現，這種雞湯喝一百碗，都不如錢恆這種簡單粗暴的處理來的強。

太爽了。

成瑤不得不承認，錢恆作為老闆，對自己這個下屬是非常好的。只是真奇怪啊，還是不希望他相親成功……

難道我喜歡錢恆？

不不！幾乎是剛有這個想法，成瑤就自己否定了自己。錢恆啊！自己到底是吃了什麼熊心豹子膽，竟然敢肖想錢恆？怕是嫌活的太長了！

她想，自己這樣的心態也正常，畢竟錢恆要是戀愛了，恐怕不可能再有這樣大把的時間手把手的帶教自己了，因為女朋友的關係，和異性下屬也都會更加避嫌，恐怕都不會再和自己合作案子了。

可自己還有好多想從他身上學呢！

正在思緒萬千之際，譚穎的話把成瑤拉了回來。

「為什麼啊？讓你接這種案子？」

「錢Par一定是意識我其實從業這麼多年，接觸了這麼多家事案件，看盡了人世繁華，內心變得滄桑，負能量太多。」包銳就差眼淚汪汪了，「他一定是怕我長此以往下去，心裡憋出毛病影響了健康，所以專門找了這些標的額小的案子給我，還專門為我挑了人品有問題的律師，讓我不用有心理負擔地盡情踩躪和碾壓對方和對方的當事人，用來發洩我的負能量，重新內心變得陽光起來！」

成瑤不敢說話，她很想告訴包銳，恐怕事實不是你想的那樣……

但包銳已經感動上了，他舉起手指對天發誓道：「就沖著這份情！我包銳！這輩子都跟著錢Par！我要做錢Par一輩子的小太陽！為他照四方！」

「……」

醒醒吧包銳，錢恆恐怕並不想要你這樣的小太陽啊！

下午錢恆外出出差了，要週六才回來，因此其餘手頭沒工作的同事全部放飛了自我，網購的網購，聊天的聊天，君恆內部一片祥和，然而成瑤卻怎麼都無法平靜下來，她既看不進手頭的案卷，也沒心情上網，只覺得有些煩躁。

她覺得今天就沒好事，李夢婷和張浩之前的感情出了問題，錢恆還要去相親。

這可真是諸事不順。

成瑤努力轉移注意力，她不停看向手機，然而並沒有人聯絡她，李夢婷沒有，錢恆也沒有。

而讓成瑤也意想不到的，這種煩躁竟然一路持續到了週末。

週六的時候，成爸爸和成媽媽為了週日那個同學會，提前來了，他們把成瑤招呼到他們下榻的酒店，然後把成瑤之前點名想吃的東西都丟給了她，就準備老兩口手牽手去A市的市中心逛了。

「不用妳帶我們，妳工作那麼累，週六就好好在家裡休息吧。妳媽來之前在網路上看了幾個什麼網紅店，準備和我一起去看看，我們下個月正好結婚紀念日，今天準備先醞釀醞釀來個兩人世界。」

成爸爸話說到這裡，成瑤就算再拎不清也懂了，她爹媽是嫌棄自己是個大號電燈泡呢。

成瑤內心流著淚想，親情，也不存在的。

倒是成媽媽還想起了點什麼：「對了，小錢呢？怎麼沒有和妳一起來？」

小錢？呵，小錢今天要去相親呢！

雖然心裡充滿了腹誹，但成瑤表面解釋道：「他出差了。」

成媽媽很驚喜：「找到工作了啊？什麼方面的？在哪裡出差呢？小夥子很上進啊！」

「哦，去東莞一個工地搬磚了。那邊工程急，所以搬磚時薪高。」

「……」

成瑤就這麼一個人回了家。

一個人待著就一個人待著，確實正好休息。只是不知道怎麼的她開始胡思亂想起來。錢恆這次出差，據說要週六才回來，根據航班時間，行政部的朱姐八卦推測，錢恆怕是直接拖著行李就去相親了。

所以今天自己恐怕只能在錢恆相親完後才能見到對方了。

呵，也不一定能見到，萬一這王八綠豆看對了眼，當晚火速開房原地結婚呢？說不定明天孩子都生出來了。然後一家三口和和樂樂直接搬回大別墅了。

成瑤這邊一個人在家裡悶悶不樂地度過單身週末時光，另一邊錢恆也正心情煩躁地提著行李箱到達他爸媽事先安排好的高級西餐廳。

這家西餐廳是會員制的，位於寸土寸金的市中心，裝潢豪華奢侈，其實口味並沒有多驚豔，然而老闆是個會玩會行銷的人，半年前把這家口味普通的西餐廳硬生生炒作成了A市有名的網紅店。自此，雖然價格昂貴，但來打卡的人還是絡繹不絕，而因為引入了有限預約制的饑餓行銷，反而更讓人欲探究竟起來。

錢恆落座，看了下手錶，離兩人約定的十二點，已經過了十二分鐘。

光是這一點，錢恆心裡就升騰起不滿來。

沒有時間觀念，竟然第一次見面就浪費自己寶貴的時間。死罪。

而等對方終於姍姍來遲，錢恆的臉色已經非常不好看了。

那女孩看起來和成瑤年紀差不多，然而化著非常精緻的妝，每個毛孔裡都像是貼著妝容的偽裝，一雙大眼睛上全是假的濃睫毛，渾身穿著昂貴的名牌套裝，她走過來，便帶來一陣香水味。

這麼年輕，為什麼要化這樣的妝？錢恆斷定，這肯定是皮膚不好，看看成瑤，她化妝嗎？還不是不化妝照樣皮膚雪白透亮幾乎都看不到毛孔。

噴什麼香水？這味道太機械太刻意了，噴上以後不僅沒讓人覺得有魅力，反而覺得過度包裝，鼻子都要壞死了！看看成瑤，成瑤平時乾乾淨淨的什麼也不用，走路之間就帶著點洗髮精的清香，不是很好嗎？

人長得不行身材不行，就算再貴的名牌衣服也拯救不了。看看成瑤，成瑤平時穿個中規中矩的職業西裝，那氣質也足夠了。

「對不起，錢律師，沒想到路上有些塞車，稍微晚了一點。希望你沒有等太久。」

對方眨了眨眼睛，試圖喚回有些出神的錢恆的注意力。

女孩語氣可愛軟萌，想必換成別的男人，最起碼會說一句「沒等太久，我也剛到」來緩解氣氛。

可惜錢恆是別的男人嗎？不是。

錢恆面無表情地盯著對方：「等挺久了。」他看了手錶一眼，「十五分鐘四十八秒，折合人民幣兩千五百七十九點九八元，四捨五入湊個整數，兩千五百八十元。」他說完，抬頭看了那女生一眼，「這是妳浪費的我的時間所值的錢。這頓飯我請，但是飯後請妳把我損失的錢匯給我。」

「……」

按照錢恆的家境，錢恆爸媽找來的相親對象，怎麼也是非富即貴的，這女孩長得又不差，平日裡都是被人捧著的命，第一次見到錢恆這樣的，整個人驚呆了。

她愣了愣，才終於反應過來般笑了：「錢律師你真可愛，你這麼一本正經開玩笑的樣子我都沒反應過來呢。」

「不是開玩笑。」錢恆笑笑，「我是認真的。妳有我的手機號碼吧，我的手機支付帳號就是手機號碼，妳等等轉帳給我就行，記得加個備註，免得我分不清是什麼錢。」

「……」

然而不知怎麼的，眼前這位相親的女生，竟然這樣都沒有被錢恆嚇跑，她顯然腦迴路非常清奇，竟然笑了笑，朝錢恆拋了個流轉的眼波：「我知道了錢律師，你這樣，我先把錢匯給你，你以後是不是就有藉口有理由約我第二次次請我了呀。這種套路，說實話，別的男生追我的時候都用爛了。」

「……」

錢恆第一次棋逢對手，不論他用如何冷淡的態度挑戰對方的底線，對方卻都覺得錢恆是在玩欲擒故縱的小把戲，盯著錢恆的一雙眼睛裡充滿了了然。

如此一來一往，錢恆出一招，對方就腦迴路清奇地破解一招。不論錢恆怎樣，對方就是認定了這是錢恆想泡自己的套路……

而就在錢恆都快絕望之際，有一個聲音拯救了他——

「小錢？你怎麼在這裡？你不是去東莞工地搬磚了嗎？」

「……」

成媽媽和成爸爸兩人回味著年輕時候的樣子，壓了一陣子馬路，便到了此前提前預約過的網紅西餐廳，只是兩人剛感慨完餐廳的環境，就被一個熟悉的人影吸引了注意力。

欸？坐在靠窗位置的，穿的人模狗樣的，不正是成瑤口中去東莞「出差」的錢恆嗎？

靠著成瑤養著的錢恆，怎麼突然來得起這麼昂貴的餐廳了？

而且他對面為什麼還坐著一個穿的花枝招展的女的？

所以是，騙成瑤去出差了，卻偷偷帶著別人來這種情侶才來的餐廳？

答案呼之欲出！

成媽媽惡狠狠地瞪著錢恆，當即就要發作，幸而成爸爸拉住了她。

面對這種情景，成爸爸雖然也很生氣，但好歹還能壓制住怒氣，他努力理智地指了指錢恆對面的女生，問道：「小錢，這位是？」

那來相親的女孩打量了成爸爸成媽媽一眼，外加這一句「小錢」，便誤認為是錢恆家的朋友，她立刻笑顏如花道：「叔叔阿姨，我是……」

然而他還沒有說完，錢恆便打斷她，他一本正經搶白道：「叔叔阿姨，這都是我一個人的錯，是我背著成瑤出來的。」

相親女孩：？

這句話相親的女生不明白什麼意思，成爸爸成媽媽卻是瞬間就明白了。

成媽媽當場就怒了：「小錢，你有沒有良心？我們成瑤拼命賺錢養你，供你吃供你喝，結果你竟然背著她劈腿？」

成爸爸也痛心疾首：「想不到你真的光有一張臉，金玉其外敗絮其中！姓錢的果然沒有一個好東西！」

如果說剛才相親女孩還跟不上這劇情發展，那成爸爸成媽媽這一席話下來，她也了然了。原來錢恆與自己相親的同時，竟然有交往的女生！不僅交往了，還同居了很久！甚至吃著對方的軟飯！

在來相親之前，她多少聽過錢恆的風言風語，說他桀驁不順，與父親錢信的關係並不好，冷酷無情，又精通家事法律，離婚時恐怕會被淨身出戶什麼好也撈不著。只是沒想到，他竟然還劈腿！而且看來做律師的收入也不高，和他的首富爸爸鬧掰以後，竟然還要靠著女人養才能維持體面！

這還怎麼忍？從來只有別的富家子弟捧著自己，自己怎麼能接受錢恆這樣的？就算他跪在自己面前求著自己，用剛才那麼多套路想要展現自己的誠意追求自己，也絕對沒門！

相親女孩說一不二，她當場站起身，拿起手邊的酒杯，將裡面的紅酒盡數潑到錢恆身上。

「人渣！」然後她拎起包，踩著十幾公分的高跟鞋，頭也不回地走了。

成爸爸成媽媽因為這一齣鬧劇，也心情大壞，胃口盡失，一點也沒有在這家西餐廳繼續用餐的興致，兩人又怒視了錢恆幾眼，才憤然離去。

一齣狗血劇就此落幕，現場只剩下錢恆一個人輕輕擦拭著自己西裝上沾染到的酒漬，他絲毫不在意旁人的目光，非常滿意地把自己的紅酒一飲而盡。

成瑤是在迷迷糊糊之間接到自己爸媽電話的。

『瑤瑤！妳知道我們今天碰到誰了嗎？』

成瑤剛從午睡裡驚醒，還有些迷迷糊糊的：「誰啊？以前倒追爸爸的那個女同學嗎？」

『不是！妳這孩子成天都想什麼呢？』成媽媽氣憤又激動道：『是妳那個不爭氣的男朋友小錢啊！』

啊？錢恆？錢恆今天不是去相親了嗎？怎麼還被自己爸媽撞見了？

『我和妳爸今天在一個高檔的西餐廳碰到他，他竟然在和別的女生吃飯！根本就背著妳劈腿，還騙妳說自己在東莞辛苦打工！』

成瑤這下澈底清醒了，她突然感覺有點不太妙……

「媽，妳……妳有沒有和他……和他打招呼？」

『還打個屁的招呼！我當場就戳穿他的惡劣行徑！』成媽媽得意道：『果然，那個和他吃飯的女孩是被他騙了的，聽說他有交往的女友，當場用酒潑了他，這種人吶，我說就是活該！』

雖然自己確實對錢恆竟然去相親這件事心裡不平衡，還詛咒他的相親被攪黃，但成瑤沒想過，是用這種方式攪黃啊！

成媽媽還在滔滔不絕地數落著「渣男」錢恆，可成瑤越聽這心越是拔涼拔涼的。

「媽，我可能見不到明天的太陽了……」

成媽媽很生氣：『妳這孩子什麼話？不就遇到劈腿嗎？人生在世，妳說這點痛，風雨中算什麼？別自怨自艾，馬上和他分手，知道沒？』

成瑤還想說點什麼，卻聽見大門傳來了鑰匙轉動的聲音。

錢恆……錢恆他回來了……

『算了，妳遇人不淑被蒙蔽了，也不怪妳，好好調整心情，我和妳爸先在外面吃個飯，晚點再來看妳。』

成瑤已經聽不到成媽媽的聲音了，她只覺得腦子裡嗡嗡直響，面對即將到來的暴風雨，她已經不知道如何去抵擋了。她的心裡一點也樂觀不起來，連背誦高爾基的《海燕》也沒什麼用，更何況她如今哪是一隻海燕，她撐死就是一隻瑟瑟發抖的鵪鶉！

錢恆是冷著一張臉回來的。

成瑤悄悄的掃了他西裝的胸口一眼，果然有可疑的汙漬，而西裝裡面的白襯衫上，隨著錢恆的走動尚能隱約看到一些暈染開來帶著葡萄酒色澤的色塊。

看來真的被潑了……

這下子，成瑤幾乎不敢抬頭迎接錢恆的目光，她二話不說，立刻低頭認錯，只差沒跪下了。

「老闆，我有罪。」成瑤哭喪著臉道歉道：「我不知道我爸媽會去你那間餐廳，我不知道我爸媽會那麼衝動誤以為你劈腿，我也不知道他們會當面就那麼不給你面子當著你相親的女生就說，我更不知道你相親的這位女生完全不聽你解釋就潑你……」

成瑤的內心還抱著最後一絲希望，她語氣微弱地問道：「不過吧，相親這個事，我聽我去過的朋友說，大部分都是彼此沒看中的，有些介紹人也不怎麼可靠，以老闆你的眼光，普通的庸脂俗粉根本入不了你的眼，你根本是看不上的！所以雖然過程有點糟心，結局有點誤解，但至少沒影響什麼……」

成瑤原本如意算盤打得挺好，錢恆反正看別人百分之九十九都是白痴，找另一半肯定更是要求高，要是這個相親女他本身就沒看上，那就好辦多了……

可惜什麼不靈來什麼。

錢恆的聲音澈底打破成瑤的期待。

「我對她很滿意。」

成瑤：？

錢恆抿了抿唇，一本正經道：「她對我也很滿意，本來沒有妳爸媽，我今天應該已經脫單了。」

這麼迅速？合法嗎？不應該吧！

然而錢恆一口咬定自己確實和這相親女本來漸入佳境眼看就要攜手走向美好未來，卻慘遭成瑤爸媽半路破壞，硬生生毀了自己到手的一樁姻緣。

「所以，妳賠償吧。」

成瑤欲哭無淚：「老闆，人和人能不能走到一起，最後看的是天時地利人和，看的是緣分，這……這可能是天註定的你和她並不適合呢？何況你讓我怎麼賠償呢，你知道的，我國對這種事也不支持精神損失賠償的啊，我們都是幹法律這行的，更應該遵守國家法律的規定你說是吧？」

錢恆脫了大衣，然後往沙發上一坐，他的雙手交叉疊在胸前：「我不要精神損失賠償。我又不缺錢。」

「那……」

「我缺個女朋友。」

成瑤：！

成瑤驚呆了，成瑤震驚了，成瑤一句話也說不出了……

這……錢恆對自己說這個話，還看著自己，是……是要暗示什麼嗎？

怎麼辦怎麼辦怎麼辦！

成瑤一時之間緊張到不行，呼吸在一瞬間加快。她想，錢恆這樣，莫不是要讓自己做他的女朋友？原來電視劇裡演的並不是假的！看來他下一句就要「因為妳爸媽害我丟了一個女朋友，妳就把自己賠給我做女朋友吧」！

自己要怎麼回答？答應他嗎？不行吧，自己幻想中的初戀是必須有大把大把玫瑰花轟轟烈烈追求的！怎麼可以這麼簡單就完事了？而且職場中最忌諱的不就是上下級戀愛嗎？這以後萬一分了，多尷尬，錢恆是老闆肯定不會離職，那豈不是就要自己跳槽重新找工作？何況錢恆這麼有毒，和他談戀愛會不會立刻毒發身亡……

不答應他吧，都是抬頭不見低頭見的上下級，這會不會以後更尷尬啊？

結果成瑤這邊內心戲都足夠寫一個臺本了，錢恆那邊才慢悠悠地開了口——

「我缺一個能帶回家應付我爸媽的假女友。」

成瑤想，哦。

錢恆換了下姿勢，繼續道：「我爸馬上要生日了，勒令我必須帶個人回家，否則他們已經印好了三千冊我的相親資訊，準備雇人去人民公園和各個捷運站口分發了。」

哦。

「只需要妳假扮一次就行了，堵住他們的嘴，過一陣子就以工作忙分手了來推脱就可以。」

哦。

「成瑤？」

「哦。」

錢恆皺了皺眉：「妳哦什麼？」他側開頭，「總之就這麼定了，要去的時候我會通知妳。」

「哦。」

「……」

錢恆的心情很不爽。

其實剛回家之前，錢恆的心情不是這樣的。

雖然被潑了紅酒，但是解決了相親女的糾纏，他的感覺還不錯。詆詐成瑤這件事也並非在他計畫之中。因為他根本沒想到，成瑤的爸媽並沒有和成瑤講清楚前因後果，完全沒有提及誤會是因為自己的蓄意引導才造成的，導致成瑤完全以為是自己爸媽衝動之下不問三七二十一就破壞自己的相親。

而自己慣常的冷臉，更是加劇了成瑤的誤解。於是一進屋，成瑤就一臉英勇就義般的表情來負荊請罪了。

錢恆也不知道自己怎麼的，就鬼使神差謊稱自己對此次相親十分滿意，繼而發展到訛上了成瑤。

只是成瑤這個「哦」是什麼態度？還用了兩個「哦」！

錢恆非常十分一百個不滿，這是和老闆說話的態度嗎？

面對自己讓她假扮女友的提議，她竟然不表現出激動、興奮、緊張和榮幸？這像話嗎？

雖然只是假女友，但格調這麼高雅品味這麼卓越的自己選擇讓她來假扮，不正是變相對她的肯定嗎？

可成瑤竟然對此絲毫不感動！

不感動就算了，但竟然整個人都看起來非常遭受打擊的樣子！

錢恆幾乎是出離的憤怒了。

但他又不能發作，只能憋著。

而錢恆的狀態在成瑤眼裡又完全是另一回事了。

她只覺得錢恆雖然仍舊一張冷臉面無表情，但周身氣氛實在是不太對，如果有四十公尺大刀，他恐怕已經掏出來了。

尤其成瑤幾次發現錢恆在偷偷盯著她看，眼神帶了點惡狠狠，也不知道是不是因為相親失敗在盤算著怎麼修理自己。

成瑤納悶了，不過是相親見了第一次面，就這麼愛上了？就這麼不離不棄非她不可，遭受了巨大傷害了？至於嗎？她有些酸溜溜地想，所以那到底是什麼天仙美女，能讓錢恆這麼念念不忘？錢恆不以前還誇過自己漂亮嗎？難道對方比自己還漂亮好多？

有點不爽！

只是不爽歸不爽，成瑤到底還是有事有求於錢恆。

自己爸媽，今晚可是要來看自己的！

錢恆這一堆東西還在家裡，而今天剛撞破「劈腿」，自己爸媽怎麼能忍？

「所以，老闆，要不然我趁機幫你把行李都打包起來？反正正好最近你應該要搬走了嘛，就先整理起來？這樣我爸媽來了，你先……先出去躲一下，他們在家裡看到你的東西都打包起來了，就知道我們是準備分手了，也就不會說什麼了……」

「……」

成瑤想了想，繼續解釋道：「而且你就算人躲出去了，東西都還好好的在，按照我媽那個性格，肯定直接幫你打包扔掉。還不如我先來打包，說自己會好好處理，讓她別插手了。」

「……」

雖然錢恆滿臉不悅的沉默著，但成瑤就把他的反應當成了默許。

她也沒閒著，怕自己爸媽隨時會過來，馬上動手投入到幫錢恆打包整理的工作中去。

「老闆，這些文件怎麼歸檔？要都整理在一個打包盒裡嗎？」

「老闆，你的這些大衣我都幫你收在這裡。」

「老闆……」

成瑤幹得熱火朝天，而錢恆卻絲毫沒有配合的意思，成瑤覺得，也不知道是不是被相親失敗打擊到了，連從這小出租屋搬回大別墅，竟然都提不起興趣來了。

結果成瑤這邊好不容易真把錢恆的行李收拾好大半，卻接到她爸媽電話。

『瑤瑤，我們不來了。』電話是成爸爸打的，『我晚上要趕緊去做個髮型再買幾件適合我穿的大衣，還要換個包，妳爸這個包有點舊了，拿著有點沒派頭。』

「欸？」

成瑤一頭霧水，自己爸爸怎麼了？他不是對自己形象還有穿著一貫不在意的嗎？

『妳爸那個死敵！那個姓錢的！竟然這次同學聚會也要來！』成爸爸語氣激昂道：『行頭上我怎麼能輸給他？絕對不行！妳爸要在氣質上、氣勢上還有底蘊和外形上，全方面碾壓他！』

「……」

行吧，爸爸，成瑤想，幸好你女兒我不是真的遭遇劈腿失戀了，否則自己的重要性竟然還比不過你這個奇葩同學，那可真是讓人潸然淚下。

既然成爸爸成媽媽不來，那成瑤也樂得清閒，毀了錢恆的相親，她還是十分自責，抱著想要挽回兩人關係的初衷，成瑤熱情地向錢恆約起了飯。

「老闆，今晚你是不是正好有空？你看能不能給我個機會請你吃頓飯呢？」成瑤一臉狗腿地搓了搓手，「就上次我們出差回來你本來想去的那家日料店？我想著我們的合租關係也快結束了，這一個月的時間裡，我每天能感受到你的專業氣息，和你呼吸著同一片空氣都讓我感覺榮幸，為了表示我的感謝，我請你吃個散夥飯？」

興許是成瑤誠懇的態度終於打動了錢恆，這一次，錢恆剛才一直陰晴不定的臉，終於隱隱有了陰轉多雲的跡象。

「既然妳這麼感謝我，這麼盛情相邀，我也確實不好意思拒絕。」錢恆轉開臉，一本正經道：「那今晚就一起去那家店吧。」

雖然錢恆仍舊是一臉「我勉為其難大發慈悲給妳機會請我吃飯」的模樣，然而成瑤早已對此習慣了，她十分熟練地準備用APP預約日料店，然而錢恆阻止了她。

「我來約吧。」他咳了咳，有些不自然地解釋道：「正好我沒什麼事做，突然無聊。」

行吧，成瑤想，什麼時候見你這麼主動攬活過？果然只有讓別人花錢請客的時候如此主動！

成瑤自我安慰道，雖然可以預見今晚錢包又要大出血，但請老闆吃飯，拍好老闆馬屁，值得啊！

日料店叫八尾，錢恆和成瑤到的時候，外面沒有預約的人已經排起了長隊。

八尾是專門吃螃蟹料理的店，螃蟹的品相看起來也相當不錯。只是讓成瑤有些尷尬的是，這家店彷彿專為情侶設定的，打開菜單，所有的料理全是情侶套餐，簡直充滿了對單身狗的惡意。

而它的包廂更稱得上對單身狗趕盡殺絕了。日式榻榻米上擺著餐桌和兩個座位，整個包廂裝扮的就像一個私密的和式臥室，燈光曖昧，桌上擺著的日式插花充滿了愛心的造型元素，而牆上掛著的日本浮世繪就更一言難盡了……都是各式各樣放浪形骸展現高難度姿勢的日式春宮圖……

這包廂，彷彿處處透露出邀請和暗示。

和老闆同處這樣的密閉空間，成瑤頓時感覺有些不好了。然而錢恆卻很鎮定，他高潔的眼睛彷彿看不見牆上的浮世繪，像個清心寡欲的古墓派嫡親傳人。

成瑤忍不住，打開店家評論一看，差點暈厥，網路上明明白白寫著八尾是A市排名Top4的情侶餐廳……

錢恆……錢恆難道瞎了嗎？難道他沒看到這個排名嗎？

難道因為今天相親失敗就心理扭曲到不惜和自己來這種地方，好讓自己體會到他脫單的急迫嗎？還是他老眼昏花壓根沒看清這間餐廳是以什麼出名？

因為只有情侶套餐，菜點的很快，兩個人點完菜，偌大的和式榻榻米房裡，只剩下彼此大眼瞪小眼。

「我不知道牆上有這些畫。」

死一般的寂靜，竟然被錢恆率先打破了。

他的聲音聽起來有些不自然，眼神微微側著，看向榻榻米。

原來目不斜視的錢恆，其實早就用餘光看清了這些畫啊……

成瑤很想扯著他的衣服大聲質問，兄弟，你知不知道這是間情侶向曖昧向的餐廳呢？你知不知道啊？

錢恆彷彿知道成瑤心裡的咆哮一般，他垂下睫毛看向桌面：「我是打電話預訂的。」

成瑤愣了愣，才後知後覺的反應過來。

哦……原來如此……因為是打電話預約而不是網路預約的所以不知道這間餐廳作為情侶餐廳排行榜上有名，那還情有可原了。

錢恆有些生硬地轉移了話題：「日料份量不大，吃完以後，妳想再去吃什麼甜點嗎？」

看來是為了表達這次烏龍的歉意了，成瑤想，總算還孺子可教。

「Godiva！」

老闆請客，只吃貴的，不吃對的！

錢恆表情有些扭捏，然而他佯裝淡然道：「除了Godiva，妳還有別的喜歡的東西嗎？」

成瑤剛準備好好利用錢恆這難得的愧疚時刻，獅子大開口，手機突然不合時宜地響了。

她低頭一看，是李夢婷。

錢恆顯然因為話題被打斷，臉色不佳，他盯向成瑤，睫毛一瞬也不瞬，那模樣，認真又專注，成瑤被這種眼神看著，恍惚間覺得自己要是這時候接電話，是煞風景，是犯罪。

可這是李夢婷的電話啊！上次分開後，她就沒再聯絡自己了，但成瑤還是忍不住擔心，也不知道她怎麼了，和張浩的事，到底處理好了沒。

「我一個正和老公鬧不和的朋友。」成瑤小心翼翼地解釋著，「可能是有急事，不好意思我先接個電話。」

成瑤躲到包廂外接通電話。

『瑤瑤，我完了，我真的不知道怎麼辦……』

剛接通，李夢婷痛苦而嘶啞的聲音就傳到成瑤的耳朵裡。

「妳怎麼了？慢慢說。」

『我聽了妳的話，回去好好反思我自己，覺得自己有不對的地方，去和耗子求和，結果他卻死活不同意，硬是要一刀兩斷，讓我把肚子裡的孩子也打了。』李夢婷語氣絕望而悲憤，『這時候我才覺得有點覺得不對勁，我前幾天找了個老朋友跟蹤他，才發現他原來出軌部門裡的女同事！之前騙我說是加班，其實都是假的，那是他出去和那女的開房了！』

成瑤也一時有些不能接受：「怎麼會這樣……」

電話對面是李夢婷的哭訴，然而成瑤卻覺得恍惚，這是真的嗎？現實怎麼會把一段感情變成這樣？

『我現在才知道他為什麼最近突然變得體貼了，我一直傻傻地覺得是因為我懷孕了，他有了當爸爸的責任感才會這樣，沒想到他的體貼，都是另一個女人調教的，他的改變，全是為了那個不要臉的小三！他突然對我的關照完全是出於愧疚！』

「妳先不要生氣，慢慢說，我在。」

李夢婷聽了成瑤的話，情緒平穩了些，她深吸一口氣：『我朋友跟蹤這對姦夫淫婦後拍了照，然後我氣不過，傳了他們背著我劈腿的證據給張浩和這女的公司所有主管同事，想讓他們名譽掃地。』李夢婷慘笑道：『結果妳知道怎麼了？這不要臉的小三竟然倒打一耙告我！板上釘釘的出軌，誹謗自然她是沒臉說，結果竟然告我侵犯她隱私權！』李夢婷的語氣裡充滿不敢置信，『他們公然勾三搭四舉止親密，我作為一個孕婦不方便出門，只是雇人拍了罪證，還寫了授權委託書讓對方全權代理我取證，怎麼就侵犯隱私權了？』

「以第三人跟拍的方式去抓奸的行為，一直是侵犯隱私權的呀！」成瑤揉了揉眉心，「對婚外情有權取證的主體只有妳自己，妳委託了協力廠商收集的證據，就是侵權。妳要自己跟蹤去公共場所偷拍，那證據就沒問題，就不侵權。」

李夢婷苦笑一聲：『是的，我在法院遇到了以前的學長，他也是這麼告訴我的，所以這個侵權的案子，這不要臉的小三還能贏。學了四年法律，才知道課本上那點知識和淺薄的法律概念在真正的實踐根本行不通，這完全是千差萬別的兩個世界！』

『成瑤，妳說，法律保護的到底是什麼？法律保護的，是這些臉皮足夠厚，底線足夠低的人嗎？我懷著孩子，也結婚了，被劈腿卻得不到任何保護，可明知我懷孕了還和耗子開房保持不正當關係的女人的隱私權，卻要被妥妥的保護好？』

李夢婷不知道在哪裡，手機裡傳來很大的風聲，她的聲音既悲慟，聽起來又有些含糊，她顛來倒去地痛陳著張浩的罪狀，詛咒著小三。

成瑤突然有點警覺：「妳在哪裡？是不是喝酒了？」

『呵。』李夢婷打了個酒嗝，『反正我這輩子就這樣了，反正我是對不起這兩個孩子了，下輩子再投胎，他們不要再做我的孩子了，我是個太沒有用的媽媽。』

成瑤這下害怕了，李夢婷一輩子順風順水，沒遇過什麼大挫折，如今面對突然分崩離析的生活，聽起來有輕生的意思。

「李夢婷！妳聽我說！妳在哪裡？快傳定位給我！趕緊！別亂想！」

『有什麼用呢，耗子不要我和孩子了，我亂想又怎麼樣……』

「妳振作一點！妳現在要是死了，正合張浩和那小三的意，她能毫無阻礙地和張浩結婚。妳今天死了，十年後，渣男賤女兒女雙全，事業有成，身邊人早換了一批，根本不知道他們曾經道德淪喪過，只有你爸媽，在妳墳頭哭瞎了眼！」

不得不說，成瑤這句話狠準穩，這一說，李夢婷的心理防線崩潰了，她痛哭了起來，然後終於在成瑤的勸慰下傳定位給成瑤。

成瑤怕拖則生變，立刻回了包廂，一邊收拾自己的包，一邊和錢恆解釋。

此時菜還沒有上，自己這個請客吃飯的卻要走，確實實在不太禮貌也沒有誠意，但人命關天，成瑤已經顧不上那麼多了。

然而就在成瑤要衝出包廂之前，錢恆拉住了她。

「一起。」

成瑤：？

錢恆抿了抿唇，移開目光道：「妳那朋友現在站在蘇靈湖邊上，妳要是去了她還是要尋死，只有妳能拉得住她？萬一一起被她拖進湖裡，妳死了我去哪裡找假女友？我爸媽就要把我的相親資訊傳到全宇宙都知道了。」

「……」

「行了，別愣著了，快走。」

成瑤就這麼被錢恆拉著坐進賓利，然後看著錢恆一路疾馳，用最快的速度趕到蘇靈湖。

幸好，大概因為自己剛才的一番話，李夢婷沒有做傻事。成瑤和錢恆到的時候，對方正失魂落魄地站在湖邊，連鞋子濕了也沒有感覺。

成瑤二話不說，衝上去就把精神恍惚的李夢婷一把拽了回來。

「再怎麼樣都不能做傻事！」

李夢婷見到成瑤，彷彿溺水的人見到浮木一樣，她抱著成瑤嚎啕大哭起來。

成瑤一邊拍著她的背一邊小心安慰。而錢恆就站在一旁，他抿著嘴唇，異常安靜，也異常耐心。

等李夢婷情緒稍微平穩了點，成瑤放開她，這才發現李夢婷匆忙從家裡跑出來，穿的單薄，臉都凍紅了，一雙手也冰的嚇人。

成瑤二話不說，就脫下自己的外套迅速幫李夢婷披上。

「別，瑤瑤，妳別著涼了。」

「我沒事，妳是孕婦，妳病了才是大事，我身體好著呢！」

「不行，我……」

就在李夢婷和成瑤為一件外套互相推來推去之際，錢恆走了過來。

「行了，別吵了。」他表情寡淡，脫下他的 Burberry 風衣，然後把自己的風衣套到成瑤身上，繼而看了李夢婷一眼，「成瑤的外套妳穿上。」

關鍵時刻，果然還是自己的老闆錢恆鎮得住場面，李夢婷面對錢恆，竟然完全不敢反駁，就呆呆地穿上成瑤的衣服。

倒是成瑤，整個人被罩在充滿錢恆體溫的大衣裡，覺得溫暖到有些曖昧。尤其錢恆人高腿長，這大衣簡直像是個斗篷一樣把成瑤裹了起來，成瑤一瞬間覺得自己像是小矮子。

雖然錢恆竟然能如此紳士讓成瑤十分感動，但……但他這個邏輯也很清奇啊？為什麼不能讓李夢婷穿他的大衣啊？這樣豈不是自己也不用脫衣服了嗎？

如今已是深冬，夜晚的湖邊更是風很大，颳在臉上像是刀割一樣生疼，成瑤即便穿上錢恆的大衣，尚且還覺得有一點冷，更別說如今沒有外套的錢恆了。

成瑤拽了拽錢恆：「你這樣會不會感冒啊？」

錢恆看了成瑤一眼，硬邦邦道：「不，我正好很熱。」

「……」

臉都凍白了嘴還這麼倔，錢恆這個嘴硬boy，成瑤是服氣的。

「對不起，成瑤，又麻煩妳了。」

李夢婷的聲音喚回成瑤的思緒，她走過去，拉起李夢婷：「走，別在這湖邊待著了，我們找個地方再聊。」

錢恆沒說話，只是安靜地跟在成瑤和李夢婷的身後，然後讓兩人上了他的賓利。

只是一上車，剛才大言不慚說著自己不僅不冷，還十分熱的錢恆，二話不說第一件事就是開了車裡的暖氣。

真是嘴上說著不要，身體卻很誠實……

錢恆開車，把兩人帶到蘇靈湖附近的一家小咖啡館裡。環境不錯，還有隱私性極強的小隔間。

李夢婷一路上，也從剛才的衝動下冷靜了下來，坐在咖啡館裡，捧上一杯金桔檸檬熱飲，換上成瑤買的拖鞋，她終於能夠理清自己的思路，把這一路發生了什麼事和成瑤交代清楚。

和所有的出軌故事一樣千篇一律，張浩一開始是精神出軌，和那女同事因為專案朝夕相處。最終，在李夢婷懷孕後，因懷孕前期不能性生活而壓抑的張浩，又因和李夢婷因瑣事多有爭吵，那女同事趁機趁虛而入，勾引張浩和她衝破底線，發展成肉體出軌。這兩人如今正在熱戀期，如膠似漆的，而女同事也希望要個名分，張浩此前一直十分糾結，內心也遊移不定。

而李夢婷卻不知道他這種心思，她懷孕了，本身荷爾蒙分泌和平時就不同，變得更加敏感和多慮了，用張浩的話來說，就是「做作」，而因為在外面有人，張浩完全不再能包容李夢婷的脾氣，在上次的爭吵後，得到女同事溫柔安撫的張浩，痛下決心要和李夢婷一刀兩斷。

「我現在根本不知道還能怎麼辦……」

李夢婷傾訴著，成瑤頻頻點頭安慰順帶循循善誘讓她把情緒發洩出來，錢恆塞了耳機聽音樂，一邊漫不經心地喝咖啡，他看起來對這些「愛恨情仇」一點興趣也沒有。

「能怎麼辦？當然是清點你們的共同財產然後準備分割啊。」

然而，當李夢婷開始哭訴的時候，錢恆冷冷的聲音卻打斷了她。

李夢婷愣住了，她看向錢恆，一時間不能接受話題的突變，她還沉浸在悲慟裡啊，難道人是沒有感情的動物嗎？心裡的傷口沒有癒合，就要在這裡談共同財產分割。

「我對他是有感情的，我和他在一起也不是為了錢，我只想要個完整的家，沒有了感情，孩子沒有爸爸，有錢有什麼意思？」

錢恆看了李夢婷一眼，摘下耳機，他冷酷道：「清醒點，他不想繼續和妳在一起了，妳現在最應該做的事就是理智地保護自己的錢，不要讓自己的損失擴大。妳在這裡哭哭啼啼，對方可能已經在轉移財產了。」

錢恆冷淡的話語一下子讓李夢婷又紅了眼圈，成瑤看得出來，她雖然嘴上罵著張浩，但心裡對他還抱有一絲期待，對待這段感情，即使已經如此千瘡百孔了，她還是因為往昔那些美好的回憶，本能地想要維護。

成瑤知道，一段變質的感情，強行挽回，也就像是為變質的地方貼上粉飾的裝飾，但變質了就是變質了，那變質的地方會隨著時間腐爛的……

錢恆開口，成瑤才發現，自己想說的話，和他一模一樣。在不知不覺間，她的思考模式好像已經被錢恆漸漸同化了，漸漸撇除了情緒化的衝動，變得理性。

成瑤忍不住想，這大概就是嗑毒嗑得太多，與毒共生了吧。

失去一段感情很痛苦，但面對現實，絕地反擊，才是最該做的。

但面對如今情緒化的李夢婷，成瑤知道自己如果用錢恆這種直白的方式勸說，她也是聽不進去的，有些南牆，必須李夢婷自己去撞，有些頭破血流，必須自己去體會。

「別難過，我知道，這樣吧，我陪妳去和張浩再溝通溝通，有我這個中間人在，說不定能解開你們彼此的心結。」

看得出來，李夢婷等的就是這一句，她心裡還想著挽回，因此等著別人幫她鋪好下臺階。

果然，她遲疑扭捏片刻，便朝成瑤點了點頭。

而成瑤的這個提議毫無意外的遭到錢恆不敢置信的目光。他幾乎不用開口，成瑤就知道他想說什麼了。

情緒化！衝動！不專業！負分！

他那張英俊的臉上如果有螢幕，大概就是輪番滾動這幾個評價了。

然而成瑤顧不上別的，她還是頂著錢恆不贊同的目光，小心翼翼地看了他一眼：「我等等搭車和她一起去她住的地方找一下張浩，和他好好聊聊，要不然你先回去吧？」

今晚已經麻煩錢恆許多，成瑤生怕自己老闆的老闆病什麼時候就要發作，根本不敢再麻煩對方，很識相地準備叫車，結果錢恆卻抿了抿唇。

「我送妳去。」

「欸？」

錢恆轉開臉：「妳今晚不是說請我吃飯？是準備找藉口溜走？」

「……」

錢恆不提倒還好，這一提，成瑤也覺得腹中空空，有些餓的感覺。自己尚且在咖啡廳裡點了個甜點稍微果腹了下，錢恆卻嫌棄甜點太甜，吃甜點太娘影響自己偉岸的形象，一點都沒吃。

真是，耍帥難道比自己的身體還重要嗎？

他用賓利載著兩人一路回到李夢婷和張浩租住的地方。李夢婷和張浩雖然一起買了婚房，但婚房還沒交屋，如今仍然是一起住在租來的房子裡的。

對於這種狗血的挽回，錢恆自然是嗤之以鼻的，加之他不認識張浩，於是很明確地表示了不參與。

「我留在車裡等妳。」

成瑤朝錢恆感激地點了點頭。在攙扶著李夢婷往樓上走之前，她頓了頓，對李夢婷道：「妳先等我下，我買個東西再和妳一起上去。」

李夢婷和張浩住的，就是成瑤此前和李夢婷一起合租的房子，因此成瑤對房子周圍的商店十分熟悉，社區裡有個小超市，是一對老夫妻開的，他們平時也賣粽子、包子和熱粥，而他們的豬肚粥熬得相當好。

成瑤蹬蹬蹬小跑著去了那間小超市，速度飛快地買了一份熱氣騰騰的豬肚粥，然後又急急忙忙朝錢恆的賓利跑了回去。

她敲了敲賓利的車窗，看著錢恆帶著不耐煩臉色地移下車窗，一臉燦爛地遞上熱粥。

「老闆，你先吃一些墊墊肚子。餓過頭了胃會不舒服的。」她笑咪咪的，「你一定要吃，如果你不吃，我就不假扮你女友了，讓你爸媽全宇宙的發相親廣告。我從樓上回來的時候，這碗粥必須喝完了。」

白痴，錢恆心想，喝完怎麼驗證？自己隨手往垃圾桶裡一倒不就好了。

結果他剛這麼想，就聽成瑤繼續道——

「為了防止你直接倒掉，這樣吧，我手機給你，上面有直播軟體，你用我的帳號開個直播。」成瑤打開直播軟體APP，簡略示範道：「這裡有個加密功能，你看，這麼弄，加個密碼，你的房間沒有密碼別人就不能看了，你的直播就等於是私密的，作為你真的喝粥了的證據。」

「……」

成瑤好心地幫錢恆把自己的手機固定好：「行了，老闆，你可以直播了。我走了！」

「……」

錢恆抿著唇，看著成瑤就這麼得意洋洋地走遠了。

行啊，成瑤，他想，真是不可同日而語了，以前還是個菜雞，現在翅膀可真是長硬了，竟然能想出這種點子和自己正面剛了。

好，很好，非常好。

錢恆看著手機，一時之間竟然有些心情複雜，既有一種老父親終於可以功成身退的驕傲和滿足，又有一種自己似乎養虎為患的懊喪。

成瑤安頓好自己老闆的胃，這才跑回等在樓下的李夢婷身邊。

「走吧，我陪妳上去。」

能看得出來，李夢婷上樓時其實心裡十分忐忑，她不斷用手絞著自己的衣角，緊緊咬著下嘴唇。

直到站到那熟悉的門口，她還有些下不定決心來敲門。

發生這種事，到底要不要挽回？到底怎麼做才是對的？到底怎樣才能把傷害降低到最小？出軌這種事，是不是真的只有零次和無數次？

以前網路上看別人的八卦，一旦女性遭遇男性劈腿卻不立即果斷分手，李夢婷常常要感嘆幾句這女的不行，不果斷，丟了廣大獨立女性的臉，活該被劈腿。可事情降臨到自己頭上，她才知道，身陷囹圄的人，要做這個斷舍離的決定是有多難有多痛苦。

不要輕易評判他人的生活，因為你永遠無法感同身受他人的痛苦和困境。在極端的打擊和巨變面前，再理智的人也未必能步步如踩得教科書一般精準。

然而彷彿老天聽到李夢婷內心的糾結般，它最終幫李夢婷做了決定。

李夢婷還沒敲門，門卻從裡面被打開了。

「老公，外面冷，你下樓丟垃圾多穿件外套呀。」

伴隨著門裡溫柔的女聲出現在門口的，是張浩帶著笑意的臉。

李夢婷如遭雷擊般呆在原地，而張浩見到她，臉上的笑也斂了。

幾秒鐘後，李夢婷終於反應過來，然後以成瑤沒能反應過來的速度，不顧自己挺著大肚子，就血紅著眼睛衝上去撕打起張浩來。

「你這個垃圾！你這個人渣，我前腳剛走，你後腳迫不及待就把人帶到我們的房子裡來了！你不得好死！你和她都不得好死！」

李夢婷又哭又叫，整個人瘋魔了，把張浩臉上抓出了血印子，而屋內的女人聽到門口的動靜，也跑了過來，那是個長相成熟的女人，並不妖嬈，五官氣質溫婉，聽李夢婷說，她有個同樣無害的名字梁瓊瓊，然而卻大剌剌地做了小三。

她看到李夢婷撕打張浩的場景，一聲驚叫，然後便也衝進了戰局。

「他都不喜歡妳了！妳為什麼還要死皮賴臉跟著他！」梁瓊瓊還很有理，仗著自己不是孕婦，動作敏捷地就給了李夢婷幾下，「妳知道他在公司有多忙壓力有多大嗎？就因為妳不上班，全靠他養著，還不知道節制拼命花錢，妳知道他一度壓力大到去看精神科嗎？都被診斷成重度憂鬱了！妳呢，妳關心過他嗎？」

梁瓊瓊不僅理直氣壯，氣勢也十分足，她對張浩一臉心疼和回護的模樣，這要讓不明真相的外人來看，恐怕怎麼看李夢婷才更像是反派。

「張浩最需要妳的時候妳在幹什麼？他那段日子，都是我陪著他過來的，妳呢，仗著他原來喜歡妳，結果拼命索取，拼命做作，從不體諒他的難處，耗盡了他對妳的感情，他已經不愛妳了！妳又何必勉強！你們兩個人早就不在同一個層次和發展平臺了，妳苦苦糾纏又有什麼用！」

小三牙尖嘴利，李夢婷氣的差點背過氣去，成瑤不得不扶著她，她才能站穩。

好在在成瑤和張浩的努力下，兩個如見死敵般的女人，終於被分了開來。

而剛才一直沉默的張浩，也終於發話了。

「李夢婷，我們好聚好散吧。」他看著李夢婷，眼神裡絲毫沒有往日的疼惜，只剩下李夢婷陌生的冷靜，然後他側開臉，逃避李夢婷的目光，「妳和我都是彼此的初戀，也不要鬧得太難看了。我喜歡上別人，是我的錯，可妳捫心自問，妳就沒有問題嗎？」

李夢婷徹底被激怒了：「我有什麼問題？當初勸我不要去工作，在家裡以後好好幫你操持家務相夫教子的，難道不就是你嗎？現在反咬我一口，說我不思進取，張浩，你有良心這種東西嗎？」

「是我說的，妳在家裡真的能好好操持家務那沒問題，但妳完全脫離了社會，成天除了網購之外，妳還知道什麼？懷孕了也只知道買買買，妳知道學區房嗎？妳知道現在A市有什麼學區嗎？妳可以家裡蹲，但不能這樣完全脫節。」

「妳難道沒注意過嗎？我和妳之間越來越沒有共同話題，我和妳說工作上的事職場上的事，可每次都像雞同鴨講。我的煩惱我的困惑，妳一點也不懂。」

話說到這個份上，李夢婷才全懂了。

一個男人，愛妳的時候，說要永遠寵著妳愛著妳養著妳，這話是真的，可也只有那個時刻時是真的。等他不愛妳了，妳就算呼吸也是錯。

她直到此刻，才知道後悔，把自己的青春和命運，雙手捧上交付到一個男人手裡，聽起來很浪漫，然而這孤注一擲的賭博，實在是太危險了。

可是後悔已經沒有用了。

只是李夢婷還是不甘心，她強忍著眼淚：「你不喜歡我了沒事，但你就這麼對你未出生的孩子？剛知道懷孕的時候，你不是抱著我說自己等這一天等了很久嗎？更何況我不出去工作，這不是你鼓勵我的嗎？現在承受不住壓力就把錯誤都推卸給我？」

張浩皺著眉，表情仍舊木訥，他的語氣也仍舊是不解風情的乾巴巴，只是一切都不同了，他的每個字對李夢婷而言都是無比殘忍的：「妳太自私了，妳永遠只站在妳自己的立場指責別人，永遠覺得自己沒錯，永遠只能看到別人的錯。」

張浩深吸了一口氣：「其實就算妳不工作也沒事，因為我是男人，是我讓妳別去工作的，這些壓力我應該承擔。只是我以為，我努力工作想給妳更好的生活，這一點妳至少應該心存感激，或者至少能關心我一點。可每天我加班半夜回家，妳除了讓我幫妳清空購物車，跟我要這要那，讓我幹這幹那外，有幫我準備過一餐宵夜嗎？有問過我是不是還餓著肚子嗎？」

張浩是一貫內向不擅長表達的，他習慣性壓抑自己的感情，遇到問題，只要覺得不夠過分，都默默忍著。這樣的人，平時因為擅長包容別人而顯得脾氣很好，只是一旦對你的容忍達到極限，這些好脾氣的老好人爆發起來態度轉變也是讓人相當措手不及的。因為他們再也不準備忍受你了，而長久以來的容忍已經耗光他們的愛意，只剩下冷酷。

李夢婷直到這時才意識到這一點，張浩平日裡那麼多欲言又止的神情是什麼意思，只是已經晚了。

她沒想到，兩個人最終敞開心扉說出一切，竟然是在這樣無可挽回的場合。

張浩也豁出去了，他第一次向李夢婷說出自己心裡曾經的壓抑和不滿：「李夢婷，妳懷孕的時候，我是真的很高興的，我真的很喜歡小孩子。我甚至看了很多育兒方面的書，我想對妳好，我想對未來的孩子好，當時我……我還沒有走出錯的那一步，如果當時妳對我好點，我們是不會變成現在這樣的。」

李夢婷的眼淚忍不住撲簌簌掉下來，她就這麼看著張浩，曾經相愛如今卻變成陌生人的張浩，她肚子裡孩子的爸爸。

「可妳卻覺得我對妳的好都是理所當然的，就因為妳懷孕了，我做什麼都應該，拿網路上那些什麼絕世好老公和老爸爸的標準要求我，只要我有一點做不到，妳就不滿。」

張浩的情緒也有些波動，他的眼睛裡也有些淚意和掙扎：「可我只是個普通的男人啊，我不是小說裡無所不能的男主角，我做不到完美。我每天勤勤懇懇上班，有時候還會被上司罵，我也會難過，也會沮喪，也需要鼓勵和妳的包容，我給不了妳完美。我也很累。可妳是怎麼對我的？我一旦不能滿足妳的要求，妳就拿孩子威脅我？問我，是不是不想要孩子了？或者說自己心情不好，孩子也可能會受影響？」

李夢婷咬著嘴唇，沒說話，她想起剛懷孕時的種種行為，內心煎熬，她是怎麼做的？她真的信了網路上那些洗腦文，說什麼懷孕的女孩是女王，丈夫應該無條件滿足女王的任何要求。

她太年輕了，她沒有正式工作過，她根本不知道現實和理想的差距，她根本沒準備好迎接一段婚姻的重量。

「妳從來只索取，不知道付出，好像我關心妳理所當然，好像男人不會脆弱。妳從來看不到我的優點，只覺得自己看上我是我的幸運，一旦沒有妳，我就只配過無人問津的生活。」

李夢婷下意識就是否認：「我從來沒對你這麼說過！」

「妳是沒說過，只是很多次了，妳的肢體語言你的眼神，都流露出妳對我的優越感。」張浩的語氣也帶了克制過的痛苦，「我是有點遲鈍，但我不是傻子，我也是能感受到的，妳有些時候根本看不上我。」

他深吸了一口氣：「所以，李夢婷，我們分開吧。我找到真正愛我欣賞我的人，妳也去找更優秀的人吧。」

「至於孩子，打掉吧，我不想再因為孩子而受到妳頤指氣使的吆喝了，我們已經這樣了，孩子出生也不會幸福。醫院我陪妳去，營養費和補償，我都給妳。」張浩垂下頭，

「李夢婷，都這時候了，別任性，理智點。」

有了張浩的撐腰，梁瓊瓊更倡狂了：「看在張浩的面子上，妳要是把孩子拿掉了，再跟我好好道歉侵犯我隱私權這件事，我就撤訴既往不咎。」

如果李夢婷回這裡的時候，心裡尚糾結著要不要挽回，能不能重修舊好，那麼現在，她心裡糅雜著震驚、後悔、愧疚和憤怒痛苦，更加六神無主了。

這時候，成瑤握住她的手。然後她聽到成瑤冷靜而克制的聲音——

「你說了這麼多，不過是為了幫自己開脫。一段感情，變成這樣，雙方都有責任。李夢婷是有錯，但當她做的不妥的時候，當她讓你不舒服的時候，你為什麼不能直接和她溝通？沒有溝通，你怎麼知道她不會改？你為什麼直接去外面找第三者？變成這樣，難道不是你的責任嗎？你有真心把她當成要共度一生的妻子嗎？你有真的想要這段感情和婚姻長久下去嗎？」

成瑤平靜而理智：「一旦遇到問題，你不想著解決問題，不想維持任何出現問題的感情，不想修復，只想著換掉，換一個新的好像就沒事了，所以才會變成這樣。」

成瑤冷冷地看向梁瓊瓊：「至於妳，妳好自為之，別覺得撿到了什麼寶貝，妳最好祈禱你們之間的感情永遠沒有問題，否則下一個被張浩換掉的就是妳了。」

「你是個男人，張浩，做錯事了，像個男人那樣承擔責任吧。這種時候還要把責任推給李夢婷。」

成瑤盯著張浩，聲音字正腔圓：「你這個孬種。」

也在此時，李夢婷握著成瑤的手，終於在她的話語裡漸漸找回理智，她抓緊成瑤的手，彷彿汲取到源源不斷的力量。

此時她也終於冷靜了下來，冷眼看向張浩和梁瓊瓊：「行，我走，我現在就把我的東西都收拾了，這房子，留著你們這對姦夫淫婦狗男女去住吧。婊子配狗，天長地久，你們一定能相伴到老。」

她說完，轉身看向成瑤：「瑤瑤，我們走！」

成瑤帶著李夢婷回到錢恆的賓利車前時，錢恆正趴在方向盤上小憩。

閉著眼睛的他，側臉英俊而褪去了一貫的冷冽，在昏黃的路燈下顯得有些溫柔。

成瑤輕輕地敲了敲車窗玻璃，錢恆才抬起了頭，然後他揉了揉眉心，看向成瑤。

這個眼神因為惺忪而帶了微微的茫然和不設防，成瑤不知道怎麼的，突然覺得，錢恆這種眼神，真的有點戳人，強悍男人偶爾的不設防，真的有點令人沒抵抗力，更尤其是配上錢恆這張臉了。

好在錢恆本人對自己的魅力並不知情，他很快恢復了清明和鎮定：「談好了？」

成瑤點了點頭：「嗯！」

只是她突然有點懊惱，自己剛才的樣子，要是錢恆看到就好了。平時在錢恆面前的自己，不是笨手笨腳的，就是按部就班的，普通、平凡，難得剛才那樣閃亮的時刻，要是他能看到就好了。

好在成瑤很快甩開這些亂七八糟的想法，她盯著錢恆：「你的粥……」

「喝完了。」錢恆有些彆扭地轉開頭，「碗扔了。」

成瑤剛要發作，就見錢恆把自己的手機扔回給自己：「直播了，妳自己看吧。」

真是讓人出乎意料！

成瑤威脅的時候，其實並不覺得自己這招對錢恆管用，然而今晚的錢恆竟然還真的乖乖聽話了，這簡直是奇跡！

也不知道是不是錯覺，成瑤總覺得，錢恆最近變得沒有那麼鋒利和劇毒了，整個人好像變得……變得溫順了一點？

這種形容，怎麼聽起來像是大型犬似的？

成瑤偷偷打量自己一本正經的高冷老闆一眼，覺得自己的想法，確實是在作死的邊緣拼命試探了。

「瑤瑤，我……」李夢婷咬了咬嘴唇，「我知道妳現在也和人合租，就想問問，妳那位室友，會不會介意，如果不介意，我能不能去妳那裡暫住一晚，明天我就回去收拾東西找地方住。和張浩的房子，現在是以張浩名義租的，房租也是他付的，我沒資格趕他和那小三走……」

結果成瑤還沒來得及回答，就聽到錢恆在李夢婷話音剛落就蹦出了兩個字。

「介意。」

「……」

他說完，才意識到有些不妥，聲音不自然地補充道：「成瑤的室友，很介意。」

錢恆頓了頓，又覺得還是有什麼不妥，繼續加了一句：「成瑤的室友是個極品，他絕對無法允許陌生人住在屋裡，否則半夜會大放搖滾樂，傳騷擾簡訊給成瑤，在房間裡裸奔抗議……因為太極品了，所以作為成瑤的同事，我也略有耳聞。」

「……」

成瑤簡直哭笑不得，老闆欸，我能理解你不想外人住進來的心情，但你也用不著這麼用力自黑吧？

李夢婷果然很愧疚：「不好意思瑤瑤，我……」

成瑤拍了拍李夢婷：「沒事，客氣什麼，我可以幫妳訂旅館。」

李夢婷卻有些難堪：「我……我現在身上沒什麼錢，訂旅館的話，能不能先借我點，我之後就還妳。」

成瑤愣了愣，才意識過來李夢婷在尷尬什麼，她從畢業後就沒有怎麼工作過，之前也都是靠張浩養，現在和張浩鬧到這個地步，對方自然不可能再給她錢，而李夢婷這人的消費習慣成瑤也是知道的，因為生活一直無憂無慮，平時沒有儲蓄的意識，花錢大手大腳的，恐怕身邊確實並沒有什麼存款。

然而就在成瑤準備開口之際，有個聲音卻先於她響了起來。

「我幫妳付。」錢恆一本正經道：「哦，我們事務所和幾個酒店都有合作協定，內部價沒有多少錢。」

什麼鬼，成瑤想，我們事務所哪裡和酒店有過什麼協議……

錢恆卻不知道怎麼的，又加了一句：「我這麼做，是因為聽了妳的遭遇，覺得很氣憤，很同情妳，所以才這樣。」

如果說錢恆不說話，李夢婷還不覺得什麼，錢恆這幾句話一說，反而讓李夢婷狐疑和不解了起來。

這人剛才明明對自己的遭遇冷漠得一塌糊塗，怎麼突然因為自己要找住宿的事，變得這麼熱心了？

成瑤只想捂臉，大概怕李夢婷有住到自己和他合租屋子的可能性，錢恆就算自己掏錢也要把李夢婷住酒店這件事落實下來。只是錢恆怕是這輩子從沒有向人解釋過，因此這第一次營業解釋這一新業務，不僅十分笨拙，還十分欲蓋彌彰，顯得非常可疑和刻意啊。

不過好在李夢婷也沒空在意這些。最終，錢恆便把她送到洲際酒店，開了一間行政套房。

成瑤在附近的便利商店為李夢婷買了些生活用品，然後把她送進房間。

「瑤瑤，真心謝謝妳！」臨走時，李夢婷拉住成瑤的衣袖，「也謝謝妳的男朋友。你們人真的非常好。你們一定會幸福的！」

成瑤愣了愣，才意識到，自己今天這一路上並沒有和李夢婷解釋自己和錢恆的關係，對方怕是把他直接誤認為自己男友了。

這還得了？要是錢恆知道了，不會又要罵自己損害他的清譽了吧？

成瑤立刻連連擺手解釋：「不是的，真的不是男朋友！」

「妳別騙我了，我都是結過婚馬上都要離婚的人了，我還能看不出來？」李夢婷講到這裡，暫時忘卻自己的境遇，臉上表情也生動了些，「不是男朋友能三更半夜一起陪妳來湖邊找我？一路把我們帶到這裡帶到那裡的，一句怨言都沒有？而且妳看，妳把衣服脫給我時候，他還特意脫衣服給妳，沒直接脫給我，不就是因為他的衣服只想讓妳穿嗎？」

成瑤愣了愣，才下意識道：「李夢婷，畢竟是法學生，妳這個邏輯也是可以的，被妳說的我都快以為妳說的是真的了。」

開玩笑，錢恆會看得上自己？呵，成瑤想，以錢恆這種目中無人的性格，恐怕自己就算哪一天辭職了，錢恆都未必能第一時間回想起自己長什麼樣，頂多對自己的印象只有模糊的四個字——「那個白痴」。

想到這裡，成瑤立刻果斷闢謠道，「他是我老闆！每天剝削我奴役我的那種老闆！」

李夢婷愣了三秒鐘，才結結巴巴地反應過來：「哪個老闆？那，那個錢恆？」

「嗯！」

「錢恆長得這麼帥？」李夢婷叫了一聲，滿臉不敢置信，「我只知道他的外號，要是我早知道事務所有這種長相的合夥人，我怎麼可能家裡蹲蹉跎青春最後還被張浩劈腿啊！那我肯定投簡歷進君恆然後努力啊！我至於淪落到今天這步嗎！」

「努力做一個女律師嗎？」

「努力做老闆娘啊！」

「……」

兩人說完，覺得氣氛一下子輕鬆了起來，李夢婷和成瑤都忍不住笑了，像是又回到了大學兩人插科打諢貧嘴的時光，那時候天真單純，無憂無慮。

只是不管現在怎樣，成瑤見李夢婷一時之間心情好了不少，也才放下心來，她又叮囑對方幾句，才離開了酒店。

等電梯準備下樓的時候，成瑤終於鬆了口氣，把手機拿出來滑了滑。

結果不滑不要緊，一滑嚇一跳。她的訊息裡竟然顯示有四百多則未讀訊息。

這些訊息有來自「富貴榮華組合」群組的，更多的來自君恆同事群組，這個群組名字叫「律師狗集中營」，是君恆關係好的年輕同事們背著老闆們開的私下吐槽群。

這四百多則未讀資訊裡，有五十多則都是@成瑤的。

成瑤戰戰兢兢地點開群組，一堆訊息鋪天蓋地地跑了過來，差點沒把她噎死。

譚穎：『成瑤？成瑤呢？什麼情況？！呼叫成瑤！』

王璐：『我的媽呀！錢 Par 為什麼用成瑤的帳號在開直播？』

包銳：『什麼？錢 Par 在直播？直播什麼？我要去看，在哪裡？』

譚穎：『成瑤的直播帳號！他在直播喝粥啊！』

這些聊天記錄的時間，已經是將近兩個小時之前了。

成瑤抖著手往上翻，一則則地看。

包銳：『我的天，成瑤那帳號一共就我們這些同事關注，平時直播都沒什麼人看，結果錢 Par 就用來直播個喝粥，怎麼突然爆了啊，房間裡都進來些什麼辣雞，老子本來準備趁機表忠心狗腿一下錢 Par，咬咬牙送錢 Par 一個遊輪啊！你們知道嗎！兩千啊！結果全被這幫花痴刷下去了！』

包銳的話一下子把群組裡的氣氛帶動起來……

譚穎：『你怎麼不早點告訴我？你都送了禮物，那我也要去表個態吧？我收入比你少，刷個法拉利吧。』

王璐：『我去送輛瑪莎拉蒂。』

李明磊：『我咬牙也送個法拉利吧。』

為了政治正確，一下子，群組裡風蕭蕭兮易水寒，大家互相盤算著開始送直播禮物給錢恆，一時之間，一片「法拉利」、「保時捷」、「瑪莎拉蒂」出現在聊天記錄裡，要不仔細看，會以為這是什麼倒賣豪車的犯罪集團呢……

成瑤只來得及一目十行地瀏覽群裡的訊息，她覺得整個人都不好了。

不是告訴錢恆怎麼設定房間號密碼了嗎？難道他最後沒設成功嗎？

好在群組裡對錢恆竟然直播喝粥這件事的震驚，完全超過並且遮蓋了對錢恆怎麼用成瑤帳號直播這件事的好奇，除了零星幾個疑問的外，大家都被緊張的送禮物氣氛帶跑了。

包銳甚至又一次貼心地為成瑤想出了合理解釋：『我覺得，錢 Par 可能是希望我們能看他的直播，才用了成瑤的帳號，畢竟我們又不知道他的帳號。男人嘛，再成功的男人，也是有虛榮心的，錢 Par 平時日理萬機，又實在太優秀了，導致我們誰也不會去誇獎他，畢竟在我們心裡，他那麼優秀是應該的啊！』

包銳在群組裡跟大家循循善誘地洗腦道：『但其實錢Par，內心也有脆弱的一面，他也想聽聽我們對他的誇讚，也想得到我們直白的崇拜和喜愛啊！所以只能逼迫成瑤交出帳號，用直播來引起我們的注意了！』

結果包銳這麼扯淡的解釋，下面竟然還有一群人在捧他的臭腳。

李明磊：『包律師你這麼一說，我茅塞頓開，猶如醍醐灌頂！任督二脈都通了！』

陳誠：『畢竟是錢Par手下最得力的律師，包律師實在是很懂錢Par的心思！我們也應該向包律師多多學習！』

王璐：『聽包律師一席話，真是勝讀十年書啊！』

成瑤一邊看，一邊絕望地想，群組裡這個溜鬚拍馬的風氣，是要好好整治整治了。

只是，錢恆都用她的帳號直播了什麼？怎麼包銳說房間裡湧進了一大波匿名群眾？

成瑤帶著好奇，打開了直播APP。

她自己在帳號裡設置定直播同時錄製，因此點進後臺就能很輕鬆地看到剛才直播過的影片。

她點開了錢恆直播喝粥的那段影片。

就這麼猝不及防的，錢恆英俊而放大版的臉陡然出現在成瑤的手機螢幕上。

錢恆就這麼直直地看向鏡頭，他顯然對直播一點經驗也沒有，一下子把手機拿回來擺弄擺弄，一下子又調整一下直播角度，而從他手忙腳亂的操作來看，成瑤可以確定，自己這位尊貴萬能的老闆，確實並不懂怎麼直播，他大概很努力地按照成瑤教他的辦法想設置房間密碼，可惜最後還是失敗了。

然而他一直以來良好的自我感覺，可能讓他覺得自己根本不可能設定密碼失敗，因此他在毫不知情的情況下，進行了一場公開直播。

而錢恆的直播喝粥，就真的是毫無波瀾的喝粥。

他調整好了鏡頭，便開始在車裡慢悠悠地一勺一勺姿態優雅地喝起粥來。

明明只是一碗日常的豬肚粥，然而因為是錢恆在吃，這碗粥好像鍍了金，高級了起來。

他那張臉，也一如既往的招蜂引蝶，不知道是哪個女生不小心撞進這個房間，她看到錢恆的臉，一下子開始瘋狂送起了禮物和留言。

『小哥哥好帥！小哥哥直播喝粥都這麼酷！這是什麼神仙臉蛋啊！』

不知道這小姑娘是哪路神仙，去哪裡發了錢恆的房間號和截圖照片，沒過多久，房間裡就源源不斷湧進了各種觀光團。

『顏控？來舔了！prprprpr！』

『真的！盛世美顏！嚶嚶嚶！小哥哥單身嗎？』

『小哥哥，我送你一百個遊輪，能加你好友嗎？我去送了哦！』

『天啊，想變成小哥哥嘴裡的粥！這世界上竟然真的有長得這麼帥的人！吊打現在那些長相同質化的小鮮肉！』

成瑤看著滿螢幕的「求交往」還有連綿不絕的禮物，心裡像是泡了一百顆檸檬，酸得發慌。

她有些憤憤地想，你們懂什麼？長得好看有用嗎？你們有種試試和他說話啊？就算吃了一瓶牛黃解毒丸，我看你們也撐不住一刻鐘。

雖然錢恆的直播意外突然火了，湧進一堆的圍觀群眾，但錢恆自己卻並不太懂這是什麼，他看著螢幕上不斷滾動的留言，還以為是直播平臺刻意營造的效果，還嘀咕了一句。

結果這種行為又一次引起了眾人的追捧。

『好萌哦！不知道自己直播能被人看到嗎？』

成瑤想，這樣雙標好嗎？如果換一個長得不行的，馬上就噴對方故意賣萌想炒作醜男去死好嗎！

雖然不想承認，但成瑤也知道，直播影片裡的錢恆，確實有點可愛。

他認認真真、一口一口地喝粥。微微低著頭，睫毛輕輕垂著，那樣子讓成瑤覺得有些乖。

錢恆全程光顧著喝粥，一句話也沒講，除了一開始調整APP時還看了鏡頭幾眼，後面更是全程沒怎麼抬頭，就這麼低頭安靜喝粥。

直到粥都快喝完了，他才讓人意外地抬起了頭。

影片中的錢恆眉眼仍舊英俊而淩厲，他如同平日裡一般冷冷的，有些不耐煩地看了鏡頭一眼。

『都吃完了。』他沒好氣地皺了皺眉，然後把那個空著的碗對著鏡頭擺了擺，『行了，妳買的都吃完了。』

影片裡的錢恆睫毛纖長，語氣也一如既往的有些惡劣，然而臉實在長得太好了，鏡頭下不知道是光線問題還是角度問題，連他的這種惡劣都看起來有些動人。

錢恆的表情有些不自然，他朝鏡頭前放完空碗，沒有再看向鏡頭，他有些頭痛地揉了揉眉心，壓低聲音警告道：『下次再這麼得寸進尺，妳就真的完了。』

明明是一句帶了點威脅意味的話，然而錢恆這麼說出來，竟然有些微妙。

而因為這句話，聊天室又開始了瘋狂了。

『天啊！好寵溺！』

『我也好想對小哥哥得寸進尺啊！』

『我單方面宣布，這是我的新老公了！』

成瑤雖然不想承認，然而剛才錢恆看著鏡頭，說出這句話的時候，她也沒能像這些觀看直播的女孩一般免俗。

會心一擊。

只剩下這種感受。

只是她心裡倒是有些嘀咕，自己怎麼得寸進尺了啊，不就是讓錢恆喝個粥嗎。

好在成瑤胡思亂想之際，電梯終於到了，成瑤拿著手機，下了地下室。

可惜錢恆的賓利竟然沒有停在之前的位置，成瑤轉了一圈，剛準備打電話給他，就看到熟悉的車牌從入口重新駛了進來。

錢恆開得專心，並沒有看到站在電梯口四處張望的成瑤，他經過成瑤，開回之前停車的位置。

時間也不早了，成瑤趕緊朝賓利跑去，敲了敲車窗。

而成瑤剛鑽進車裡，錢恆就丟了一袋東西給她。

「欸？」

他緊緊抿著唇，聲音還是沒有太多感情：「剛才有人路過，推銷這個現烤麵包，站在我車前不肯走，太煩了，我就買了。」

成瑤：？

錢恆繼續臉不紅心不跳地說著謊：「妳不是也沒吃晚飯嗎？我不喜歡麵包，買都買了，給妳了。」

「……」

成瑤想了想，還是有些忍不住，盯住錢恆：「所以你剛才一直停在這裡？真的不是你自己出去買的？」

錢恆嗤笑著挑了挑眉：「一分鐘折合人民幣一百六十六點六六六無窮的我，會特地買麵包給妳？成瑤，妳腦子什麼時候能清醒點？我當然沒有出去過，我停在這裡休息……」

「老闆，我看到了。」

「就是推銷的人死活糾纏……」

成瑤又說了一遍：「我看到你的車剛從外面開回來。」

「……」

明明是自己的謊話被戳破了，然而錢恆竟然反而惡人先告狀般的惱羞成怒起來：「既然都看到了，妳還問什麼？浪費我這麼值錢的時間？」

「……」

錢恆說完，不自然地別開了頭，臉色依然平靜到像是什麼也沒發生一樣，不愧是「業界毒瘤」，錢恆的心理素質真的是很好，他此刻仍舊鎮定自若地開著車，那理直氣壯的模樣彷彿撒謊被當眾戳穿的不是自己，反而是成瑤。

「老闆……」

「再說一個字。」錢恆的聲音仍舊冷靜，然而仔細分辨，還是帶了一丁點咬牙切齒，「今明兩年的年終獎金，都沒有了。」

「……」

成瑤不敢說話了，她戳破錢恆的謊話後，錢恆表面鎮定自若，但內心顯然已經惱羞成怒了。

為了安全起見，成瑤識時務地閉嘴了，並且她決定還是別告訴錢恆他直播沒設定密碼，變成了公開的這件事。因為沒有這件事，光是買麵包被戳穿，錢恆雖然臉色如常，但他的耳朵已經變得通紅了，成瑤用餘光偷偷打量，發現他那雙漂亮的眼睛，也有些微微泛紅，也不知道是被氣的還是怎麼的，看起來讓錢恆都像是個兔子。

就在一片沉默之中，錢恆又率先開了口。

「妳別想太多。」

成瑤：？

「我不喜歡欠人情，既然妳請我喝粥，我就勉為其難買個麵包給妳。」

成瑤一邊吃著香噴噴鬆軟的現烤麵包，一邊忍不住咧嘴笑了。她突然覺得，自己的劇毒老闆，好像突然一下子失去毒性了呢。

不管怎樣，兩個人此後保持著絕對的安靜，就這麼駛回了家。

成瑤在車上吃了點錢恆買的麵包，可惜沒辦法填飽肚子，沒吃正餐，她還是覺得這一天沒有結束。

然而這個時間了，大部分餐廳已經打烊了，剩下沒關門的，可選擇性也十分之小。成瑤想了想，大半夜的也不想再去外面點了菜等著。她雙十一囤了很多辛拉麵，這下算是終於找到機會吃了。

「老闆，你要不要來一點？」煮麵之前，成瑤非常熱情地邀請錢恆同吃，「這個真的超好吃的，用鍋子煮一下，麵超級Q彈，吃起來可有嚼勁了。我再加個煎蛋和火腿腸，保證好吃！」

可惜錢恆十分不買帳：「還辛拉麵？不就是泡麵嗎？」他坐在沙發上一邊翻看著雜誌，一邊不屑道：「這種垃圾食品，和我的氣質搭嗎？我死也不會吃的。」

成瑤也沒理他，初次聽聞錢恆這番言辭時，成瑤每每都有種快要毒發身亡的錯覺，然而時間久了，她竟然對錢恆這種劇毒都快免疫了。她直接下了份辛拉麵，用小火熬煮著。

沒多久，辛拉麵濃郁的香味就從廚房裡飄散了出來。

成瑤又煎了個蛋，切了些胡蘿蔔丁和蔬菜，加上火腿腸切片，擺出了顏值能媲美韓國料理店裡的辛拉麵。她也不多說什麼，就捧著這碗香氣騰騰的辛拉麵，朝錢恆身旁一坐，然後美滋滋心無旁騖地吸溜起來。

果然，雖然手上維持著看雜誌的姿態，但錢恆的餘光，還是偷偷地朝成瑤瞥了過來。很好。

成瑤吃得更熱火朝天了。

她吃得專注，絲毫沒有理睬錢恆的意圖。然而越是這樣，錢恆果然越在意。

他又偷瞟了幾次，終於開了口。

「有那麼好吃嗎？」

成瑤也不說話，她一邊吃，一邊拼命點頭，像是好吃到都不願意分嘴來說話似的。

錢恆放下了雜誌，狀似隨意道：「味道聞起來倒是還好。」

成瑤繼續不言語埋頭猛吃，絲毫沒有勸慰錢恆也來試試的意圖。

然而成瑤的安靜不僅沒有讓錢恆退卻，反而讓他更有些躍躍欲試了。

錢恆看了那濃郁的辛拉麵湯一眼：「看妳做得好像還不錯。」他清了清嗓子，「如果妳想要煮點辛拉麵給我，那我也不是不可以試著接受，雖然格調是不太搭，但人偶爾也要嘗試些新的東西，擁抱一些未知的領域。」

呵。

成瑤欠扁地笑笑：「老闆，可是我想了想，辛拉麵的確配不上你的氣質，我要是煮辛拉麵給你吃，簡直是對你的褻瀆！」

「……」

口是心非是嗎？成瑤一邊開心地吃著辛拉麵，一邊得意地想，看我不氣死你！

錢恆抿了抿嘴唇，卻依然嘴硬：「成瑤，禮尚往來，我買了現烤麵包給妳，妳是不是也要對我有所表示？」

成瑤瞪大了眼睛：「咦，現烤麵包難道不是對我養胃粥的報答？這不是剛禮尚往來過一輪了嗎？」

「……」

成瑤繼續吃，而錢恆也終於忍無可忍。

「成瑤。」他的聲音還是有點冷冷的，但透露出一絲彆扭，「妳今天是不是要氣死我？」

「老闆。」成瑤也學著他的口語道：「你這輩子是不是都不肯說出真話？」

成瑤的辛拉麵吃完了，她認命地站起身，準備去廚房裡為這位祖宗煮麵。而就在成瑤以為錢恆應不會再回應的這一刻，錢恆的聲音響了起來——

「我想吃辛拉麵。」

錢恆的聲音有些乾巴巴的，成瑤回頭，才發現他用了一貫的迴避模式——側開頭。

成瑤愣愣地看了錢恆幾秒鐘，他終於受不了這個視線般抬起頭，語氣惡劣道：「行了，成瑤，這一次算妳贏了。」

錢恆說完，語氣又變得理直氣壯起來：「我也要吃辛拉麵。」

成瑤突然忍不住笑了，這位在法律圈裡翻手為雲覆手為雨的知名大Par，怎麼可以這麼幼稚？

「我要兩個煎蛋。」幼稚鬼本人卻並不知道成瑤內心的腹誹，繼續理直氣壯地提要求，「還要多加一點火腿腸。不要胡蘿蔔，我討厭胡蘿蔔。」

行吧，成瑤突然覺得心情愉悅，一掃此前因為李夢婷那些事而鬱卒的情緒。她回到廚房，又煮了一份辛拉麵，按照錢恆的要求，加了兩個煎蛋，很多火腿腸，不加胡蘿蔔。

就這樣，剛才還「死也不會吃這種垃圾食品」的錢恆，捧著碗來了一場大型打臉現場表演。

這是A市大降溫的一天，然而成瑤坐在沙發裡，看著眼前安靜而認真吃著辛拉麵的錢恆，卻覺得氣溫好像也不是很冷呀。

——《你也有今天【第一部】老闆虐我千百遍》完——

——敬請期待《你也有今天【第二部】老闆待我如初戀》——

高寶書版集團
goboOKs.com.tw

YH 144
你也有今天【第一部】老闆虐我千百遍（下）

作　　者　葉斐然
責任編輯　吳培禎
封面設計　單　宇
內頁排版　賴姵均
企　　劃　何嘉雯

發 行 人　朱凱蕾
出　　版　英屬維京群島商高寶國際有限公司台灣分公司
　　　　　Global Group Holdings, Ltd.
地　　址　台北市內湖區洲子街88號3樓
網　　址　goboOKs.com.tw
電　　話　(02) 27992788
電　　郵　readers@goboOKs.com.tw（讀者服務部）
傳　　真　出版部(02) 27990909　行銷部 (02) 27993088
郵政劃撥　19394552
戶　　名　英屬維京群島商高寶國際有限公司台灣分公司
發　　行　英屬維京群島商高寶國際有限公司台灣分公司
初　　版　2024年1月

本著作物《你也有今天》，作者：葉斐然，由北京晉江原創網絡科技有限公司授權出版。

國家圖書館出版品預行編目(CIP)資料

你也有今天. 第一部, 老闆虐我千百遍/葉斐然著. --
初版. -- 臺北市：英屬維京群島商高寶國際有限公司
臺灣分公司, 2024.01
　　冊；　公分. --

ISBN 978-986-506-904-9(上冊：平裝). --
ISBN 978-986-506-905-6(下冊：平裝). --
ISBN 978-986-506-906-3(全套：平裝)

857.7　　113000545